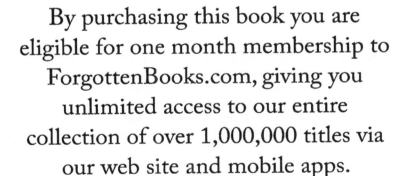

ISBN 978-0-332-65046-3
PIBN 10978009

JORNADAS

E OUTROS TRABALHOS
DO MISSIONÁRIO BARROSO

O bispo do Pôrto
A quando do segundo desterro, alguns meses antes do seu falecimento

REPÚBLICA PORTUGUESA
MINISTÉRIO DAS COLÓNIAS

J

UTROS TRABAL

1ISSIONÁRIO BARE

por AMADEU CUNHA

DIVISÃO DE PUBLICAÇÕES E BIBLIOTECA
AGÊNCIA GERAL DAS COLONIAS
1   9   3   8

I

ESTINAVAM-NO os pais à lavoura de que, no seu apêgo à terra, vivera sempre a família.

Outra feição a distinguia, — uma piedade de raiz.

A paz da consciência imprimia aos semblantes lareiros expressão de contentamento, como se, na casa, as tulhas, em vez de grão, contivessem oiro.

Era um viver manso de parábola.

Ainda mal espigado, viu confiarem-lhe às mãozitas a soga dos bois e sempre a ajudar a todos, na lavra das reduzidas courelas familiares, ia crescendo.

Vivia por aquêles tempos, no seu solar em Remelhe ([1]), o sr. Bernardo Limpo, varão tão venerado pela dignidade de uma linhagem que inseria, de assaz doutas Letras aquêle

---

([1]) Tôrre de Moldes, freguesia de Remelhe, concelho de Barcelos.

D. frei Baltasar Limpo, a quem na primacial de Braga, veio a suceder o famosamente ilustre, virtuoso e santo D. frei Bartolomeu dos Mártires, — como pela gravidade do porte moral, sem quebra que andasse boquejada, ao envés do que de ordinário se dava com «morgados» e outros vultos provincianos, e pela generosa sabedoria nunca aborrecida de prestar a quantos, entre os vizinhos, procuravam das suas luzes, conselho, ensinamento. Podia contar-se sempre para o efeito com a presença do rico-homem ou fôsse na quinta, ordenando serviços à criadagem, ou em casa, na sala de altas estantes, de larga sacada aberta às terras e aos ares... Sendo ainda moço sofrera um grave desastre, de que lhe resultara ficar tardo no andar, com uma perna defeituosa. Talvez por isso pouco jornadeava. A bem dizer, apenas em ocasiões de festividade de orago ou de aniversário, deixava o domicílio para visitar outros solares mais ou menos «primos». A mala-posta largando guisalhante, não lhe perturbava a imaginação, não lhe provocava sêdes de mundo. Forçado pelo infortúnio físico a desistir de ir até à formatura, ao reentrar na vida rústica (²) levava o espírito feito ao trato das Letras. Sumo latinista, encontrava-se com a sua dupla qualidade de rural e de letrado nos poemas do mantuano. Entre os poetas do seu tempo, nutrira particular predilecção por Garrett. Gostava de recitar-lhe os versos, e muitas vezes o fazia, com grande entono, nos serões, a um pequeno auditório de família, amiúde acrescido de parentes ou de amigos a quem de momento dava primoroso gasalhado. É de supor que para si, ùnicamente, reservasse o deleite dos amavios, — «poesias fugitivas», no dizer do cantor, — compostos às Análias, às Délias, às Helenas, às Lucindas e a quantas outras falazes musas!... Os requebros daquela lírica não condiziam com o

---

(²) Porque a sério enveredou para a faina da terra, foi dadíssimo aos estudos agrológicos, elevou a sua lavoura a norma doutrem, e com tal jeito administrou a casa que, ao falecer, a deixava consideràvelmente aumentada.

austero ambiente de tais serões. Com que religiosa emoção, porém, o pai duma grande prole, como foi a sua, declamava a *Ave:*

> *Maria, doce mãi dos desvalidos,*
> *A ti clamo, a ti brado!*
> ....
> *Mãi, oh! mãi, salva o filho que te implora*
> *Pela filha querida.*
> *De mais tenho vivido, e só agora*
> *Sei o preço da vida,*
> *Desta vida, tam mal gasta e prezada*
> *Porque minha só era...*
> *Salva-a, que a um santo amor está votada,*
> *Nêle se regenera.*

*
 * *

Foi êste fidalgo quem primeiro pressentiu a vocação do um dia bispo D. António Barroso.

Começara o sr. Limpo a atentar no rapazinho, na expressão inteligente que lhe animava o olhar, nas suas curiosidades, na sua assiduïdade à canseirosa ladeira das primeiras letras, sofreando a tentação das cábulas em belos dias de sol.

Porque não fazer dêle, já um moço, mais alguma coisa do que um campónio? — preguntaria a si próprio.

Até que uma vez mandando chamar o sr. José de Sousa e sua mulher, a sr.ª Eufrásia, casal que muito estimava pela exemplar vida que levava, lhes deu parte da tenção em que estava de industriar no Latim o António. Achavam-se de acôrdo com isso? O sr. Sousa e a sr.ª Eufrásia olharam, deslumbrados, um para o outro. Seria, pois, certo, ter o rapaz cabeça para estudos? Radiantes e rendidos, anuiram; naturalmente, como o saber não ocupa lugar, o discípulo, — advertia o sr. Limpo, — não deixaria de ajudar, até ver, no que fôsse possível, aos trabalhos. Não se tratava de o distrair da terra, enquanto durasse a experiência... Depois ver-se-ia... E logo a lição foi atacada com igual ânimo pelo moço e pelo seu novo mestre.

Pouco a pouco, dêste modo, tomou vulto o projecto de fazerem de António padre. Já entre si os Sousas debatiam, contentes, o problema, grave e embaraçoso, do património. No Minho sobretudo, um padre dava sempre aos seus uma espécie de glória. O dia da «missa nova» contava entre os fastos insignes de qualquer família. A que maior glória na verdade do que essa de haver entre os seus membros um clérigo, podia aspirar um obscuro e pobre lar cristão?

Aos estudos em Braga o mandaram, e ali, conforme disse do santo arcebispo de que foi biógrafo o vernaculíssimo frei Luiz de Sousa, — «logo mostrou quanto importa correr traz a boa inclinação». Completos os dezanove, apadrinhado pelo antigo mestre de Latim, ingressou depois no Colégio de Sernache, onde se lhe veio a acender o entusiasmo missionário. Êle próprio contou que a atracção do Ultramar a experimentara com a leitura de certos livros, e aos vinte e seis anos, finalmente, recebia a tonsura de presbítero. Um sentido heróico o indispunha para as emoliências do viver num passa! de província, soalheiro, entre os fáceis cuidados do rebanho e as interesseiras sujeições ao caciquismo local. P.e Barroso preferia tornar-se soldado duma milícia que também combate, além--mar, mas de armas espirituais, pela grandeza da Grei (³). Em Outubro (⁴), na igrejinha de Remelhe, acolitado pelo dr. Francisco Martins (⁵), seu professor ainda havia pouco, cantava a

---

(³) P.e Barroso, *O Congo, seu passado, presente e futuro*, 1889.
(⁴) 15 de Outubro de 1879, nas têmporas de S. Mateus.
(⁵) Mais tarde lente da faculdade de Teologia da Universidade de Coimbra, tendo sido também, — era D. António Barroso bispo da Diocese do Pôrto

primeira missa. Apegou-se a Nossa Senhora da Boa Ventura ou da Boa Fortuna (⁶), perto de ali e a cujo altar, amiúde, sendo menino, levava as mais louçãs flores do horto familiar.

Preparou-se para seguir para a Índia, que, — grande teatro da acção de S. Francisco Xavier, — o atraía desde que lhe aflorara na mente a intenção de fazer-se ao mar... E encetou então o estudo da língua concani...

Não seria, porém, pela Índia, que os seus trabalhos principiariam.

*

* *

Preocupado com os resultados já visíveis da conferência de Bruxelas, aberta a bacia do Zaire à navegação e ao comércio, posta dêste modo em grave risco de desaparecimento a nossa influência, que tão considerável fôra naquelas paragens, havia conseguido ao partir, o prelado de Angola e Congo, D. José Sebastião Neto, alguns meios para reconstituir a antiga missão de S. Salvador.

A quem cometeria êle a delicada emprêsa de a restaurar?

Conhecia, ou indicaram-lhe então, padre Barroso, de quem ao diante, fazendo o elogio, havia de dizer: «prudente e inteligente, daria um excelente bispo». Com êle embarcou. Foi em Agôsto de 1880. Iam ainda outros padres (⁷), e o capitão Barreto Mena, o guarda-marinha Mata e Sousa.

---

e dava-lhe nos paços aposento, — reitor do velho Liceu Central daquela cidade, que ainda funcionava num palacete da Vitória, hoje mudo como um túmulo, — das recordações da última geração que nas suas salas sobranceiras à lôbrega rua e de traseiras abertas à claridade de Gaia, ouviu as lições de Manuel Emílio Dantas, de Augusto Luso, do sábio padre Corrêa, de Costa e Almeida, doutros que não menos luziram no docente.

(⁶) Tôrre de Moldes. Da capela diz o cónego e professor sr. dr. Ferreira Pinto: «Consta que é antiquíssima, que já em 1220 era uma abadia secular, pertencente ao julgado de Faria, e que pelo século XVI foi anexada à paroquial de Remelhe, porquanto não tinha condições de vida independente».

(⁷) Os padres Sebastião José Pereira, que, com o título de bispo de Epifânia, veio a suceder a D. António Barroso na prelazia de Moçambique, falecido em 1925, sendo bispo de Damão, e o padre Joaquim Folga.

A 28 de Dezembro daquele ano era instituída a missão. Pouco antes, na Huíla, haviam-se instalado os padres do Espírito Santo, tendo à sua frente o rev.º José Maria Antunes. Na outra costa, estabeleciam-se missões de jesuitas.

Acudíamos a tempo?

II

Fôra a África até meado do século xix um campo inexplorado, onde apenas se mantinham alguns estabelecimentos franceses, britânicos e portugueses, como o Senegal, a Gâmbia, Serra Leoa, as duas Guinés, — a nossa organizada pela carta de Lei de Março de 1879, — Angola e Moçambique (¹). Havia ainda o Cabo, ao sul do continente, transferido da posse neerlanda à do albião. *Res nullius*, chamava a tôda esta parte do mundo, Aires de Ornelas, que acrescentou: «a ocupação, a colonização europeia, limitadíssimas, cingiam-se à orla marítima, às margens dos grandes rios» (²). Isso permitira-nos viver, durante muito tempo, sem sobressaltos ou cuidados de maior. Os próprios estadistas britânicos não haviam mostrado até ao aparecimento de Disraëli, em 1874, demasiado interêsse pela coisa colonial.

Ao contrário de Gladstone, ambicionava o *tory* ser o artista dum império. Fascinada pelo seu génio, e pelas elegâncias que o rèclamavam, uma nova geração equipava-se para a emprêsa

---

(¹) Luiz Vieira e Castro, *D. Carlos I, elementos de história diplomática.*
(²) Aires de Ornelas, *Colectânea das suas principais obras militares e políticas, vol. III,* Agência Geral das Colónias.

da expansão, e só quando as mãos de Disraëli, que já via acrescentado dum título de nobreza o renome que alcançara no domínio literário, assentaram sôbre os louros cabelos de sua Ama, o diadema de imperatriz das Índias, a velha sociedade britânica compreenderia que êle não era ùnicamente um homem de imaginação literária e que se tornava irresistível o impulso imperialista...

Activamente se operava em África, onde o boer, bisonho, inassimilável, cioso do seu espaço e da sua liberdade de movimentos, começava a sentir ameaçado aquêle rincão, ao norte de Orange, em que assentara uma nova pátria, ganha a tiro, do alto dos rudes carros do grande *trek*, rodando entre as emboscadas do *veld*. Aberto o istmo de Suez, um estado, sombra de milenária e magnífica civilização, não tardava a sumir-se como nação independente. Já o Khediva, que vendera a Lesseps, isto é, à influência francesa, as acções do canal, vergava ac pêso da mão britânica. Uma sedição obrigava-o em 1879, a descer os degraus do trono. De nada, porém, valera, a patriótica desforra. Antes que um ano tivesse volvido, a esquadra de Seymour bombardeava Alexandria, tropas desembarcavam em Porte-Said e, tendo infligido a derrota a Arabi Pachá, ocupavam o país. Não mais os olhos de Iris deixaram de chorar sôbre o corpo inanimado do esposo amado... O lotus refloriria a cada primavera, mas o beijo da deusa não renovaria o milagre de o acordar para novas núpcias...

Um romance aí por 1878, entretinha o mundo: o da travessia de Stanley, que metido à África Central, (fizera a estreia em 1870, a pretexto de descobrir o paradeiro de Livingstone, embrenhado ainda uma vez nos recessos do continente desde 1856), findava nova aventura em 1877, ao cabo de ter batido os territórios do Niassa e do Tanganica, de descer, depois, desde Niangué até à sua foz o Zaire. Por trás das peripécias prolixamente narradas em diversos vulgares e pela estampa das ilustrações, procurava-se sobretudo ferir, com as perspectivas dum império congolês, que teria no Zaire o escoadouro de tôda a produção do grande planalto, a imaginação dos responsáveis pelos negócios, naquele período de ensaio da grande indústria. «Estou convencido, — escrevia uma vez no *Daily Telegraph* o explorador — que a questão que se debate em tôrno desta importante via fluvial, tomará, dentro de pouco tempo, uma feição política. Até hoje nenhum país europeu se mostrou disposto a reivindicar direitos sôbre o Zaire. Portugal pretende tê-los, é facto, fundando-se em que se lhe deve a descoberta da foz. Naturalmente as grandes potências, — a Inglaterra, a França, os Estados Unidos recusam-se a reconhecê-los. Se não receasse enfraquecer, pela extensão das minhas cartas, o in-terêsse que nutro pela África e por aquêle admirável rio, nume-rosos argumentos poderia invocar demonstrativos de que a solução imediata duma tão delicada questão só pode apresentar um acto de alta política. Provaria, sem custo, que a potência que se assenhoriasse do Congo, absorveria, a-pesar das catara-tas, todo o comércio da imensa bacia que se estende por detrás daquele rio, — a grande avenida comercial para o Oeste da África Central». As chancelarias, os cenáculos científicos, a hipocrisia pietista entendiam-se à maravilha para tomar-nos o passo nas grandes linhas hidrográficas de penetração, que in-trépidos e obscuros pioneiros portugueses já haviam varejado antes de outros. Andava também a Bélgica a talhar o seu pe-daço... Sendo ainda apenas duque de Brabante, Leopoldo II escrevera um livro intencional, *Le complément de l'oeuvre de 1830;* e já coroado reunia em 1876, debaixo dos tectos do Pa-lácio real de Bruxelas, — consumara-se no ano transacto outro grande acontecimento geográfico: a travessia de Cameron, principiada em 1873, por Zanzibar, — uma luzida conferência, a que Portugal, por lapso de convite, consoante tarda descul-pa, não compareceu, e onde ia nascer a Associação Internacio-nal Africana, raiz do futuro Estado Livre do Congo. Em 1879, anunciava uma expedição Stanley que logo um ano após montava na margem direita do Zaire, cêrca das primeiras quedas, a estação de Vivi; a exploração com rumo para além Leopoldville não demoraria a tornar-se talvez um facto. Ao serviço da França, De Brazza explorava, por sua vez, em concorrência, e surgia um dia ao agente do rei da Bélgica, em Itanghilda, esfarrapado mas radiante. Stanley acolheu de má sombra o competidor. Nem era para menos, pois que ao passo que êle ainda não negociara com certos règulados de que em Bruxelas se esperava, com impaciência, o reconhecimento do protectorado, o recém-chegado trazia na algibeira, entre outros autos, o que lhe permitira assentar na margem do *pool* o pavilhão francês e pôr-lhe de guarda, antes de retirar, alguns senegaleses... Nesse chão levantar-se-ia Brazzaville... Stanley passava com desembaraço ao outro lado...

Como se não fôssem suficientes ao êxito dos propósitos internacionais, o engenho, todo o apressado dos empreiteiros de novas soberanias em África, principiava, por aquela ocasião, a esboçar-se, com pretextos filantrópicos, uma campanha contra Portugal, tido por interessado ou negligente no tráfico dos negros. Contudo, em 1878, Stanley testemunhava que a escravatura tinha no português o mais implacável inimigo! A sombra dessa campanha ia tornar-se possível o reconhecimento do estado do Congo .

Lançara por sua vez a Alemanha os olhos à África. Patrocinados pela Sociedade de Geografia de Berlim, tinham partido também a explorar Nemrods, com o encargo de construirem protectorados, possessões...

Era a partilha tudo isto.

Poucos anos bastariam para que as potências europeias se compusessem entre si. Adivinhava-se nos horizontes da diplomacia uma nova conferência... ([3]). Para a anexação invocar-se-iam razões de circunstância que os direitos históricos a que

---

([3]) A conferência de Berlim, que reüniu de 15 de Novembro de 1884 a 26 de Fevereiro do ano seguinte.

nos atínhamos, não conseguiriam abalar e a que o novo direito colonial oporia o fundamento da ocupação de facto. O grande argumento jogado contra nós seria efectivamente que não estávamos em Boma, em Banana, em Noqui, noutras partes da bacia, como se a famosa Associação Internacional estivesse nos territórios que pretendia. O que importava às potências era encontrarem abertos os portos no Congo, sem restrição nem peias de qualidade alguma para o seu comércio e navegação. E a Associação dispunha-se dòcilmente, por completo, ao intento (⁴).

Abrira, pois, tarde os olhos ao que se passava, o nosso país. Fora-se até por vezes longe no esquecimento das responsabilidades, como em 1847, quando a Inglaterra conseguiu, por protocolo secreto, que o Govêrno português anuisse à suspensão, pelo espaço de três anos, dos seus direitos de soberania na costa oriental (⁵). Discursando na Câmara dos Deputados, em 16 de Fevereiro de 1877, Andrade Corvo, que sobraçava a pasta da Marinha e Ultramar, anunciava uma atitude, uma política nova. «Hei-de pedir brevemente à Câmara, — declarou, — os recursos necessários para neste ano se preparar uma expedição com o fim de estudar importantes problemas geográficos. A Câmara sabe que ao norte da nossa colónia de Angola passa o rio Zaire, que ainda não está ocupado. Não tenho, porém, deixado de trabalhar para que essa ocupação tenha lugar definitivamente, não em benefício exclusivo nosso, não por vã cobiça, mas em proveito do comércio de rôdas as nações. É necessário não nos iludirmos. Para merecer a confiança da Europa, para que os nossos direitos sejam respeitados, é preciso que mostremos que, como nação civilizada, somos capazes de implantar a indústria e de alargar o comércio aonde chega o nosso domínio. A missão que mandarmos à África deve estu-

_____

(4) Marquês do Lavradio, *Portugal em Africa depois de 1851*, edição da Agência Geral das Colónias.
(5) Marquês do Lavradio, *A abolição da escravatura e a ocupação do Ambriz*, 1932.

dar o curso do Zaire, além dos limites já conhecidos, em busca da sua origem, e procurar a ligação dòs seus afluentes mais poderosos com a bacia hidrográfica do Zambeze. Êste estudo geográfico será um estudo eminentemente político, ao mesmo tempo que servirá também os altos interesses da ciência e do comércio. Conto absolutamente com o apoio da Câmara para levar a efeito êste projecto, que há muito trago no espírito, e que me parece para nós um honroso dever».

Entre as felizes iniciativas de Andrade Corvo ficaram pois a contar as explorações de Benguela às terras de laca, de Capelo Ivens, e a travessia a seguir, de Serpa Pinto até Pretória (1877-1879). Era preciso, porém, interessar a nação, — adormecida ou indiferente. Por isso, anos antes da Conferência de Bruxelas, alguns homens, procurando reagir contra o torpor geral, fundavam em Lisboa a Sociedade de Geografia, que principiou a sua actividade política por um apêlo a favor das missões católicas. Rompia em azo próprio. Porque a Conferência não tardaria a assentar no princípio de porta aberta em África a tôdas as confissões religiosas. As sociedades bíblicas de Londres preparavam-se para o exercício da sua expansão.

Era com estes opositores, cabalmente apetrechados, que a missão de Barroso, pobre de tudo que não fôsse o ânimo, ia defrontar-se. Também no Niassa outros missionários protestantes tinham-se já estabelecido para operar, soltando aos ventos do lago o pavilhão britânico, e por isso, quando demos por tal, era já tarde, não os pudemos desalojar. Só em 1878, a Sociedade de Geografia conseguia fazer-se ouvir das estâncias oficiais. Data de então a criação da Junta Geral das Missões.

Governando a diocese de Angola e Congo, D. José Sebastião Neto, a quem as explorações de Stanley, ao serviço do rei da Bélgica, haviam inquietado, insinuava às altas esferas a preparação e ida duma missão religiosa que tivesse também o objectivo de observar, de contrabater politicamente o terreno. Foi atendido e a missão partiu.

III

A 20 de Janeiro saía de Luanda ao seu destino, na canhoneira *Bengo*.

Ia quási desprovida do necessário, irrisòriamente equipada, por falta de tempo e sobretudo de dinheiro. Não obstante haver que fazer tudo, além,—a capela, a casa, a escola, a enfermaria, — apenas conseguira reünir quatro artífices, dois carpinteiros, com alguns quilos de pregaria, e outros tantos pedreiros sem ferramenta...

Governava a província há um ano o capitão de fragata António Eleutério Dantas, que, — gracejava brandamente o superior da nova missão, ao recordar a aventura, — «conhecia tanto do sertão como o sr. bispo, como eu, e como os nossos companheiros». Com efeito, da capital do Congo não se sabia, em Luanda, mais do que das paragens de Muata Cazembe (¹). Por isso sôbre o itinerário não houvera, a princípio, unanimidade. Uma ideia. Outra. Primeiro acudiu o do Ambriz. Era, po-

_____

(¹) António Barroso, *O Congo, seu passado, presente e futuro*, Lisboa, 1889.

rém, confuso e além de mais pouco seguro. Êle propusera também o seu: subir o Zaire até o Mussaco ou Noqui, tomando de qualquer dêstes pontos, o rumo de S. Salvador. De Noqui à capital estendia-se uma região mais noticiada, se notícia pode dizer-se das noções muito vagas que tinham. Mas representava já uma vantagem o não atravessar povos ressabiados como sucederia com os do Ambriz, onde os havia de má sombra, por causa das campanhas do Bembe. Por o de Barroso se decidiram todos.

Empreendia-se a viagem na pior quadra do ano, de chuvas torrenciais, que cavavam profundamente os caminhos, onde os gramíneas, ao ardor da tarde, feriam como lâminas.

«Fui examinar a costa, — assim começava o missionário os seus apontamentos. — Grandes barreiras cortadas quási a pique, apresentavam as camadas geológicas mui distintas, predominando a côr amarelada e cinzenta. Num ou noutro ponto, uma praia de areia, uma vegetação pouco abundante, que vai crescendo à medida que caminhamos para o equador». Corriam-lhe depois à vista, estranhos aspectos em que parecia ainda latente a inspiração da primeira hora genésica. E pasmou. «Só Deus é grande», — reflectia. Dotado de curiosidade científica, as suas intuições havia-as alentado no trato de livros que procurara, estranhos às disciplinas por que tinha passado sendo estudante de clérigo. Sintomático é que um dos seus primeiros actos como bispo do Pôrto tivesse consistido exactamente na instituïção duma cadeira de ciências naturais no seminário diocesano (²). Não arreceou do Saber. Na história do espírito humano e do conhecimento da natureza êle percebia a influência, a áurea pègada de muitos luminares da Igreja, como Alberto Magno, mestre de Artes e insatisfeito viajante... Os seus apontamentos equivalem por vezes a pitorescos traços. «Os vales de Bengo, Dande, Loge e Abidche, lê-se

---

(²) Provisão de 20 de Setembro de 1899.

num passo, — destacam-se cheios de verdura dum tom carregado; lá muito longe, um maciço de arvoredo, feitorias caiadas que se assemelham a um bando de pombas». Assim como atentava no cenário, diligenciou compreender seu figurante, a alma indígena, e, numa variedade de objectos, carinhosamente notou um sentido artístico a evoluir do caótico para os primeiros tentâmenes da forma. Assim nos artefactos do ferreiro, fabricante de azagaias, de anilhas, de brutas figurinhas; do carpinteiro, construtor da cubata e do tambor inseparável da dança e da guerra; do pintor, amiúde caprichoso, de esteiras; do tecelão, do oleiro... A etnografia africana contá-lo-á sempre entre os seus mais escrupulosos contribuintes.

Outro dia nasceu e ao cabo de horas, a *Bengo* aportava a Banana, onde maciços de arvoredo cresciam de charcos, e algumas casas assentavam apenas adivinhadas pelo rubro luzir de janelinhas, no escuro da noite. Por isso só assim que a manhã rompeu pôde «apreciar» aquela «linda» paragem, que lhe pareceu «reservada pela Providência para de futuro desempenhar um papel importante na civilização africana» (³). Navegava-se ao longo dum dos canais que o Zaire abre escapando para o mar, entre ilhas rasas de mangal rôxo. Pinda à vista. É aquêle pôrto, principal lugar do reino do Congo, onde tivéramos uma povoação por motivo de resgate, com sua igreja e alguns pretos cristãos (⁴). Por momentos figurou-se-lhe em pensamento o lance em que Diogo Cão, descendo da capitaina, com alguns dos seus homens, montara o padrão da descoberta... Procurou o marco, visitando a terra. O marco, sinal da nossa antecipação, desaparecera, tendo antes servido de alvo a «peças» forasteiras. O porto lá estava, — notou o missionário, recordado daquela ocasião; não estavam, porém, os galeões que carregavam as ri-

---

(³) Relatório do cónego António Barroso, de 15 de Julho de 1881, ao bispo de Angola e Congo.

(⁴) Relação anónima de 1607, acêrca dos estabelecimentos e resgates portugueses na costa ocidental da África *in* «Questões histórico-coloniais», de Luciano Cordeiro, vol. I, edição da Agência Geral das Colónias.

quezas do Congo. «Tinham apodrecido pelo gosano da nossa inércia...». E o convento? Ao menos êle, «o velho convento que tinha missões no baixo Zaire, no Bamba, etc., êsse [devia] ainda atestar o nosso amor à civilização; as suas pedras enne-grecidas talvez ainda nos [defendessem] contra a inveja e a ingratidão dos estranhos...». As suas ruínas seriam um austero vestígio das nossas empresas civilizadoras no antigo reino do Congo. Que inteligente política e elevada finalidade por largo espaço as assinalaram! Logo nas naus que, em 1490, desceram o Tejo, com Gonçalo de Sousa, por capitão, vindo a falecer no mar, e a quem sucedeu no comando da armada o sobrinho, Rui de Sousa, com a gente de armas haviam embarcado os primeiros padres destinados à missionação das gentilidades. Não se ia apenas a novos acrescentos para o rei, procurava-se também ganhar almas para Deus. Tal era a regra na construção do Portugal maior. Mas do conventinho nada restava. E lembrado do desastre que fôra a expulsão das ordens religiosas. padre Barroso, sentimentalmente, escrevia: «O último roçar do burel do último franciscano nos abrolhos do atalho, marcou o princípio da derrocada» (⁵).

Voltou a canhoneira a fazer-se rio acima e a breve trecho enfiava por entre arquitecturas vegetais quási imobilizadas, porque não havia ar, e que pareciam desenvolver-se das águas em estiradas naves que a luz mal penetrava. A custo se descortinaria nas margens qualquer ondulação do terreno. Sufocava-se. Era uma temperatura alta e húmida, exaustiva... Esmagava uma imensa monotonia. A 22, pela tarde, a canhoneira lançava ferro em Boma, «uma pitoresca estação» com pobres sinais de brancos: casas de tábua mal aplainadas e tectos de capim, — as feitorias, cada qual com sua bandeira nacional descaída ao longo do mastro. Duas eram portuguesas: Vale & Azevedo, Faro & Rosa, e duma delas recebeu-se gasalhado; uma francesa, duas holandesas; ainda outra britânica.

(5) P.e António Barroso, *O Congo, seu passado, presente e futuro*, 1889.

Visita a dois missionários franceses da missão de Landana, estabelecidos ali, há perto dum ano, e que referiram suas lástimas de verem a escola freqüentada apenas por vinte e um rapazes, a maior parte dêles mandados pelos europeus, pois os indígenas mostravam-se indiferentes. No outro dia foi o derradeiro trecho do Zaire. Com sorte, «a-pesar da corrente em alguns pontos ser de violência extraordinária». Viam-se depois barreiras de granito e grés darem aspecto carregado ao rio, contrariado no desafôgo com que fluia... Estava-se em região montanhosa. Passara-se sem paragem, pelas 11, em frente de Mussuco, outra estação situada na margem esquerda e em 23, pela uma da tarde, tocavam finalmente os viajores em Noqui, onde encontraram apenas duas feitorias: uma portuguesa, a mais antiga; francesa a outra, de que era empregado D. Álvaro, filho do rei do Congo, prestantíssimo rapaz que correra logo a oferecer ao missionário os seus serviços. Dali por diante a viagem prosseguiria por terra. Aguardaram-se carregadores. Quanto à *Bengo*, trocados comovidos abraços de separação, voltou dali a pouco a descer, já com alguns doentes a bordo, laureada da viagem que acabava de fazer, pois era o segundo naviozinho de guerra que a tentara, precedido havia apenas alguns dias, por outro barco de insígnia britânica à pôpa. Era Noqui «um dos pontos mais desagradáveis do Zaire, cercado de montanhas, tendo a vizinhança dum pântano, sem mais vegetação que a do capim» [6]. Numa eminência, a montante, na mesma margem, avistava-se a feitoria do Ango-Ango, lugar que viria a ser mais tarde limite do nosso domínio e duma distância calculada de quinze a vinte milhas Vivi, onde Stanley sonhara levantar os *cottages* de uma capital.

Até que coligidos os carregadores, pôde na manhã de 6 de Fevereiro pôr-se a caminho «a expedição que constava então de perto de trezentas pessoas»: missionários, «observadores» com

_____

[6] Relatório já citado, ao bispo de Angola e Congo.

os presentes do rei de Portugal, a caterva dos pretos. Uma viagem em África por pequena que seja, — explica o padre-explorador, — é sempre difícil. São os carregadores que se recusam a marchar, é o rude caminho que, profundamente cavado pelas chuvas, apresenta fendas e precipícios a cada passo; em suma, tantos obstáculos, que impossível é enumerá-los a todos. Não havia água. Começava-se a sofrer a sêde, respirava-se mal na humidade ardente. Às cinco e meia da tarde, acampava-se em Quinda, «povo insignificante, mas bem situado num pequeno planalto muito fértil e agradável»; estava terminado o primeiro dia da jornada por terra. A 9 continua a derrota sôbre solo mais montanhoso e sáfaro do que aquêle que se pisara no dia anterior. Diversas povoações apareciam, a principal das quais era Tamboco; às cinco da tarde, em Manuza, «aldeia situada num descampado, surpreende-nos uma furiosa trovoada, seguida de um dilúvio. Passámos uma noite desgraçada, pois ficámos numa cubata que apenas teria capacidade para duas pessoas, sendo nós seis». No terceiro dia: tempo magnífico, uma «manhã que lembrava as de Portugal, em Maio». Transitara-se por mais aldeias. Percorria-se terra fértil, agradàvelmente acidentada. De longe a longe panorâmicas imensidões, a que dispersos bandos de palmeiras imprimiam a nota duma presença solitária, de esquisita elegância. Calcurriava-se sôbre um solo avermelhado, de agreste aspecto; blocos de quartzo irrompendo a distância, assemelhavam-se a um rebanho de ovelhas tresmalhado, de alvos velos. Mostravam-se as populações mais aptas do que as até ali encontradas, «para receberem os benefícios da civilização». «Pernoitámos em Talabanza, povoação de sete ou oito cubatas, verdadeiro ninho de águias» (⁷), de que veio a largar-se no

_____

(7) A população retirara depois. E retirou porque, — explica rev.o Barroso, compassivamente, segundo ideias que em matéria de política indígena eram, pode dizer-se, antecipação de princípios hoje correntíssimos, — «um meu companheiro entendeu fazer obra meritória, arrebatando a essa pobre gente os seus manipansos».

dia seguinte, pelas onze da manhã. Meia hora depois, a descer, passava a caravana o rio Mpozo. Ao andarmos por cima do seu solo, — escreveu o viajante, — ouvíamos um som cavernoso, que saía de cavidades profundas. A corrente principal do rio encosta-se à montanha; longitudinalmente, porém, e paralelas à corrente e entre si, afloram a um e dois metros de altura, estratificações de calcáreo e silex, formando verdadeiros canais por onde corre água e lodo». Houve que atravessá-los às cavalitas dos carregadores mais possantes. Todos iam imersos até ao peito. Isso não impediu que o missionário a certa altura numa dessas travessias, enfiasse ao charco, porque faltara o pé ao preto de que era o fardo. «Grande algazarra, e o caso assim o pedia», contava depois. «Ao saír do atoleiro, eu devia ter semelhança com uma estátua que sai da fundição, antes que lhe sejam puidas as protuberâncias pela lima do artista». Para além do Mpozo estendia-se terreno alagadiço, «duma beleza extraordinária». Mudava a feição païsagistica e o trilho coleava através duma vegetação herbácea mais espessa e pujante. Pressentia-se a floresta, novos deslumbramentos de cenografia. Apareceram mais lagoas que houve que circundar, ou cortar a vau. E às cinco da tarde fez-se mais um acampamento. Ao outro dia pelas oito da manhã, vadeou-se o Locana, e às três da tarde o Sunda, ficando-se nessa noite em Boure Lumbi, «já bastante próximo de S. Salvador do Congo». Tanto que a 13, palmilhados os montes de Banza e Engonzala, Mongo e Bamba, os olhos toparam com o plató, alcançado ao cabo de algumas horas, em que assentava, como sôbre um pedestal de que já não era digna, a Ambasse do tempo em que chegamos...

... Ou S. Salvador, modernamente.

«Imaginemos, — descreve rev. Barroso, — um grande círculo de altas montanhas divididas entre si por profundos sulcos, onde se levantam colossais representantes do reino vegetal; no centro dêste círculo, coloquemos um elevado maciço com sete

quilômetros e na direcção N. S. estendendo-se muito, e docemente, para W. E. num profundo vale com o desnivelamento
de duzentos e cinqüenta metros, para dar passagem, a um quilómetro de povoação, ao pequeno rio Laegi, e teremos aproximadamente a topografia de Banza-Congo» ([8]).

Às dez da manhã do outro dia, o rev. Barroso e seus companheiros estavam, finalmente, nas cercanias de S. Salvador,
com 150 quilómetros de caminho desde Noqui.

Despedido um mensageiro ao rei, com a nova da chegada,
todos descançaram...

Além disso havia um mínimo de protocolo a observar...

*

A notícia produziu alvorôço na real banza.

Compôs-se o rei D. Pedro o mais majestosamente que lhe
era possível, para a audiência.

A estrêla dos Águas Rosadas, — a dinastia saída da eleição
de 1701, por mores: o Conde de Sonho, o marquês de Bemba
e o duque de Bamba, confirmada depois pelo rei de Portugal,
— empalidecia. Era D. Pedro com efeito um rei que resvalava
à condição de qualquer vulgar soba. Do nobre alcáçar do áureo
período, enxovalhado depois pela revivescência dos costumes
bárbaros, abandonado, aluindo pedra a pedra, era, naqueles
tempos humilhante paródia, um aglomerado de cubatas, ao
centro duma palissada de espinhosas.

«Quando em 13 de Fevereiro entrava no lugar da antiga
cidade com os meus companheiros, — refere ainda da circunstância o rev. Barroso, — tudo quanto nos rodeava era espan-
toso, indefinível, desanimador». Não contaria mais de 600
almas a urbe preta e nela, como nas populações vizinhas, todo
o vislumbre da velha língua civilizadora desaparecera por com-

---

(8) P.º António Barroso, O Congo.

26

pleto ou quási. Outros brancos tinham principiado um dia a montar, no vão que deixáramos, os seus negócios e as suas seitas. Era «sinistro!» (⁹). Dos muros que envolviam a prestigiosa residência dos portugueses de antanho, apenas restavam alguns blocos. Houvera também em S. Salvador uma catedral. Sôbre o chão, porém, que a sua fábrica ocupara e onde crescia o capim, alteava-se até ao florão do fecho, majestosa, mesmo no destroço, a abóbada da capela-mor, desmemoriada dos fiéis e das vozes que prolongara... Das carcassas doutras igrejas, — a de S. Miguel, a de Nossa Senhora da Conceição, a de Sant'Iago, a de Nossa Senhora do Rosário, a de S. João Baptista, a de S. José, a do Espírito Santo, a dos Jesuítas, a dos Capuchinhos, a da Misericórdia, aonde, havia um século, certa princesa indígena quisera ser levada, por morte, com acompanhamento de «irmãos» com seus balandraus e de padres de cruz alçada (¹⁰), restavam algumas pedras soltas ou ùnicamente a memória.

Nos «Muros» (¹¹), sentado em seu trono, rodeado duma burlesca côrte, recebeu D. Pedro os brancos, indumentados com o que de melhor levavam nas malas.

Avançando, o «embaixador», capitão Barreto Mena, fêz a leitura da carta dada por D. Luiz I nos paços da Ajuda, de que fôra portador o rev. Barroso, — documento em que «era convidado o rei do Congo a prestar à missão católica que se ·ia estabelecer em seus estados, todos os auxílios morais e materiais possíveis, para que, assim coadjuvada, ela pudesse desenvolver a sua actividade e produzir os resultados que, com justo título, se podiam esperar». Concluída a leitura, D. Pedro deitou fala, — e em bárbaro agradeceu os benefícios que dos reis de Portugal tinha recebido o seu reino, declarando que lhe era

_____

(9) P.e António Borroso, _ob. cit._

(10) Alfredo Felner, _Angola_, (apontamentos sôbre a ocupação e o início do estabelecimento dos portugueses no Congo, Angola e Benguela), 1933.

(11) Palavra portuguesa aplicada à residência régia, envolta de muralha, e que passou às casas de D. Pedro Água Rosada.

grato recordar, naquela ocasião, que a êles só devia a sua dinastia o trono. Quanto à missão por que suspirava há muito, tudo faria para que ela operasse com total eficácia, no sentido do bem e do progresso do povo do Congo, — e descendo do sólio foi beijar um a um os crucifixos que os padres traziam ao peito. Após passou-se à entrega dos presentes, que eram bons e não consistiam, em geral, como de costume, em objectos que nada concorriam para a moralidade e proveito de quem os recebia ([12]).

*
*   *

Religião, havia-a?

Não...

«Passara, — escreve o missionário, — como as chuvas torrenciais, que apenas humedecem a primeira camada, deixando o sub-solo ressequido e estéril.» Era uma vaga tradição que transparecia já sem sentido numa ou noutra usança, por ventura na forma dalguns objectos, como os crucifixos dos ferreiros do Bembe.

E que se mantinha da antiga freqüência dos portugueses, da amizade que existiu entre eles e a génte do Congo?

À côrte de Portugal trouxera Diogo Cão alguns pretos, — a quem prometeu que tornariam. O que êles, de volta à banza real, contaram do magnífico gasalhado de D. João II, quanto maravilhavam os presentes de que haviam sido portadores para seu rei! Por isso ao fazer-se o navegador, de novo, ao reino, trazia nas náus, além dos embaixadores com dádivas, outros magnates. Vinham uns a saüdar e a cumprimentar, os mais a instruir-se, todos ardendo por deslumbrar-se. No convento de S. João Evangelista, mais vulgarmente chamado dos Loios, fôra-lhes dado aposentadoria e, debaixo de seus severos tetos, durante dois anos permaneceram os negros estudantes de civi-

---

(12) P.e António Barroso, relatório já citado, ao bispo de Angola e Congo.

lização. Ao sabor das monções ano a ano velas iam, velas tornavam e, dêste modo, puderam as duas côrtes atar interêsses, manter proveitosas relações. Ao empenho votavam-se com igual denodo mareantes e religiosos. Dêstes, os primeiros a aparecer foram os franciscanos, de burel castanho, de corda e camândula à cinta; os dominicanos de comprido escapulário negro, sôbre a cógula branca. Por largo espaço esmerara-se a banza real em receber a todos e só o clima, as doenças os mortificavam, privando a muitos de vida. Entretanto, mesmo debaixo do chão, parecia reflorir o exemplo dêsses. Criara-se um vicariato. Logo à primeira missão, a de 1490, o rei, a rainha, o princípe herdeiro, tinham inclinado a cabeça a receberem a água lustral do baptismo. O monarca tornara-se homónimo de el-rei de Portugal; a régia vergôntea tomara o nome de Afonso, o do filho de D. João II que, naquele mesmo ano de 1491, pereceria da queda dum potro, em Almeirim. Haviam sido lançados os alicerces do primeiro templo católico. Alguns lóios tinham-se embrenhado sertão a dentro, a inculcas do Prestes João. Estava-se no período da demanda de vias terrestres capazes de levarem aos domínios do famoso soberano cristão, e dos estudos com que D. João II e os seus matemáticos preparam a viagem marítima à Índia, para a qual, contudo, só em 1497 se largaria, — dormindo já há dois anos, sob a lage da capela-mor da Sé de Silves, o grande rei. Daquela aparatosa embaixada mandada em 1514, pelo *Venturoso* ao Sumo Pontífice Leão X, que na faustosa companhia de todo o colégio cardinalício, saíra a recebê-la ao Castelo de Santo Angelo, esteve para fazer parte, parece, um bispo preto. Que progressos não teria alcançado, — a avaliar por tudo isto, — a influência portuguesa, política e cristã, se após a morte de D. Manuel não tivesse afrouxado o nosso interêsse pelo Congo... Mas o Zaire não levava à Índia... (¹³). Por outro lado, a posição que Angola adquirira,

----

(13) Mons. Alves da Cunha, *Missões Católicas de Angola.*

após a reconquista, tinha concorrido para o fracasso da emprêsa, e Luanda, em 1626, «além de capital política tornara-se também a capital religiosa» ([14]). Clemente VIII, aquêle papa que, levantada a escomunhão a Henrique IV, por instantes pensara em o colocar à frente de uma nova emprêsa de cruzados, criava, pela bula de 20 de Maio de 1596, o bispado de Angola e Congo, mas logo a seguir ao primeiro prelado, D. Miguel Rangel, finado à sombra da sua igreja, todos os que vieram a tomar o báculo, fizeram sua moradia em Luanda, pelo que, em 1626, foi achado conveniente transferir a Sé para ali.

Monarcas sem fé iam-se sucedendo, na grande banza. A um deles não tinham os missionários conseguido demover dum casamento incestuoso. Éditos apareceram contra a religião. Os nossos viram-se ameaçados. D. António regressava de todo ao feiticismo, e um dia com alguns milhares de homens, metera-se a caminho de Luanda, com o intento de destruir a nossa feitoria. Em terras do Ambuila, onde o ardido capitão Luiz Lopes de Sequeira lhe saíu ao encontro, com duas peças, quatrocentas espingardas portuguesas e seis mil empacasseiros, esperava-o a derrota, perdendo no desbarato, como muitos dos seus, a vida. Ocorreu o episódio em 1665, e porque era coisa merecedora de memória, Negreiros, governador ao tempo, fêz erigir uma capela na capital, a Nossa Senhora da Vitória, sob cuja invocação os brancos se tinham batido. Deminuíra consideràvelmente o número das missões e o campo missionário tornara-se pelo visto tão inglório, que os padres acabaram por preferir a evangelização em terras do Oriente e do Brasil. A remessa de regulares estancou-se quási por completo. Depois do insucesso dos barbadinos italianos só de longe a longe lembrava-se o prelado de despachar padre a S. Salvador, por algumas semanas. «É bem de vêr que estas missões apenas serviam

---

([14]) Alfredo Felner, *ob. cit.*

para dizermos na Europa que missionários portugueses percorriam o Congo» [15] e a decadência não poupou sequer as mais nomeadas cristandades, que vieram assim a desaparecer também [16].

Terá sido ela efeito apenas de desleixos governativos?

Forçoso é reconhecer que concorrera não pouco para tão deplorável estado de coisas, a prática da escravatura.

Ponderou Barroso: «Os missionários prègariam sem dúvida que os homens eram irmãos, remidos todos no sacrifício cruento do Calvário. Ao lado, porém, do missionário que levava o verbo redentor à raça desprotegida, estava o comprador de homens, o que estrangulava os laços que prendiam o filho ao pai, e a mãe ao filho; o despovoador de regiões; o homem sem coração que ganhava punhados de ouro, vendendo aquêle que a religião lhe dizia ser seu irmão». Não foram os portugueses que inventaram a escravatura, — escreve. A escravatura «é muito anterior a êles». «Os portugueses exerceram-na como todos os povos europeus e quiçá com mais brandura que alguns. As leis admitiam êste aleijão social, os costumes não se irritavam e um traficante de carne humana passava por tão honrado como o que vergava aos excessos de fadiga e trabalho para ganhar o pão de todos os dias. Nem por isso o exemplo deixava de ser de péssimos efeitos para a civilização do preto». A inquirição mandada tirar em 1548, em S. Salvador, pelo rei congolês, dá-nos as mais interessantes notícias com respeito a êste comércio. Por ela sabemos que existiam no Congo mais de dez europeus exportadores de peças (escravos); que ao pôrto de Pinda iam de S. Tomé cada ano cerca de doze a quinze navios; que cada um carregava de quatrocentos a setecentos escravos, que os negociadores sofriam grande prejuízo nos que morriam na embocadura do Zaire, pois êste número de navios era insuficiente para conduzir todos os que esperavam embarque, che-

---

(15) P.e António Barroso, *ob. cit.*
(16) P.e António Barroso, *ob. cit.*

gando a travar-se rixa entre a gente de bordo e os exportadores, que queriam por fôrça que lhes transportassem todos os que tinham. As coisas chegaram a tal excesso que um ou outro português apontava a ruína iminente do país; esses brados da razão e da justiça eram, porem, abafados e o eco expirava estrangulado no meio do tumultuar infrene de interêsses deshumanos e egoistas. Êsses tempos felizmente passaram ([17]).

Abandonado, o Congo acabaria por desaparecer para nós. Com a Índia perdera já todo o interêsse político.

«Mas manteve-se, — escreveu na sua memória histórica, já citada, Alfredo Felner, — pela unidade e engrandecimento que lhe deram os nossos que lá andavam e que, alheados dêsse interêsse político, e como resultante do seu próprio, tinham formado o esqueleto duma nação, que se estendia desde a foz do Zaire, pelo seu curso, muito para além de Brazzaville; pela costa, para o norte até ao Cacongo, e para o sul, até Benguela Velha, senão mais além; para leste, pelo menos até aos limites do Sundi, nas montanhas de Cristal, dos Pouzelungos, nas montanhas do sal e da Batta nas montanhas do Salitre, e ainda mais para o sul e para leste, até aos reinos de Angola e de Matamba, onde tinham deixado, como marca, que os séculos não conseguiram apagar, o trilho bem nítido dos seus passos, em duas linhas de penetração ainda hoje as mesmas, partindo de S. Salvador: uma, pelo Ambriz aos Libongos e a Luanda;

([17]) P.e António Barroso, *ob. cit.*

Ocorre o que escreveu nos seus *Ensaios* (1844), J. J. Lopes de Lima: «os reis de Portugal seguiam desinteressadamente os ditames de uma útil e sensata filantropia em seus domínios antes que uma política interesseira ensinasse essa virtude a Nações, que naquela época faziam vergar sob o jugo de um duro feudalismo os escravos brancos seus conterrâneos». E Lopes de Lima recordava no passo a Carta Régia de 9 de Janeiro de 1515, na qual D. Manuel «depois de· declarar que fôra expressamente ordenado no regimento que se fez para a povoação (S. Tomé), que se desse a cada um dos colonos uma escrava para dela haver filhos, determina que tais escravas fiquem livres com tôda a sua descendência; e a outra Carta Régia de 24 de Janeiro de 1517, a qual estende o mesmo benefício aos escravos machos, que semelhantemente foram dados para o serviço dos primeiros povoadores [de S. Tomé], e os declara fôrros a êles, e seus descendentes».

outra, monumento do nosso valor e da nossa audácia, pelo Dembe ao Encoge e a Duque de Bragança e a Ambaca. Tudo os nossos tinham percorrido e, em rôda a parte onde havia núcleo importante de indígenas, tinham levado mercadorias para o comércio, tinham negociado, e tinham ido padres que cravando no solo uma tôsca cruz de troncos, aí levantavam um altar, diziam missa, baptizavam e prègavam a doutrina cristã. Assombra como tudo isto se fêz! Nós tínhamos iniciado a civilização do Brasil e, o Congo, não só nos não era necessário como o tínhamos feito, como até nos prejudicava, pela centralização da navegação no Pinda, quando necessitávamos da ampla liberdade do resgate para todos os portos da costa para o sul, onde houvesse pretos para levarmos aos fazendeiros do Brasil, que não teríamos feito sem êsse essencial e poderoso auxílio. O Congo teve pois de desaparecer por fôrça das circunstâncias».

*

* *

Em que penosas condições ia tentar-se a emprêsa de renovação missionária, di-lo esta passagem do diário de P.ᵉ Barroso, datada dos primeiros dias de Março: «Estamos muito mal, e não temos onde celebrar o Santo Sacrifício nem exercer outras práticas de devoção, nem sei quando saïremos desta miséria. Deus disponha tudo para que alguma coisa nós possamos fazer». Escrevia com água a entrar-lhe na cubata, por todos os lados. O clima lavrava nos organismos os seus malefícios. Havia adoecido e inspirava cuidado padre Sebastião. Os outros estavam mais ou menos doentes. «Até me admira que algum de nós não tenha morrido», — lê-se entre as suas «impressões» daqueles primórdios de vida missionária. «Se chegarmos a ter uma casa de pedra, poderemos viver no Congo». Mas assim, debaixo de tetos de capim, naquela indigência de meios, como resistir às depressões do ambiente, porfiar? Todos iriam sucumbindo, hoje um, amanhã outro. «O europeu não pode sofrer

33

rôdas as inclemências, ainda que fôsse de aço. Conta a gente fazer alguma coisa e, no dia seguinte, não pode, porque as febres andam furiosas. Deus Nosso Senhor resolverá como fôr da sua divina vontade». Em 28, tornava aos seus lamentos: «Aqui tudo tem febres, até os pretos vindos de Luanda. Desde que chegámos ainda não estivemos, talvez, um dia sem ter algum doente. São mimos que Deus nos envia. O que me mortifica é não se poder fazer alguma coisa, nem aprender a língua, nem ensinar a doutrina». Quere dizer, para passar da intenção ao acto, a emprêsa exigia dos seus agentes, um considerável esfôrço físico, intelectual, necessàriamente precário nas condições em que vegetavam. Caíra naquele ano, em Abril, — a poucas semanas de chegarem, — a Semana Santa. «No domingo de Ramos, — refere o diário, — fizemos uma procissão a que assistiu o rei e bastante povo; a missa foi cantada e tudo correu bem. Também na quinta-feira santa se cantou uma missa, e à noite os ofícios de Trevas, a que esteve pouca gente, como já sucedera aos ofícios de sexta-feira. No dia seguinte fizemos aparecer a Aleluia mas, bem entendido, quási só para nós, pois a gente do Congo brilhou pela ausência». Indiferença?... «Os povos do Congo, — discreteia para o seu prelado o rev. Barroso, — gostam, é verdade, de ser baptizados, mas é preciso que lhes não exijam a precisa instrução dos artigos fundamentais do Cristianismo, porque se lha exigem, retiram-se, dizendo que não somos como os outros padres que baptizavam todos os que se lhes apresentavam sem requererem instrução de qualquer natureza. Neste estado de coisas só com muito custo e trabalho se poderá conseguir que êste povo tenha ideias mais esclarecidas sôbre a religião e sua dignidade. Aqui, como em quási tôda a parte, são as mulheres quem mais concorre aos actos religiosos; os homens vêm sempre em número desolador. E apesar dalguma concorrência aos actos religiosos, os cristãos do Congo, homens e mulheres, têm todos os vícios da gente que os rodeia, mas sempre muito seguros de que o céu está aberto para eles de par em par, porque, dizem, são baptizados e crêem em Jesus Cristo. Isto lhes basta. Eis o princípio absurdo e genuïnamente protestante que, segundo creio, possuem há muito tempo». Celebraram-se, pois, àquêles actos com pobre brilho. «Que Deus Nosso Senhor, permita, suplicava no seu íntimo o superior da missão, que aquilo que faltou em esplen-dor de culto, abundasse em piedade nos nossos corações». Ex-plendor! Tôdas as solenidades da liturgia tinham decorrido debaixo do telheiro dos carpinteiros. «Ainda não temos ca-pela». E consternado padre Barroso acrescentava: «Nem mesmo sei quando a teremos. Estou sem recursos, e êste povo não faz a mínima coisa sem que lhe paguem. Se o govêrno de Luanda não enviar meios, nem uma capela de palha poderemos levantar». A missão praticava entre indiferentes que era preciso refazer cristãos... Tornava-se, «necessário cuidar da geração nova, subtraí-la quanto possível ao meio pestilencial em que vive c onde precocemente se corrompe». Mas como? «Não conheço outro meio senão um internato convenientemente es-tabelecido e dirigido, com sua quinta para industriamento dos alunos no trabalho» ([18]).

Andavam por aquêle tempo no sertão próximo os da *Mis-sion's Livingstone House.* Que acolhimento na volta! Parecia tudo doido! À testa dum cortejo, um preto, ensoberbado, erguia a bandeira britânica. «Êste povo, — referia no diário padre Barroso, — não conhece móbil que não seja o interêsse, e quem mais der, é quem mais simpatias conta». Ora que podiam dar-lhe os nossos missionários? Com ruidoso aparato preto largara D. Pedro Água Rosada de seus «muros», a fim de ir jantar com os amigos albiões e para que no festim a sua figura não desmerecesse da majestade inclusa, prèviamente uniformizara-se a preceito, plantara sôbre a carapinha o chapéu de bicos, cingira a durindana depois de bem limpa, a tôda a pressa, na missão portuguesa. Em frente ao lar dos protestan-

---

(18) Relatório do P.e Borroso, já citado.

tes houvera um animado batuque, e à noite projecções de lanterna mágica entusiasmaram o povoleu. Não faltavam, como se vê, à missão inglêsa, modos de cativar negros... A sua escola, acolhedora, iam instruir-se dois filhos do rei. O que esta preferência apoquentava padre Barroso!... Em sítio principal, pretendia o rei que passassem a reünir, em dias diferentes, para ouvirem católicos e protestantes, príncipes e arraia miúda. D. Pedro, — observava desta política o superior da nossa missão, — acendia uma vela a Deus e outra ao demo!... Fizara-lhe vêr o nosso bom padre que não era permitido dispensar favores, quási bafejar os adversários do Catolicismo, e se êle na aparência nunca deixou de render-se à admoestação, presto em ensejo favorável mostrava-se reincidente. Tinha-se entrementes atenuado a miséria dos primeiros tempos. «Vendo que os males que nos afligiam, — relatava ao seu bispo o missionário, — não prometiam terminar, resolvi mudar de habitação para um lugar que nos pareceu melhor para a saúde e que tinha ainda a grande vantagem de estar situado no meio do povo, próximo à residência da missão inglêsa». Depois a capela afincou-se mais à terra. Não era já palhota. A cruz alargava os braços ao alto duma casa de madeira e zinco, aonde o rei e os seus iam com mostras de praticantes. Outra era a morada dos padres e de seus auxiliares. Havia uma sumária tipografia, núcleo por ventura de oficina-escola, a enfermaria, a farmácia abastecida do mais indispensável, a granja-agrícola para treino de civilizador trabalho, e pelo sertão próximo, como faúlhas do fogo da missão alguns postos de catequese...

Meditava Barroso sôbre o pungente problema da mulher indígena sujeita à tirania dos costumes, reduzida à condição de simples instrumento de servidão. Sem religiosas, porém, tornar-se-ia impossível a reforma com que sonhava e por elas deveria indefinidamente esperar...

Estava reservada à missão de Landana a fortuna de receber as primeiras «irmãs» de S. José de Cluny.

36

Encontramo-nos em 1885.

A 26 de Fevereiro assinara-se o Acto Geral da Conferência de Berlim, em que Portugal se fizera representar por Antônio de Serpa, Luciano Cordeiro, pelo marquês de Penafiel, ministro plenipotenciário, e outros, e a 20 de Julho saía na fôlha oficial uma lei aprobatória da convenção negociada com a Associação Internacional Africana.

Argumentos sem fim, os factos da descoberta, da conquista: o Cão, os padrões, porventura até bulas acudindo na discussão: a de Eugénio IV, de 9 de Janeiro de 1442; a de Calisto III, de 13 de Maio de 1445; as de Xisto IV, de 21 de Agôsto de 1472, e 21 de Junho de 1481, preceituantes do nosso direito de padroado em terras de África, definido depois pelo concílio de Trento (1545 — 1553), reconhecido pela bula de 7 de Junho de 1514, pelo breve de 31 de Março de 1516, de Leão X, e pela declaração de 11 de Outubro de 1577, de Gregório XIII, de nenhum efeito haviam sido nas deliberações da Conferência. Quando Penafiel, em obediência às instruções que recebera do Ministro dos Negócios Estrangeiros, J. V. Barbosa du Bocage, comunicou aos circunstantes que Portugal resolvia submeter à arbitragem a questão do Congo, o barão de Courcel, embaixador francês, inclinando-se-lhe ao ouvido, a sorrir, aconselhou transigência... Transigiu-se. Portugal estava só ([19]). E no entanto a Sociedade de Geografia de Lisboa tinha-se dirigido a tempo aos institutos similares dos outros países, numa severa e copiosa exposição das razões portuguesas. Contra nós regulara-se, pois, uma questão que vinha arrastando-se há anos. As nossas aspirações ao norte de Angola entravam desde logo na categoria sentimental das ilusões desvanecidas...

Encontrara nalgumas ocasiões o govêrno de Lisboa, a secundar-lhe os intentos, em África, alguns espíritos determinados

([19]) Rocha Martins, *História das Colónias Portuguesas.*

a consumarem a ocupação onde fôsse possível empreendê-la. Ia proceder-se talvez conforme a letra do mais recente direito colonial... Já em 1883 havíamos aborrecido inglêses e franceses ao instalarmo-nos de súbito no Cacongo, rasgo que teve o seu principal obreiro no madeirense Rodrigues Leitão, mais tarde memorativamente viscondado, no Massabi e em St.º António do Zaire. Ainda à Conferência de Berlim não tinha dado por concluídos os seus trabalhos, outro sertanejo negociante, António Manuel da Silva, conseguia levar por sua vez a efeito a rápida ocupação de Cabinda, em risco de ser também tragada na partilha, mercê dos manejos da *Baptist Island Cong Mission*. Ao fundear a corveta *Rainha de Portugal*, comandada por Guilherme Capêlo, que não descansava na faina de lembrar a régulos e seculos o nosso direito, só restava redigir o respectivo auto de vassalagem, o que se fêz a bordo, e que começava por estes termos: «Os príncipes e mais chefes do país e seus sucessores declaram solenemente reconhecer a soberania de Portugal, colocando sob o protetorado desta nação todos os territórios por eles governados». No número dos grandes que assinaram por extenso ou de cruz, contavam-se Manuel José Puna, mais conhecido depois pelo título de barão de Cabinda, que lhe conferira D. Luiz I ([20]), a princesa Maria Gimbo,

---

([20]) «Não permitindo os inglêses que ocupássemos a costa ao norte de Ambriz, tínhamos várias vezes, com a aquiescência e até a pedido dêles, feito a polícia do baixo Zaire e da costa desde Ambrizete até Maiomba, quando Stanley descia o Congo e Brazza alargava as colónias do Gabão. Êste explorador estendia o domínio francês pela costa abaixo, passava Maiomba, comprava terrenos em Loango quando, fazendo parte da guarnição da canhoneira *Bengo*, ali estive em 1883. (J. de Matos e Silva, *Constribuição para o estudo da região de Cabinda*).

Ainda sôbre os portugueses em Cabinda, informa no mesmo livro o sr. Matos e Silva: «Na baía de Cabinda estabeleceram uma feitoria protegida por um pequeno forte; mas o negócio foi atraindo mercadores estrangeiros, especialmente franceses, que nos foram guerreando até repelir-nos, pelo que em 1873 se tratou de construir uma fortaleza (o forte de S.ta Maria de Cabinda), que, não estando ainda acabado em conseqüência das doenças e mortes que muito dizimaram a guarnição, foi atacada (Junho de 1784) por uma fôrça naval de três navios franceses, sob o comando de Marigny, que a tomou por capitulação, mandando desmantelá-la. Não foi arrazada, como se supôs e corre

os Franques, táo pouco amigos nossos. Estava feita a ocupação ([21]), lavrado entre portugueses e indígenas o respectivo instrumento. Posta perante o facto consumado, a conferência reconhecera-a. Tratava-se de resto duma reafirmação. Na verdade já em tempos afastados, da armada saída em 1490, no remanso daquelas mesmas águas ancorara a nau *Nossa Senhora da Atalaia,* em que ia por capitáo-mor D. Rui de Sousa. Aquelas velas representavam desde então um sinal de descoberta e soberania. Em 1857 o nosso direito voltava a ser afirmado por J. Baptista de Andrade, reduzindo o gentio levantado. Lisboa, todo o país se felicitaram, como é natural, com os últimos acontecimentos. Bastante se falou por essa ocasião de padre Barroso, do seu ânimo porfioso, — homem em cujas veias — observava Oliveira Martins, — parecia correr o sangue daquele Duarte Galvão que, depois de por larga cópia de anos viver na fruïção da fama de cronista, se meteta às inclemências, aos graves perigos dos longínquos mares, por mandado de el-rei, que lhe cometera, e ao padre Francisco Álvares, a primeira embaixada de Portugal à côrte do Prestes João das Índias.

E falou-se nêle porque as suas iniciativas de evangélica penetração restabelecendo a nossa preponderância religiosa e política, aplanando, — conforme o testemunho de Jaime Forjaz de Serpa Pimentel em *Um ano no Congo,* — o caminho para a ocupação militar, facto em 1888, sem oposição, facilitado até pelo rei congolês, foram de considerável pêso para que, na partilha, por efeito da Conferência, não nos houvessem levado

em livros porque, quando, em Novembro de 1893, se quis fazer uma estrada ainda se encontraram muralhas bem conservadas, restos do fôsso, corredores e três canhoneiras para o lado do mar, tudo soterrado. Debaixo duma abóbada encontrou-se um bloco que mostrava ter sido boa cal virgem que, com o tempo, lentamente se apagara e destruíra umas dezenas de espingardas ali depositadas ou talvez escondidas, de cujos canos ficaram os moldes formando como que um grande favo. Também se encontraram bastantes ossadas de indivíduos da raça caucásica, masculinos».

([21]) Conheceu-o o autor citado na nota anterior. O barão vivia ao tempo, ao fundo da baía, numa casa de madeira, dum andar, bastante deteriorada.

S. Salvador. Observou por sua vez o cônego S. J. Alves, numa conferência sôbre *As missões religiosas ao Ultramar*: «O explorador Stanley tramou quanto pôde contra o nosso domínio no Congo, auxiliado em tudo pelos missionários estrangeiros; todos êsses vastos territórios que hoje constituem a colónia belga, eram reconhecidamente pertencentes a Portugal, e mais teriam levado se a tempo não tivesse ido para S. Salvador o ilustre missionário e os seus companheiros padre Sebastião José Pereira e Joaquim Folga, os quais conseguiram decidir o rei do Congo a fazer um solene protesto de fidelidade e submissão a Portugal».

Conseguiríamos agora corresponder às responsabilidades do pacto colonial?

Isso exigia da nossa parte o estabelecimento duma autoridade efectiva e eficiente.

Saberíamos realizá-la?

Decidir-nos-íamos enfim a contrariar a acção, no fundo também política, que outras missões, outras seitas iam desenvolver ao abrigo do art. 4.º do Acto Geral, que a tôdas as potências soberanas ou influentes no Congo, impunha o dever de protegerem e de favorecerem, sem distinção de nacionalidades, ou de cultos, tôdas as instituïções e estabelecimentos religiosos ou de caridade?

Prometia-se padre Barroso exceder as próprias fôrças se isso fôsse preciso, para despertar a actividade missionária.

Missões, postos catequistas, deambulações de prègação, pa-

Conta ainda o sr. Matos e Silva: «Seus filhos, Vicente, há poucos anos falecido (1875), e João, foram educados em Portugal, onde chegaram a fazer alguns exames no liceu de Coimbra, deixando fama de valentes e atletas; dedicando, porém, pouca atenção aos estudos, recolheram a Cabinda. Vicente foi empregado de casas comerciais, professor de primeiras letras e, depois da nossa ocupação, amanuense das repartições, e finou-se por doença do sono. João, o mais novo, pouco a pouco regressou ao estado selvagem. O velho Puna que por ocasião de visitar Lisboa, D. Luiz I fizera também coronel honorário, conservou-se sempre amigo daquele monarca e dos portugueses. Era um homem honrado, de bons costumes, muito bem educado. Com a idade não escapou porém às influências das superstições da sua raça».

dres seculares, padres regulares, «irmãs», leigos — era indispensável com todos estes elementos formar sem demora uma vasta rêde, alargar a zona de pescaria espiritual...

Ouvir-lhe-iam, porém, o apêlo?

Em carta dada, em S. Pedro, aos 19 de Janeiro de 1886, ponderava Sua Santidade Leão XIII ao rei D. Luiz : «Queremos especialmente aludir ao Congo, onde desejamos vivamente que V. M., gozando dos privilégios que lhe pertencem como real padroeiro, queira esforçar-se por fazer ali profundar e dilatar o catolicismo».

Ao começar a nova acção evangélica, de que um dos principais objectivos seria a criação de núcleos no Bembe e na Madimba, apenas dispunha de pouco mais de meia dúzia de padres.

Alimentava ainda a esperança de poder reedificar a antiga Sé. Um dia, obtidos alguns recursos, mandou proceder ao desentulho do sítio onde ela fôra, «obstruído por arvoredo e ervas». Teve porém que convencer-se da inutilidade de todos os trabalhos. As paredes haviam aluído quási por inteiro e naquilo que ainda se agüentava temerário seria tocar. Pretendera aproveitar os alicerces mas desistira do intento, dado não poder a nova fábrica ajustar-se às dimensões da precedente.

*

* *

Preparou-se para a exploração ao temível Bembe. Sem dúvida, no propósito de incutir aos povos que, durante o reconhecimento ia encontrar, aquela confiança de que dependeria em não pequena parte o bom resultado das suas iniciativas, alcançara na aventura a companhia do príncipe herdeiro D. Álvaro e doutros jóvens de estirpe, discípulos da missão, o que provava que o espírito tenaz, a habilidade, por assim dizer, diplomática, do superior operavam já nesta altura, como um íman, no ânimo do rei do Congo, que êle ia subtraíndo à influência dos protestantes.

Padre e caravana tinham largado, em fins de 1883, do plató em que S. Salvador está posta. Pista fora, maciços de gigantes gramíneas, pelo meio das quais, embaraçado, núnca o piso conseguira torná-la sofrìvelmentè praticável, alternavam com nuas solidões fragosas. Atravessou-se o Luege. As vezes, num breve alto do terreno, surgiam à sombra de palmares, agradáveis senzalas, como Zamba e Kimalo, bonita fundação de antigos missionários (²²). Em dado momento topara-se com o Ncôcô, outro rio. A senda era amena e de feição amiga se mostravam as povoações. Que traições pelo contrário na impassibilidade do pântano da Lomba, nocturno dos lodos flutuantes!... Já a quarenta quilómetros iam de S. Salvador, quando, à noite, entraram na Quinganga, povo do príncipe D. Álvaro, que acompanhava a caravana, o derradeiro que, a sul, conservava vestígios de remota influência branca. «Dormimos admiràvelmènte», escreveu padre Barroso. E permaneceu no sítio três dias, instruindo e baptizando, visitando outros povos da vizinhança, procurando também averiguar do humor das povoações que ia encontrar no novo trecho de itinerário a fazer. Para ir, porém, até ao fim, forçoso lhe foi, naquelas alturas, desenganar os carregadores, anunciar-lhes que demandava o Bembe. Logo que o fêz, um movimento de espanto agitou a massa dos corpos de ébano; braços erguiam-se ao ar, alijavam-se as cargas, principiava um movimento de deserção, erguia-se um clamor sem fim... «Senhor, não podemos ir! Não queremos ir mais adiante! Essa gente destruíu tudo o que os brancos lá deixaram, e agora, se lá vamos, matam-nos!» Padre Barroso insistia, procurava infundir ânimo. «Não vamos! Não vamos!». «Em vão, — contaria da peripécia — empreguei tôda a minha retórica para lhes desalojar da cabeça aquela ideia». Nem mais um passo.

(²²) *Apontamentos de viagem*, do missionário Barroso,, redigidos em 1884 e publicados em 1889 nos *Anais das Missões Portuguesas*.

Se «tinha vontade de morrer, que fôsse eu só!» Por esta razão viu-se o superior constrangido a voltar para trás.

Mas não desanimou com o percalço. Sentiu-se «até mais decidido que nunca a realizar o empenho». — e daí a algum tempo formava nova coluna, mais firme.

No povo da Quinganga (23) acampou a primeira noite, bapno do Lendi, «pequena senzala, levantada no cume de um belo morro, que domina todos os pontos vizinhos e apresenta um dos horisóntes mais vastos, encantadores», permanecendo aqui três dias a exercer o seu ministério. Neste espaço de tempo, teve que intervir no pitoresco cerimonial duma envestidura de cavalaria preta... (24). A 9 de Outubro atravessava

(23) Vocábulo composto de duas palavras: «*quinga,* espera, e *ganga,* padre, está a significar, pois: «lugar onde o padre demora ou descansa, — explicou Barroso. Noutros tempos, era o seu sentido de política religiosa, — em tôdas houvera padres». A ideia de estações civilizadoras «não era, pois, nova, — acrescenta, — pelo menos enquanto à sua essência, porque estes povos deveram servir aos missionários que transitavam de Angola para o Congo e vice--versa, de verdadeiras estações ou lugares de descanso, de que muito necessitavam no meio destas montanhas onde não abundam os lugares de abrigo, e ao mesmo tempo deviam civilizar. É verdade que não eram fundadas com o aparato científico com que hoje se pretende, com muita razão, dotá-las; mas também é verdade que as missões quer científicas quer puramente religiosas do século XIX são bem diferentes das do século XVII; o essencial, porém, continua sempre o mesmo.»

(24) Não era a primeira vez que intervinha em ceremónias daquela natureza. Logo em 1881, o rei do Congo o mandara chamar um dia, a fim de impôr o grau a certos dos seus súbditos. Intrigado, sem ideia do que ía fazer, dirigiu-se, conforme o recado, à banza real, com um livro de orações. Na realenga morada, apresentou-lhe o monarca sete ou oito pretos, — os que haviam merecido a graça que lhes concedera, mas que, sem a intervenção dum padre, nenhum efeito ou eficacia teria, pois só um padre podia tomar o juramento dos postulantes. Ajoelhados aos pés do rev. Barroso, entraram os pretos de resmungar o quer que fôsse de ininteligível. Haviam proferido o sacro compromisso. Então D. Pedro aproximando-se dêles com a durindana do cerimonial, assentou sôbre as suas espáduas as pranchadas do estilo, feito o que convidou o superior da missão a entregar a cada um dos recipiendários um rosário, insígnia do grau. Quiz p.e Barroso, terminada a solenidade, saber o que os novos cavaleiros tinham resmungado, donde vinha a prática. Traduziram-lhe então o teor do que ouvira «Prometo ser fiel à religião católica, prometo fazer o que os padres me ordenarem, prometo obediência ao rei do Congo e ao rei de Portugal, e Deus me castigue se o não cumprir!» Haviam dito. Aquela comédia de côrte

outras povoações e ao cabo dalgumas horas, das margens do Lunda, que divide esta região da de Kimbubuge, expedia mensageiros a aquietar as gentes que demoravam adiante. Dez quilómetros andados, já os tinha de volta. «Adoptei êste expediente, explica o explorador-missionário, por ter feito conhecimento de quanto são melindrosos os chefes destas povoações, os quais me levariam muito a mal se chegasse às suas terras sem aviso prévio. Aqui, para os negócios mais triviais é sempre preciso um embaixador...» Segundo o recado que traziam, nada os sobas queriam do padre, a quem consentiam que com sua gente atravessasse as terras. Só o princês de Kinga punha a condição de ser indemnizado à conta de certos agravos que havia dos portugueses e que datavam do tempo em que por ali tinham passado, para S. Salvador, as nossas fôrças.

Avançando, já por completo convencido de que estava reservado para ser na circunstância o bode expiatório, o missionário não demoraria a entrar em Sana Kimbubuge, a mais animada feira congolesa de que tinha conhecimento. Pela quitanda passava com efeito a pista das caravanas do marfim e da borracha, vindas dos sertões do norte e de leste às feitorias da costa. Percorridos mais alguns quilómetros, à borda dum vasto atoleiro de que imergia em profusão a haste do papirus, alinhava suas cubatas, não obstante por ali campear a môsca do sono, a povoação do Pango. Estava rôda a gente cançada e ali houve por isso que descançar. «Meia hora correu, — refere o padre sertanejo, — sem que lográssemos ver o soba». Pintava-se a azeite e tacula, «para nos receber condignamente». Até que apareceu cerimoniosamente engraxado. «Neste mesmo

---

preta equivalia, afinal, a uma prática veneranda da fôrça que ainda representávam o nosso nome e a fé de que tivemos naquelas terras a defensão. Como fôra introduzida a cerimónia? Eis o que ninguém lhe soube explicar. Ocorreu, então, ao rev. Barroso esta admissível hipótese: «Recorrendo à minha memória, lembro-me de ter lido algures que um monarca português enviou seis «hábitos» de Cristo, ao rei do Congo, para êle os distribuir pelos seus principais vassalos e isto é tanto mais certo que os indígenas ainda hoje designam aquela distinção pelo nome de «hábitos».

dia baptizei uma porção de crianças» — continua o rev. Barroso em breve nota do seu diário. O dia seguinte trouxe mais, dou-. tras povoações. Queria o soba demorá-lo, e a cada passo afirmava, com entono, afecto pelos que acabavam de entrar em terras de seu senhorio. «Os olhos curiosos é que não largaram o abdomen de um fardo de fazenda enquanto o não viram de todo despejado. São assim os sobas africanos...». Logo que o príncipe D. Álvaro se sentiu melhor, — pois à chegada ao Pango adoecera, — pôs-se a expedição de novo em marcha. Passou-se por Matampi, senzala solapada entre escuros morros, e cuja gente acudiu a vêr o homem branco em trânsito, de que ela guardaria por tempos recreativa memória para os serões em tôrno à fogueira, afugentadora de feras e espíritos... Atravessou-se uma região por vezes «de magníficas perspectivas, de cultura quási nula por incúria dos habitantes» em que as gramíneas eram menos desenvolvidas, de vegetação mais pobre, pela má qualidade do solo.» «Atingiu-se o limiar de Kinga, domínio do princês recalcitrante, queixoso dos portugueses que acolheu com frieza, «mas sem hostilidade felizmente». Tornara-se difícil concluir uma transacção. De novo a caminho, atingiu o bando explorador ao outro dia, o M'briche, de margens pouco salientes, com a sua nascente a NE. de S. Salvador, coisa de três dias, donde e na direcção E. com tempo claro se percebe uma cachoeira, de águas a despenharem-se de grande altura. «Ainda não a pude visitar», — assentava p.e Barroso. Feita a travessia trilhou-se caminho áspero, coleante entre alterosos montes, cortados de profundos vales, até que ao cabo de uma hora se atingia o planalto. Gente de cara amena apareceu, ainda, a correr ao encontro dos recem-chegados, e já em tôrno dos carregadores que levavam grande dianteira, braços começavam a aliviá-los e a tomar as cargas. Era-se numa nova quinganga, — mais uma povoação de veneranda origem missionária. Todos aquêles bons negros descendiam com efeito de casais de escravos com que os padres dum convento do Golungo

Alto haviam composto povoados. Pressurosos, solícitos davam notícias doutras quingangas...; A mais próxima distavá a um dia dali, — e apontavam ao rumó sul, — havia também a da Madimba, e os mesmos indicadores cobriam, sôbre o enublado do horizonte, o ponto provável em que a povoação tinha poiso. Aí reacenderia em breve p.ᵉ Barroso o lar dä antiga missão. Baptizou o superior, disse a palavra de Deus, visitou o chimbeque que já fôra capela, onde ainda existiam algumas piedosas recordações: imagens, paramentos, outros objectos de culto (²⁵) e tocou com as mãos o breviário, alguns papéis do indígena bacharel em Canones, André de Castro Godinho, que em 1778, por mandado de Martinho de Melo, acompanhou ao Congo os barbadinos. Um sininho de bronze há muito tempo emmudecido, soou na ocasião em sua honra. Que tocante familiaridade a daquelas horas, naquele calmo e ignorado recesso sertanejo, onde todavia um bafo da antiga fé divulgada pelos nossos padres, persistia nas coisas, na mansidão dos costumes e das almas!... M'briche jazia na via das caravanas que jornadeavam de muito longe, até da Damba, ao tráfico animado do amendoim, da borracha, do marfim, na Mucula, no Ambrizete, noutras feitorias do litoral. Dispôs-se depois a prosseguir. Que não fôsse, — aconselhavam, lembrando-lhe os perigos que correria no Bembe infesto. E tanto se empenharam em dissuadi-lo. que resolveu não se aventurar terras adiante sem primeiro despachar, mais uma vez, recado aos sobas que as regiam. «Estávamos

---

(²⁵) É interessante a relação do que na capela se via por ventura de principal: 1 círio de bronze; 1 imagem de N.ª Senhora, com diadema de prata e uns imundos lenços sôbre os ombros, imitando manto, tendo ao peito um corpete de côr desbotada; 1 crucifixo de metal com cruz de pau; 1 processional com crucifixo de metal amarelo, lavrado; 3 imagens de Santo António, sendo uma de barro e duas de madeira; 1 crucifixo grande de madeira em péssimo estado; 1 santa carcomida; 1 pintura do rosto do Senhor em chapa de metal; 1 grande turíbulo e competente naveta, tudo em prata; 1 calix de indecifrável metal, por estar por completo negro; 2 breviários romanos muito velhos e deteriorados, de que não se percebia a data da edição; 1 código do Reino, edição de Antuérpia, 1736; alguns manuscritos. Caixotes ou coisas semelhantes serviam de altares.

próximos dos povos que mais temiam os nossos carregadores, que a cada passo me diziam: Senhor, esta gente é má!» E lembravam certas sinistras façanhas que revelavam a incruenta índole dela: Aqui mataram o capitão Sousa; ali um soldado... «Entretanto os nossos enviados voltavam, anunciando-nos que os povos do Hiembe os não haviam deixado passar avante, mas que nos convidavam a entrar nas suas senzalas.» Decidiu nestes termos seguir adiante, p.ᵉ Barroso. Nas senzalas resolveria. «Vendo-me — referia — prestes a largar, ofereceram-me uma tipoia e carregadores, ficando admirados da minha recusa, pois lhes parecia que me devia ser mais agradável aquêle meio de transporte do que andar a pé, no que realmente se enganavam.»

«Fêz-se a abalada ao romper do dia, passamos algumas povoações de pequena importância espalhadas em terreno ravinoso. Iamos sendo menos conhecidos. Todos fugiam de nós como de animal imundo.» Por tôda a parte a tristeza da esterilidadede; solo de um amarelo avermelhado; vegetação de gramíneas e acácias espinhosas; montes quási nus e água escassa.

De súbito pôde a vista espraiar-se sôbre uma verde planura, de paradisíaca quietude em que avultavam palmeiras de larga umbela.

A noite estacionou-se em Quimbamba. Às seis da manhã nova largada. «Subindo, veio a dar-se a um planalto, centro dum bosque encantador», a que se abrigava a povoação de Banza-Lufuco, cuja reduzida gente acorreu também a salvar o missionário, gritando no nosso falar: «Bom dia!» «Bom dia!» Procurando saber a razão porque no falar indígena, se embutiam aquelas palavras, conseguiu rev. Barroso apurar que elas eram uma sobrevivência da época da guerra do Bembe, durante a qual, usando-as, sempre os portugueses e os seus amigos pretos se reconheceram. Fôra uma calamidade aquela guerra. E com pezar recordavam o tempo em que trabalhavam nas minas, ganhando muita fazenda. Êsse modo de saüdar, ouviu-o depois, o missionário, durante a viagem, repetir-se inúmeras vezes. Ainda meia hora não decorrera de caminhada, e esbarravam com o Calo, «que no lugar da passagem se precipita de uma altura não inferior a 10 metros, formando uma queda esplêndida». Estava-se ainda em floresta, em emmaranhado de trepadeiras, que pareciam asfixiar, no seu abraço de polvos vegetais, outras espécies. Do fundo em que as águas se derramavam, imergiam, escalando o fraguedo ríspido, glaucos e virentes maciços de portentosos fetos. Depois um dos povos do Hiembe, que juntava suas cubatas em macisso de pitoresca floração; e mais outro, onde aguardavam sentados sôbre peles de antílope, três sobas, «as caras mais horrendamente feias.» Era preciso negociar o avanço. Desconfiados, inquiriam. Ninguém se entendia.

«Não sendo muito fortes na arte em que Quintiliano se tornou célebre, — conta o rev. Barroso, — escolheram *ad hoc* um sujeito que depois de arengar por espaço de meia hora sem nada dizer, terminou por me preguntar que vinha ali fazer». Procurou o missionário tranquilizá-los. «Respondi — refere — que sendo padre, vinha para ensinar e instruir nas principais verdades da religião, baptizando ao mesmo tempo os seus filhos, se assim o desejassem.» Era gente de paz a que o acompanhava. Nem iam pelo cobre nem traziam na cola homens armados. Não ignorava que havia entre os do Hiembe quem tivesse recebido o baptismo, visto o Bembe estar próximo e ali, noutros tempos, terem vivido padres... Deus, com a presença dêle, proporcionava a todo o povo um sacramento de que estava privado havia muito. Neste caso, replicaram, muito estimavam... Mas escancarando a bôca, num riso solerte, de quem houvesse dado com a malhoada dum segrêdo, acrescentaram que também sabiam que o fim daquela visita não era só o apontado, — e tanto assim que do lado do Encoge estavam a afluir magotes de brancos... O cobre não tardaria a passar-lhes por inteiro às mãos... A perspectiva estava longe de arreliá-los... No fim de contas até «gostavam que isso acontecesse, para ganha-

No Congo

Os padres missionários Barroso e S.ào José Pereira, sucessor do primeiro
na prelazia de Moçambique, com o título de bispo de Epifânia
De pé, dois filhos e um sobrinho do rei do Congo

rem fazenda e outros artigos de que tinham necessidade...» De resto bem sabiam que aquelas terras pertenciam à senhora D. Maria II, rainha de Portugal, muito amada naqueles sertões, e que mais cedo ou mais tarde, viria do seu trono de ouro em Lisboa, a apôr nêles o seu sinete de suzerana. E aparentando efusão, falaram de certos portugueses que os enchiam com a sua fama, como o *Quiambo* ou seja José Baptista de Andrade, sertanejo, duas vezes governador, o major Borges, vencedor de de Benzapuli, em 1860, e do rei do Congo, que se recusava a reconhecer-se vassalo do rei de Portugal, o tenente Sousa, que acabara às mãos gentias...

Enfim, p.e Barroso daria a cada um dos sobas uma «vestidura e alguma fazenda para os principais». Quási que «não havia memória de por ali passar branco», e, por isso, era grande a fome de fazenda... «E não consentiam que os nossos enviados passassem adiante». Veio depois a saber-se que estes velhacos estavam feitos para receber a tiro o missionário e sua gente. Já tudo no Bèmbe se preparava para a guerra, pondo a recato as mulheres, o gado e até os mortos... «Ora sendo nós três pessoas muito grandes, [o padre, o filho e o sobrinho do rei do do Congo,] era temeridade avançar...». Não obstante foram despachados batedores. Depois, enquanto não voltaram, resolveu o missionário, atacado pela febre, estirar-se numa cama tão dura como as pedras, e confiar o resto à Providência. Com espanto viu que os seus mensageiros voltavam com embaixadores vindos a cumprimentar... «Estavam cortadas tôdas as dificuldades. Os povos do Bembe, sabendo que eu era padre, — relata, — ficaram sossegados e suspenderam a mudança que estavam operando. O mêdo que os havia tomado nascia de saberem que em S. José do Encoge estavam brancos, que se dirigiam àquele ponto, a fim de lhes fazer pagar caro as tropelias por êles praticadas, depois da retirada dos portugueses». Os brancos eram os de Ferreira do Amaral, governador da província, de 1882 a 1885, que andava na lida da ocupação. Restabelecido, a 15 de Outubro deixava rev. Barroso os povos do Hiembe, «os mais difíceis de contentar por que [tinha] passado», transitando por outras povoações a que lhe foi sempre necessário «atirar um osso», para não atrasar a marcha...

E pelo meio dia fazia a sua entrada no Bembe.

Era um sítio de «aspecto aprazível», — ainda que de vegetação quási restrita ao domínio da gramínea, — pouco acidentado, onde um braço primitivo se aplicava à terra, a pequenas plantações de mandioca e amendoim. E todavia a terra mostrava feição de generosidade. Quanto à população formava-se de cêrca de trinta e cinco mesquinhos chimbeques. A grande distância estampavam-se sôbre o horizonte, morros e bosques. «Paralelamente às cubatas corria uma fileira de casas com as trazeiras voltadas para o campo das lavras, restos de bonitos edifícios de alvenaria, construídos com o sentido duma ocupação permanente, que a rebelião de 1873 não permitiu».

Apenas chegados, — conta o missionário, — fomos visitar o soba, que nos apareceu rodeado de tôda a sua côrte, mas imundo; compreendendo sem dúvida a repugnância que inspirava, começara por explicar as razões por que de tal arte se apresentava. O «facto nada tinha de extraordinário...» É que ainda não baixara à cova o seu antecessor, que, a um canto da palhota realenga, se ia mumificando... Ora o uso mandava que o sucessor dum soba finado não levasse ao corpo água e panos aceados senão depois dos funerais, solenidade que contava entre as principais daqueles povos. E a entrevista rematou pela oferta de hospitaleira pousada num chimbeque, tão sórdido como o preto coroado, os seus fidalgos e a sua ralé.

Percorrendo a senzala, a mão reverenda afagou ninhadas dos pretinhos, a crescerem na sociedade dos bichos domésticos; agradecido, o sorriso patenteava de vez em quando alvas fieiras de dentes, no escuro de máscaras maternais. Depois Barroso dirigiu-se a um cômoro, a quinhentos metros dali, a visitar restos, — parapeitos e fossos, — duma antiga fortificação.

Noutro, de que tinham feito o cemitério, rezou sôbre as sepulturas esquecidas, cobertas pelo capim, do tenente-coronel Sales Ferreira e do capitão França. «Que profunda dôr me invadia a alma!» — escrevia naquele dia, tocado pela tristeza. «Considerei que ali dormiam o sono da morte, completamente abandonados dos vivos, portugueses que, ao serviço da Pátria, sucumbiram longe de parentes e amigos.» Mais uma melancólica recordação a levar daqueles sítios: uma capela de que se deixara a meio a fábrica, na qual a cárie do tempo e a herva bravia operavam a ruina...

Ficava o campo da lavra praticada, a cêrca de mil metros da senzala, numa vasta colina. Perto, via-se a casa do *Quiambo* ou «homem que vence» (²⁶), de sólidas paredes. Fluía no vale um ribeiro fornecedor de água para a lavagem do cobre e accionação das oficinas, de que encontrou restos de maquinismos, vestígios de fornalhas, pedaços de chaminés. «As minas estão quási tôdas obstruídas por grande quantidade de arvoredo enlaçado de trepadeiras, que não deixam abordar a bôca dalguns poços», donde à aproximação de passos bandos de morcegos se soltavam. A colina sofrera cortes verticais e poderia ser explorada numa extensão considerável. Ao lado dos poços que do afoitamento da emprêsa restavam, deparavam-se escavações de curiosos indígenas, para a apanha dalgum minério de mistura com terra, que depois vendiam aos pretos do interior, para a cura de úlceras. Trabalhadores da extracção que cessara eram os homens que acompanhavam o então visitante e de olhos marejados, todos em seu silvestre dizer, lastimavam o abandono daquela riqueza, recordando a feliz época da lavra (²⁷), pe-

---

(²⁶) josé Baptista de Andrade, governador geral de Angola (1862-1865 e 1873-1877). Sales Ferreira, acima mencionado, foi o ocupador do Bembe (1856).

(²⁷) Já antes da concessão feita em 1855, pretos carregados de malaquite, percorriam trilhos que levavam às feitorias da costa. Francisco António Flores, o concessionário, nado e vindo do Brasil, era um explorador de ôlho afeito ao apontar de veios do metal em chapadões e savanas. Obrigara-se pelo contrato a fazer também ocupação e a instalar de comêço cinquenta fogos portugueses. Para o efeito organizou uma expedição. Com que resultado? Uma portaria de 1857,

diam-lhe que escrevesse, com empenho, para Luanda a recomendar o recomêço...

Caía já a noite quando de improviso o soba apareceu, no chimbeque, com uma ideia...: Ia por bandeira, que pretendia içar em mastro que fronteiro à cubata lhe exalçaria a real função aos olhos dos sobas, que êle no dia seguinte reünia, vindos doutras terras. Vieram com efeito os sobetas que esperava, a pretexto de cumprimentarem o padre, mas na verdade ùnicamente para «comerem algüma fazenda». Larga foi a conferência entre êles e o missionário, — e nela bastante se ventilou o assunto das minas, ficando, em resultado disto, assente que uma embaixada ao rei do Congo acompanharia o rev. Barroso, a pedir a D. Pedro que fizesse ciente das boas intenções de todos ao rei de Portugal, de quem ainda rogavam a presença de soldados brancos, que os soldados pretos roubavam tudo...

Estando, como se vê, de boa feição as coisas, ao contrário do que fôra possível conjecturar, pensou o superior levar mais adiante, além de Bembe, a expedição. Reparando, porém, que apenas dispunha de duas peças de fazenda e que só reduzida quantidade de bananas e mandioca enchia o farnel, — porque se consumira muito tempo, e por conseqüência géneros, com as freqüentes dificuldades levantadas à passagem, por sobas e populações, — desistiu do projecto. E assim «quási pelos mesmos passos, com pequenas variantes», voltou a S. Salvador.

*

* *

A 20 de Julho de 1886 foi rev. Barroso ao Zombo.

Cêrca de um mês consumiu entre ir e voltar, — tendo — bom pioneiro que era, — traçado um caminho novo, diferente

---

lembrava-lhe o compromisso contraído. O que é certo, porém, é que o Govêrno acabou por cometer a emprêsa da ocupação a Baptista de Andrade, que levou ao Bembe numerosos efectivos. Como o minério tinha de sair ao mar pelo Ambriz, havia nos campos de que provinha até ali, estrada com pequenos fortes de onde em onde a velarem pela segurança das cargas. Em 1873, o Bembe rebelava-se, a exploração era abandonada, e sòmente em 1919 se retomou a actividade mi-exploração era abandonada, e sòmente em 1919 se retomou a actividade mineira.

do que fizera um alemão, o dr. Büttner, um dos exploradores do Cassai ([28]).

Era o Zombo um país muito trilhado pelos povos do Congo, e fôra-o antigamente por pumbeiros, onde tôda a memória da passagem de brancos se perdera, circunstância esta que mais atiçava ainda o interêsse que o superior da missão de S. Salvador nutria pela sua exploração.

Sob um sol abrazador descera, naquele dia, do planalto e viera parar a uma pequena ribeira, do Bembe chamada, entrava depois no vale do Loegi, encontrando adiante, na margem direita, o povozinho de Mauete, — «que eu vi nascer», observava escrevendo desta jornada. Rasgava-se-lhe após, ao avanço, outro vale, que se cavava fundeiro entre os extensos morros do Candi, eminentes à direita, e pelo de Lelendeca, cujo vulto conhecia das vistas de Banza Congo. Atingido o extremo N. dos cerros, apontava ao Bempo, a E., continuando a achar mais algumas povoações de escassos bandos de cubatas: Landango, Quidiga, Nua — Calunga, onde o caminho se orientava para NE, em direcção à quitanda de Quengue-Quango, até que, ao têrmo duma caminhada de algumas horas, com um calor de fornalha, alcançava Lucuanda, onde armou tenda e deu repouso à sua gente. Mas que noite que ali passou, entre sôfregas núvens de mosquitos!

Ao romper a luz de 21, carregada a coluna, prosseguiu p.e Barroso o caminho na direcção ESE. indo descançar a Banza--Tanda. Nenhuns vestígios missionários por ali notara. Uma coisa porém revelava certa remota influência de padres: topónimos como Salve-Nchino-Cangue ou seja em português Santíssimo Sacramento, e Ave-Madia, visìvelmente corrutela de Ave-Maria. Retomada ao outro dia a marcha, com o sentido ENE a breve trecho patenteava-se-lhe uma deleitosa paísa-

---

([28]) Saíra cêrca de vinte dias antes de partir o rev. Barroso, tomando mais a E. o seu caminho.

gem. Na vastidão o capim, já amarelado, ondulava à semelhança duma áurea ceara de trigo, e muito ao longe os olhos percebiam, delineado pelo esplendor do arvoredo, o curso sinuoso do Quilo. No rumo que levava alcançou a margem do Luio, de luxuriante vegetação, e assomava, pouco após, no inferno duma quitanda, que funcionava num dos seus dias de maior animação. Ao verem-no, aquêles 3.000 negros, nada menos, copiosamente bebidos, que a enchiam, atroaram os ares com a sua grita de gáudio alvar (²⁹). Êm tal condição curto tinha que ser o poiso. Com efeito não tardou que p.ᵉ Barroso com o seu rude e «inseparável cajado», puzesse os pés à continuação do trajecto, dirigindo-se para E., indo pernoitar em Lambelo. Nascera plumbeo o dia, e assim se conservou sempre, — triste, pesado. A dada altura do percurso êle e todos os seus viram-se de repente atascados numa lagõa, «donde imaginei, — confiava, contando a peripécia, — não mais sair». Havia perto uma povoação, começava a tornar-se mais fácil o caminho, orlado em parte de viçosas hortas, «o que sempre alegra o viajante». Viu mais aldeiazinhas: Zambo, sumida na obscuridade dum bosque, Cola, Quimpango; contemplou, «em tôda a majestade, a imensa cordilheira que [devia] contornar», altos montes que se estendiam para SE. até ao Dambo; atravessou a ribeira de Mauzengo até que, como todos os da comitiva, cançado e com fome, atingido o rio Quilo, que corria de águas cristalinas e sápidas, sôbre um fundo de areia branca, cortou para Banza Cuimba, e foi acampar em Banza Caia.

Não estava muito afastado o Zombo.

Ao romper do sol, nova largada. Em Banza Taina esperava-o outra ruïdosa recepção. Ou não fôra novidade naquelas

---

(29) *Boletim da Sociedade de Geografia*, n.º 81, 6.ª série. É em extremo interessante o breve reconhecimento botânico a que deu lugar esta jornada. As páginas que o relatam provam à saciedade as tendências cientistas do missionário. São por igual preciosas as observações etnográficas que o mesmo trabalho reúne.

paragens, um branco! De diversos lados corria o mulherio a admirá-lo. «Era um contentamento geral». Risos, presentes em galinhas não faltaram, e quando chegou o momento de continuar a jornada, todo aquele bom gentio se dispôs a acompanhar a caravana — fê-lo, durante um estirão. Encontro do rio Folega. «Deve ser um afluente do Cuango». Mais uma quitanda: a de Quengo — Diá-diá. E foi dormir a Conkela. Era domingo no dia seguinte, e por isso em Banza Lau p.ᵉ Barroso explicou o Evangelho.

Entrava-se finalmente no Zombo.

2.ª feira. A primeira povoação a avistar-se foi Banza-Tambi. Em Quimpongo, adiante, não quiseram deixá-los seguir. Alegava-se que seria preciso aguardar a chegada do soba. Como percebessem que o missionário não se encontrava em disposição de aturá-los, entraram de ameaçar e preciso se tornou, então, tomar as *wincherters*. «Felizmente para todos nós, — conta o explorador, — não sucedeu coisa alguma, porque houveram de contentar-se com palavras». Impressionado com o episódio, ao acercar-se, mais tarde, de Camba, saíra adiante dos carregadores e da mais gente. Teriam andado, porém, únicamente uns cem metros, quando o soba mandou recado para entrarem no povo. «Cedemos com repugnância e voltámos». No limiar da sanzala ouvia Barroso, da bôca dum preto mais prestadio, estas palavras: «Senhor, venha, e não tenha mêdo, que isto é boa gente!» Tratava-se dum negro que exercera o ofício de alvenel em Luanda, donde possìvelmente viera fugido a quaisquer contas... E era boa gente, de facto. Acompanhado dum realejo, que um figuro tocava, e debaixo dum chapéu de sol, não obstante estar-se no crepúsculo da noite, o soba viera logo cumprimentar, carregado como um cacho... Ali se ficou. No outro dia atravessou o missionário a quitanda de Sona-a-Sinda. Estava-lhe dahi a pouco reservada a surprêsa dum panorama como nunca vira em África. Já notara que o capim ia desaparecendo. Por fim o terreno cobria-se por completo duma planta de caule herbácio, quási de um metro de alto. Assentavam, aqui, acolá agradáveis colinas que formavam um vale risonho, de solo de areia muito fina, onde entretanto se praticavam comesinhas lavras. Logo as mulheres, avistando-o, largaram seus sachinhos cafres e vieram correndo ao encontro dêle, no alvorôço duma engraçada novidade, — que era o trânsito do homem branco. Mais caminho feito, houve que transpor outra lagoa, e a seguir o rio Quimbundo. Mudara a natureza do solo em que se ia. Calcurriava-se solo de agudas pedras, silex, avermelhado por óxidos de ferro, de arborização rasteira. Carregava o horizonte a tristeza dos môrros escalavrados. Acolhido a um frondoso palmar, mais um povo. Bama. Passou-se ainda por Maquela, «talvez a principal povoação do Zombo», — desceu-se até ao Lui, encontrou-se Banza-Baque, povoação também de vulto, onde o p.e Barroso teve recepção de amigo e apareceu a cumprimentá-lo, notàvelmente indumentado à europeia, o soba, que pareceria um *gentleman,* — afiançava o explorador, — se não se apresentara de pata ao léo.

A 31 de Julho vadeava-se o rio Sangueche, e descançava-se em Banza-Bata de Quiloango.

Inculcando algumas vozes a existência, por aquêles sítios, duma veneranda cruz, de grande porte, decidiu-se a procurá-la, encontrando-a por último. Alta de quinze metros, «talvez de dois séculos, sem um só homem que compreendesse a sua sublime significação», — erguia-se no quadro duma desolada solidão, rompente do capim. À mente do peregrino acudiu, então, numa comovida reminiscência, a *Cruz Mutilada,* de Herculano:

> *Pobre cruz!*
> *Que pediste? Um retiro no deserto,*
> *Um píncaro granítico, açoutado*
> *Pelas asas do vento e ennegrecido*
> *Por chuvas e por sóis.*

E p.ª Barroso ajoelhou, embebendo-se em demorada meditação...

Quem a deixara naquele remoto descampado do mundo? Padres,— padres portugueses.

Ao cabo de duas horas tornava à povoação.

Aqui vieram a saüdá-lo outros sobas de boa feição que preveniam: para além do Zadi, — cuidado! — havia povos muito máus. Já a versão circulava entre os carregadores que falavam mesmo de festins de carne humana, além. Não largariam, pois, para diante. Baldadamente procurou o superior infundir-lhes ânimo; e por isso teve que resignar-se «a voltar, com grande pezar de não chegar a Stanley Pool», como pretendia.

Concluía, relatando esta jornada:

«É da máxima conveniência do religioso e do político, criar novas estações, fazendo assim um caminho seguro até ao Quango». Mas onde os padres em número suficiente para a emprêsa? Urgente se tornava por conseqüência «nacionalizar uma congregação, enquanto nós a não temos, portuguesà».

E indicava os sítios por onde se deveria principiar.

P.ª Barroso acabava de descobrir, no Sunde, vestígios duma daquelas demoras que tinham feito os nossos antigos pioneiros no interior do Congo (³⁰).

* * *

Andava dividido e em rixa o povo da Macuta.

Dois poderosos chefes brigavam por uma complicada questão de fazenda, e tudo levava a crer que, a continuarem em tal pé as coisas, não tardaria a guerra a lavrar naquele sertão.

«Foi neste lance — conta o superior da missão de S. Sal-

(³⁰) Alfredo Felner, *Angola*, apontamentos sôbre a ocupação e início do estabelecimento dos portugueses, 1933.

vador,— que o rei do Congo interveio; havia, porém, uma dificuldade, e essa muito séria: consistia em saber se ambos os interessados aceitariam a sua decisão. Um aceitava, enquanto ao outro era menos que provável.

«Pediu-me então o rei com a maior instância — continua p.ᵉ Barroso — para eu ir a Macuta prègar a paz, conseguir a harmonia e fazer valer a sua vontade, tendo os seus embaixadores instruções para nada resolverem sem que eu fôsse consultado, devendo êles seguir as minhas indicações em tudo que se referisse a esta questão.

Animado pelo desejo de evitar desgraças, de visitar o local da antiga missão do Lundi, onde não cheguei, e parecendo-me além disso que havia conveniência de mostrar nos sertões do norte, que os portugueses estavam unidos com o rei, resolvi aceder, e partir para Macuta com o príncipe D. Álvaro de Água Rosada. Alguém nos disse que me acautelasse, porque, havia ainda poucos anos, aqueles povos tinham atacado o chefe da missão baptista, J. Comber, e os seus companheiros, metendo uma bala nas costas do primeiro e ferindo os outros; e que poderiam fazer-me o mesmo, visto que ía tratar uma questão de carácter puramente indígena. Estas observações pèssimistas não tinham razão de ser; fomos bem recebidos e bem tratados por todos.

Depois de oito dias de viagem péssima, atravessando uma região pedregosa, acidentada, e que só tem de notável um aspecto estéril e selvagem, chegámos enfim a Banza Tungua, onde fizemos os nossos arraiais; daí visitei rôda a região em volta, quitandas ou feiras, povoações e rios. Demorámo-nos aí um mês, e conseguimos não resolver a questão, porque eram em tal número os príncipes que deviam assistir, que impossível foi reüni-los nêste prazo de tempo; mas deixei os elementos para uma solução equitativa e razoável. Ambos os contendores ficaram compreendendo que deviam ceder um pouco do que êles chamavam seus direitos, e que por trás do rei do Congo estava o branco, o português, que não queria desordens nem guerras, mas a paz e o sossêgo de todos.»

O que é facto é que pouco depois terminava satisfatòriamente a pendência, que já custara sangue.

*
* *

Sôbre cinzas há muito extintas, renascera, nova fenix, a missão de Madimba.

Em St.º António do Zaire outro lar missionário não tardaria a agasalhar almas ao seu calor.

Em torno da missão de S. Salvador formava-se uma laboriosa sociedade de catecúmenos. Em caixotins duma sumária tipografia, compunha-se um catecismo em língua do país. Graças à obstinação que despendera, havia p.ᵉ Barroso conseguido estimular certos núcleos de trabalho, como a feitoria do colono J. L. Rosa, que depressa floresceram, com o tráfico do marfim e da borracha por aquêles tempos muito animado. «Ainda hoje, —diria mais tarde, lembrado das suas intervenções, — sinto orgulho em ter, contra a opinião de todos, empenhado os maiores esforços, fôrça de vontade e a pequena influência de que dispunha, removendo todos os obstáculos que pudessem contrariar esta emprêsa, que sempre se me antolhou decisiva para a prosperidade de S. Salvador. O exemplo estava dado, devia ser seguido». E efectivamente foi. E computava: «Deixando os anos anteriores a 1884, tomemos alguns dados referentes aos últimos quatro anos. A média em permuta é representada por 6.000 quilos de marfim e 30.000 de borracha. Estes produtos na Europa devem ter sido vendidos pouco mais ou menos por 50.000$000 réis. Para transportar as fazendas, os produtos e para o serviço das missões católicas e protestantes são empregados anualmente uns 4.000 a 5.000 carregadores, que recebem, como pagamento, um valor aproximado a 9.0000$000 réis em mercadorias. É certo que uma boa parte dêstes valores são levados para longe; não é, porém, menos certo que em S. Salvador e cercanias fica a parte principal, tornando estes povos relativamente ricos».

Pudera notar que a influência dos nossos padres, dos nossos sertanejos, fôra, a-pesar dos desares, tão considerável que, para os povos do Congo, brancos, e como tal designados, eram ainda só os portugueses, cabendo aos outros europeus tratamento pelo respectivo gentílico: o inglês, o francês, e que a nossa língua não deixara de servir de preciosa chave para quantos se metiam ao comércio daqueles sertões (³¹). Barbarizada? Isso que importava!...

Aí por 1888, sentiu o superior da missão que tocava o extremo das suas fôrças. Aconselharam-no a vir ao reino, e, paternalmente, insistiu no conselho o seu prelado, D. António Tomaz da Silva Leitão e Castro, que pastoreava desde 1883 a diocese. Embarcou, pois, para Lisboa.

A sua figura engrandecera-se aos olhos daqueles povos. Para êles, em milandos, e até em casos de enfermidade, era corrente apelar. Em milandos sentença sua nunca deixava de ser acatada. Como não havia médico na missão, e por que, forçado pelas circunstâncias muitas vezes êle tinha de o ser, igualmente acabaram por demandar-lhe o saber de terapeuta (³²). Simplesmente para aquêles obscurecidos espíritos, as curas eram menos o efeito duma farmacopeia de expediente do que de mirífico feiticismo.

(³¹) Outro pioneiro, o sr. D. João de Lima Vidal, actual arcebispo de Vatarba, observava numa conferência realizada há anos, no Pôrto : «Os que nunca atravessaram os desertos e as matas de África, não poderão jàmais, não digo compreender, mas imaginar como se dilata o coração no nosso peito, quando, por exemplo, se aproxima de nós, vindo do fundo da Donguena ou dos imbondeiros de Kipelongo, um pequeno preto ou um preto grande, que nos pergunta com a sua graça ingénua: «Ó siô passô bem?» Não digo que seja um português capaz de alcançar distinção nas escolas, mas é certamente um português capaz de fazer estalar o coração de alegria».

(³²) Vem a propósito recordar que com o amor do sacerdócio alimentou o rev. Barroso, enquanto se não ordenou, o gôsto pela profissão médica. Parecia seduzir-lhe o ânimo caritativo a vida de clínico de aldeia.

Tratar-se-ia dum efeito de convívio que, sendo escolar em Braga, teve com dois condiscípulos, a quem ficou sempre afeiçoado: Magalhães Lemos, um dia

A moda de capitães das antigas armadas, na tornada ao reino, rev. Barroso embarcava com alguns jóvens príncipes, trazidos a Lisboa, como os de antanho, a ilustrarem-se, a maravilharem o entendimento e os olhos (³³).

---

insigne psiquiatra, director, com Júlio de Matos, do Hospital do Conde de Ferreira, do Pôrto, e Tomaz de Meira, médico em Viana do Castelo?

Não deixa também de oferecer interêsse a coincidência com aquêles tempos, do «sucesso notável» dum romance, *As pupilas do sr. Reitor*, que deleitava os serões nos lares mais austeros, primeiro publicado em 1863, em folhetins no *Jornal do Pôrto*, como refere no estudo sôbre o romancista o sr. dr. Egas Moniz, — e em volume depois, em 1867. Contava então Barroso treze anos. Tê-lo-á êle lido estudante já, em Braga? E saïria da leitura enlevado com o «João Semana», simpática e inolvidável figura do romance?

Desta inclinação do futuro prelado recolhi a notícia da bôca de pessoas de Barcelos, que o conheceram e aos déle.

Um momento houve, talvez, em que estes recearam vê-lo desviar-se da carreira que lhe talhavam, para seguir a de clínico.

Mas por fim «venceu Deus», como de caso própria escrevia, do Brasil, o grande Vieira, a um poderoso amigo seu na Côrte.

(³³) Dois filhos e um sobrinho do rei do Congo.

IV

«Nos últimos dez anos temos feito mais em benefício das Colónias do que fizémos durante um século», — escrevia em 1889 p.ᵉ Barroso, na dedicatória à Sociedade de Geografia, de que acompanhou a publicação da conferência, no andar da rua de S. Francisco, onde teve sede aquêle grémio.

Havia pouco que o capitão de artilharia Paiva de Andrade, que já em 1878 tinha alcançado o Zambeze e estudara as possibilidades de desenvolvimento do comércio e da nossa influência naquele território (¹), comandara contra o Bonga uma expedição em que veio a ganhar os louros da tomada da aringa de Pindirire. Com Vítor Cordon recebia, em 1889, a missão de ocupar na África Oriental o que, nosso por direito histórico, o não tivesse sido ainda. Assim reagiamos aos resultados da Conferência de Berlim (²). Por seu lado Artur de Paiva feria duros golpes sôbre os hotentotes e defendia depois no Bié insubmisso a bandeira. Paiva Couceiro preparava-se para avançar até o Barotze.

Por outro lado, criávamos no Chire a missão de Mponda que, por falta de padres portugueses, íamos confiar à congregação instituída pelo arcebispo de Argel, ao depois cardial Lavigerie, que na sua catedral, antes de oscular os pés aos missionários prestes a partir, exaltara Portugal e as suas glórias apostólicas. A convicção que grande parte da sociedade portuguesa alimentava, de sermos uma entidade sem verdadeira função no mundo moderno, arrastando-se, anacrónica, ao pêso das próprias memórias, explica lamentáveis lapsos e atitudes da política ultramarina no século findo. *A British South Africa* acabava de nascer e já Rhodes aliciava os primeiros pioneiros à sua portentosa aventura dum império sôbre a carta da África do Sul. Contra o pèssimismo ambiente acontecia produzi-

_____

(²) Apreciando a obra da conferência, observa na *História militar e política dos portugueses em Moçambique*, o sr. general Teixeira Botelho, que ela foi sem dúvida civilizadora, porque só dando livre acesso ao centro da África, esta poderia aproveitar os benefícios da cultura dos povos civilizados, mas que nem tôdas as nações usaram nobre e lealmente das decisões tomadas. Assim vimos contestado o nosso direito a determinados territórios, sob a alegação de que não satisfazíamos aos requisitos de ocupantes... E contudo a conferência não chegara a votar uma proposta sôbre o assunto! Outras vezes inventavam-se precedências para prejudicar-nos, como no caso da Niassalândia, e no da exploração e ocupação do Zambeze. A leste do Niassa, — referiu o sr. dr. Jaime Batalha Reis, em *Os portugueses na região do Niassa*, — nenhuma influência europeia precedera a de Portugal. Demonstravam-no documentos. Por largo espaço tinham os portugueses comerciado em marfim e tabaco com o país de Aiawa ou Yao, entre Lujunde e o lago. A quantidade de marfim trazida às feiras portuguesas por negociantes nossos ou seus pumbeiros, era superior a 15.000 arrobas por ano. Durante alguns séculos jàmais os chefes eleitos dos macuas, entre o Niassa e o mar, deixaram de pedir ao governador de Moçambique, a confirmação do seu título. A-pesar-de tudo isto a soberania portuguesa tornava-se objecto de contestação...

rem-se às vezes certos actos insólitos, que denunciavam que nem tudo no país corria ao suïcídio...

A conferência do padre Barroso, versando o tema do passado, do presente e do futuro do Congo, foi uma das manifestações de interêsse colonial daquela época.

Afirmava o conferente: «O missionário do século XIX não pode ser o que foi o dos séculos XVI e XVII, na Ásia. Um abismo de diferenças separa os dois continentes. Na Ásia a doutrina santa do Evangelho atraía, irresistìvelmente, os povos, ao passo que na África o missionário, empregando idênticos esforços, não obtinha senão produtos raquíticos, sem aroma. Se a doutrina é a mesma e semelhante a vontade, o ardor de doutrinar, a diversidade dos resultados não pode advir senão do meio, e é porque se não atentara nisto que as missões africanas estavam longe de corresponder à sua grave finalidade. Havia, é certo, em África muitos baptizados, mas cristãos dignos dêste nome, pouquíssimos. Por outro lado o missionário africano não pode deixar de levar ao indígena numa das mãos a cruz, símbolo augusto da paz e da fraternidade dos povos; na outra, a enxada, símbolo do trabalho abençoado por Deus. E êle tem de ser ali padre e artífice, pai e mestre, doutor e homem da gleba... Mas arcar, só, com todo êste pêso, compreende-se que lhe seja impossível e por que a-pesar disso lhe mete os ombros, muitas vezes, quási sempre, a doença o prostra, malogrando-lhe as esperanças. Só pelo estabelecimento de centros principais, providos de pessoal suficiente, êste estado de coisas lograria remédio».

Chegava a um ponto delicado da questão.

Calmo, os grandes olhos abertos, iluminados por um clarão interior, disse sem alarde de autoridade, que ninguém lhe contestaria, com franqueza, com simplicidade, o seu pensamento a um público imbuído de dogmático liberalismo, qual era o daqueles tempos. Não queria ofender, — advertia, — as convicções de ninguém. Mas a tôdas as susceptibilidades êle via sobranceiro o interêsse que deve inspirar-nos o africano, feito do mesmo barro das raças adiantadas. E êsse cuidado obrigava... Ora êsse irmão preto era ainda um pária que se tornava necessário regenerar sem demora. De que modo? Só a religião e o trabalho o conseguiriam. E dos lábios do conferente caíu esta palavra, que inspirava tôda a sorte de desconfianças: «congregação...». Não duvidava Barroso que desde então não faltaria quem o taxasse de ultramontano. Com a bonhomia, que era de seu natural, apressava-se a observar: «Se a palavra não soar bem aos nossos ouvidos delicados, invente-se outra...». E atalhou logo a embaraços, propondo mais inocente designação: «instituto...». Criar-se-ia o Instituto Geral das Missões Portuguesas. Ao encontro de novas sempre possíveis objecções, no espírito dos que o escutavam, obtemperava: «Repugnam-nos os votos perpétuos, pouco acostumados como estamos a permanecer da mesma opinião? Pois sejam temporários...». Ainda prevenia: «Missionário que vá para as missões por uns certos anos, precedentemente determinados, numa lei, é pouco profícuo». Com leve jeito irónico: «Êsse missionário irá fazer civilização por contador».

Que esperar do sistema até ali adoptado?

Criticou-o com severidade na conferência e mais tarde, já mitrado, noutro trabalho (³), expondo ideias que o tempo faria vingar.

Que poderia dar o padre ido ao Ultramar, sem espírito missionário convenientemente formado, sem coadjuvantes, exposto às influências corrosivas da nostalgia, do tédio, da solidão e além disso paupérrimo de meios? Advertia: «Eu não venho aqui pedir riqueza, nem para mim, nem para os meus colegas, que também a não desejam; não me faria missionário, e muito menos na nossa África se fôsse êsse o motivo que me animasse». E franco até à rudeza: «No fim de dez anos de catequese, por êste sistema, o preto estará tão selvagem como nos primeiros

---

(³) Padre António Barroso, *Padroado de Portugal em África*.

dias. Apelo para os que conhecem um pouco a África: Será o preto de Luanda mais morigerado hoje do que há cem anos?» Era indispensável forjar um novo missionário, aproveitando o bronze magnífico de qualidades já experimentadas. Questão de reforma, de criação de condições. Em Moçambique deveria rev. Barroso aconselhar a não se inventarem mais paróquias. Ainda neste caso uma rígida política assimiladora não desistira do decalque metropolitano em terreno do ultramar. Por isso êle chegado ao Congo, procurara logo fazer outra coisa, instaurar o regime de comunidade, de padres e auxiliares. Três padres e três irmãos leigos bastariam a cada missão. Mas o seu propósito fôra em grande parte inutilizado pelo número insuficiente duns e doutros. Sendo já prelado de Moçambique esforçar-se-ia por uma preparação mais completa do clero, entendendo que todos os seus membros, viessem de Sernache ou do seminário de Goa, deviam, antes de seguir ao serviço do interior, permanecer alguns meses sob os tectos do palácio prelatício, já que não havia onde albergar a derradeira leccionação. Dêste modo obtinha uma unidade de vistas precisa à emprêsa missionária, facultava aos recem-chegados aperfeiçoamento, habituava-os à disciplina eclesiástica, sem a qual todo o trabalho se tornaria inútil.

Quanto ao «irmão» leigo, estava-lhe reservado um papel, a função de mestre de vida prática: de camponeses, de artífices Errado seria tê-lo por um membro àparte, apêndice da congregação. As mesmas regras e os mesmos deveres deverão animar e aquecer a educação do padre e do leigo. É que se também a êste faltar o fervor religioso e a caridade que tudo sofre, a sua obra será fria, pobre o efeito dela. Por isso rev. Barroso pouco confiava nas missões laicas. Porque há-de ser sempre difícil encontrar fora da religião «homens que sofram ao indígena o que o missionário lhe sofre, esperando dêsses sacrifícios uma recompensa que só receberá quando soar a derradeira hora, a do descanso.»

Datava da última metade do século o movimento de preparação missionária.

Depois do vendaval desencadeado nas primeiras horas do Liberalismo, que forçara à dispersão as ordens religiosas, não era só de preparação êsse movimento, mas de renovação, também.

Principiara-se por acudir ao estado calamitoso a que tinham chegado as missões do Oriente. Apenas havia acabado de desembarcar, tratara D. Veríssimo Monteiro da Serra, bispo de Pequim, de fazer-se ouvir dos homens da Governação, e tendo conseguido o propósito, depôs, no decurso duma audiência, nas mãos de José Joaquim Falcão, secretário de Estado, um papel em que vazara algumas sugestões, frutos de larga experiência. Estava criado o Colégio de Missões da China, que ia funcionar, com a ajuda dum subsídio, no Bombarral, em casas pertencentes àquele prelado, a quem por falecimento, em 1852, sucedia o egresso do Convento da Falperra, Dr. Luiz Bernardino da Natividade. Desde logo concebera o novo director para o Colégio, cujos estatutos pouco depois lhe saíam da pena, um mais vasto objecto.

Modernizar a missão! Seria ainda necessário despertar novas vocações, mais vocações, provocar uma maior freqüência de discípulos, — e esta enorme aspiração não cabia no espaço das casas do Bombarral. Desdobrou, pois, o colégio, alugando em Lisboa, no antigo bairro da Mouraria, casa apropriada ao intento. Não contente porém p.ᵉ Luiz começou cedo a deitar as vistas para Brancanes, onde o convento que ali existira antes do vendaval passar, era bem de qualquer novo-rico do regime. Vieram o egresso e o proprietário à fala, mas sem resultado. Foi depois disto que acudiu a frei Luiz a ideia de levar o colégio para um edifício do priorado do Crato, em Sernache de Bonjardim. Consultado o Govêrno, via autorizada a transferência e inaugurava as novas instalações em 8 de Dezembro de 1855. No ano seguinte uma lei confirmava o facto do novo colégio e encorporava nêle o das Missões da China. Ganhara o egresso, com a sua pertinácia e as suas ousadas intuïções, contra os que o tomavam por cavaleiro nas nuvens... Foi só, porém, a partir de 1865 que começaram a saír regularmente fornadas de padres para a África. Manuel Pinheiro Chagas que, mercê dum talento de variadas facetas, foi romancista, crítico, historiador, cronista, dramaturgo, orador de relêvo e em política um ministro da Marinha e Ultramar cujo nome ficou vinculado a diversas iniciativas de polpa, encarregava em 1884 a D. António Tomaz da Silva Leitão e Castro, arcebispo de Licopolis, de estudar a reforma de Sernache. A reforma fêz-se mas não conta entre as mais inspiradas providências da sua gerência. Jovens missionários continuaram a embarcar, desprovidos de recursos indispensáveis a uma modesta fixação (⁴).

_____

(⁴) Padre António Barroso, *O Congo.*
    Só em 1909, durante o govêrno de Freire de Andrade, em Moçambique, tiveram começo de aplicação os ideais do padre António Barroso. Foi então que essas paróquias em sedes de distritos e comandos do interior, sem paroquianos, levaram sumiço, e que em meios retintamente indígenas, como Mugude, Angoche, Manhiça, Catembe, Mogiqual, Muchopes apareceram missões com feição de comunidade.
    Tocando no problema missionário, no seu relatório de 1912-1913, o ministro das Colónias, Cerveira de Albuquerque, observava: «Os missionários de Sernache do Bonjardim desempenham quási sempre o lugar de párocos. As paróquias criaram-se nos núcleos de população branca, mas a acção isolada dum padre pouco ou nada pode no meio do sertão, e assim se explica em parte o insucesso dos missionários.» Já o rev. Barroso o tinha dito como se viu. «No Congo, — continuava, — onde trabalham em comum, há três missões florescentes, e em Timor uma missão próspera, constituída por padres do Colégio das Missões. Os missionários congreganistas nunca trabalham disseminados, formam sempre centros, e reünem-se segundo as diferentes aptidões». Era a missionação por excelência.
    Ocupando-se da de Timor, no elogio fúnebre que em 1897 pronunciou nas exéquias de D. João Gomes Pereira, bispo de Cochim, outro notável missionário a quem devemos em considerável parte o reflorecimento a que se referiu Cerveira de Albuquerque, Barroso dizia: «A história, porém, vingava-o. Porque finalmente as missões de Timor eram citadas com elogio, consideravam-nas as melhores no género, uma prova de quanto vale o zêlo religioso e o amor entranhado da Pátria. Haviam-se fundado novas igrejas, criado oficinas de trabalho útil e missões ambulantes, que percorriam a ilha, a chamarem ao ensino e à freqüência dos sacramentos o indígena».

Por isso p.^e Barroso aparecia a preconizar outra.

* *

Tinha notado ainda rev. Barroso, na conferência da Sociedade de Geografia, outra grave falta de que padecia a missionação, — a de religiosas. Se novamente não queremos arriscar-
-nos — dizia — a um insucesso, junto de cada internato de
rapazes dirigidos pelos missionários, estabeleçamos o internato
para o sexo feminino dirigido por «irmãs», e «assim completa-
remos a obra além da regeneração do preto, criando a família
cristã». Esclarecendo o assunto com os resultados da experiência, contava que, a-pesar-de não haver religiosas a quem pudesse
confiá-la, abrira em S. Salvador uma escola para raparigas indígenas que pusera a funcionar depois da volta das plantações.
A afluência à aula excedera tudo quanto previa. Um considerável número de adolescentes aprendeu daquele modo a ler.
Era o que realmente se lhes podia ensinar. Isso não representava,
evidentemente, tudo o que precisava de saber uma mulher
cristã, no seu lar. A única instrução que por enquanto pode
ser proveitosa, só outra mulher será capaz de lha dar, — a
«irmã», animada por uma ferverosa caridade, capaz de todos os
sacrifícios para nobilitar e engrandecer a africana. Assim, «em
poucos anos, em tôrno duma missão, surgirá uma geração nova,
verdadeiramente cristã, laboriosa e feliz. As aptidões da africana serão estudadas e ela, hoje estúpida e bronca, será costu-
reira, será dona de casa, será, enfim, um instrumento de civilização poderosíssimo» (⁵).

_____

(5) Padre Barroso, *ob. cit.*

7 0

Ainda outro elemento convinha fazer surgir: um clero indígena.

O padre de côr estava na nossa tradição civilizadora. Certo próximo parente dum rei congolês, fôra bispo, estivera quási a sê-lo de S. Tomé e Congo, e da missão mandada àquele soberano, em 1779, por Martinho de Melo, fazia parte outro sacerdote negro, — aquele cónego André do Couto Godinho, bacharel em Cánones, já recordado em certo passo desta crónica. «Doze naturais grandes latinos e clérigos filhos da terra» existiam, segundo o testemunho de Garcia Mendes Castelo Branco, no Congo, em 1921 ([6]). Entre os regulares que lá andaram, conta-se que alguns houve de côr, e ainda em princípios do século XVII, decretara o Govêrno português a criação dum seminário em S. Salvador, para formação de eclesiásticos indígenas. O próprio p.e Barroso utilizara como catequista o preto, lançando-o mato a dentro, a instruir outro gentio.

*
* *

Com o Ministro da Marinha e Ultramar ocupou-se do problema missiológico.

Sonhava então Barros Gomes, descrido de obter, negociando com os inglêses, um tratado de limites ([7]), aquela África, alongada, sem solução de costa a costa, *Nova Lusitânia* aos olhos do seu colaborador, de que daria, em 1887, à Câmara dos

---

([6]) Luciano Cordeiro, *Questões Históricas Coloniais*, edição da Agência Geral das Colónias.

([7]) Na Conferência de Berlim apresentara a Inglaterra uma proposta para que se tornasse extensivo ao interior aquilo que se concertara para os litorais. A proposta não fôra aprovada, porque desde logo se previram as contestações a que daria origem. (Teixeira Botelho, *História política e militar dos portugueses em Moçambique*).

Deputados, a representação tinta, na carta, *a côr de rosa*. O tentame seria a derradeira insistência duma antiga aspiração de sertanejos, padres e governadores portugueses. Tratava-se dum pensamento latente, quimérico talvez, à procura de forma... Íamos finalmente, assentar no continente africano, de mar a mar, a soberania? Graças a um ingente esfôrço, — a que seria preciso decidir o país, — mais missões, mais postos militares consumariam a intenção. Padre Barroso via-se incumbido de estudar, com o ministro, nova organização diocesana apropriada, a direcção e a correlação das linhas missionárias a estabelecer, de penetração e de demarcação, que o projecto exigia, de rever rôda a legislação civil e canónica que regulava o *statu quo*, pondo-a em dia, conformando-a com as realizações a empreender.

Sabe-se o que aconteceu.

Um incidente servia de pretexto para encurtar razões e pôr rudemente têrmo à polémica que entre as duas chancelarias se vinha travando.

Um bispo protestante fizera chegar a Londres indignada e alarmante exposição acêrca de um caso ocorrido no Mupassa, ao sul do Ruo. O major Serpa Pinto castigara os macololos de malfeitorias a que os próprios inglêses não escapavam. Isso, porém, representava um atentado contra a soberania protectora da Grã Bretanha — alegava-se no protesto. As explicações de Lisboa sucediam-se novas notas a contestá-las. A 20 de Dezembro o Govêrno português retorquia que se reservava o direito de apreciar o procedimento de Serpa Pinto (⁸) cujo castigo era reclamado, mas logo, a 11 de Janeiro, recebia das mãos de mr. G. Petre, ministro inglês, o *ultimatum*. Em Gibraltar, a esquadra acendia as caldeiras... O sr. José Luciano nessa noite, entregava ao rei a demissão do ministério a que presidia. Salisbury

---

(⁸) Teixeira Botelho, *ob. cit.*

via depressa atendidas as suas imposições. Exacerbara-se entanto o patriotismo que, turbado também por paixões de carácter político, depressa vinha em motim para a rua. Ao gabinete de Hintze Ribeiro, derrubado por efeito da formidável pateada com que no hemiciclo da câmara e nas galerias, foi acolhida a leitura do tratado anglo-luso de 20 de Agôsto daquele ano, — que a desorientação dos partidos oposicionistas fêz malograr, para se ter que aceitar depois outro, menos vantajoso, sucedia um ministério de união nacional, da presidência do venerando general João Crisóstomo, em que António Enes sobraçou a pasta da Marinha e do Ultramar.

Estatuía o convénio de Maio de 1891, negociado entre Portugal e a Grã Bretanha, que os missionários inglêses gozariam de plena protecção «em todos os territórios da África Oriental e Central, ficando garantida também a tolerância religiosa e a liberdade de todos os cultos e ensino religioso».

Vaga por aquêle tempo a prelazia de Moçambique,— porque passara à diocese de Angola e Congo, D. António Dias Ferreira, bispo titular das Termopilas,— chamou o novo ministro, ao seu gabinete, o rev. Barroso, a fim de comunicar-lhe que ia nomeá-lo para o exercício da mesma prelazia. Não era bem um convite. A situação da província carecia de homens perspicazes, sensatos, de acção firme· em todos os postos de responsabilidade. Por isso, contando com a resistência do missionário do Congo, — que na verdade alegou a pouquidão dos recursos de que dispunha para poder corresponder à confiança que lhe faziam, à honra de tomar um báculo, — apelara naquele encontro, para o seu patriotismo, para a sua fôrça de ânimo. Custara-lhe a vencer a resistência, mas vencera-a afinal. Um episódio semelhante ao de D. Frei Bartolomeu dos Mártires, ido do convento de Benfica aos paços da Ribeira, para ouvir da bôca da rainha que el-rei D. Sebastião, seu neto, o escolhera a êle para governar o arcebispado de Braga. Que mitra aquela! ... Não era só fulgurante de pedrarias, tinha também pontas de ferro... (⁹) Mas era o esplendor daquelas, não os sofrimentos nem os trabalhos de a. sustentar na cabeça, que ao santo varão impunha a enérgica recusa em que se obstinava. Não havendo também conseguido dissuadir Enes, ao transpor o gabinete ministerial,—como o outro, recolhendo à cela, onde vivera exclusivamente vida de pobreza e de meditação, — padre Barroso era já o prelado... Dali a dias, a 12 de Fevereiro, publicava-se o respectivo decreto e o papa Leão XIII, em reünião do Consistório, de 1 de Junho, preconizava-o bispo titular de Himéria.

*
* *

O renascer missionário do Congo, que êle operara com o seu zêlo, a sua virtude; o que fizera como português tinham--lhe valido uma auréola de prestígio, de popularidade até, a ponto que amiúde o apontavam, ao passar na rua, de porte digno, gigante de bondoso semblante, a barba até o peito...

Por isso a sagração revestiu de excepcional interêsse. Sob as naves de Santa Maria, padroeira da Sé, sentava-se o ministro da Marinha e Ultramar, ao tempo, Júlio de Vilhena. Enes, a convite do Conde de Valbom, que ocupava a pasta dos Negócios Estrangeiros, no novo ministério, preparava-se para embarcar em missão diplomática de delimitação da fronteira, à África Oriental Portuguesa, levando na qualidade de adjunto o capitão de Engenharia Freire de Andrade. Fôra sagrante o cardial patriarca D. José Sebastião Neto, com quem D. António Barroso se iniciara nos trabalhos missionários, assistido pelos bispos de Cochim, D. João Gomes Pereira, e de Meliapor, D. Henrique Reed da Silva. No transepto viam-se os membros

---

(⁹) josé Caldas, *D. Fr. Bartolomeu dos Mártires*, Coimbra, 1922.

da direcção da Sociedade de Geografia, que lhe tinha oferecido o anel litúrgico ([10]).

([10]) Dali por diante passava a ser na missão de S. Salvador apenas uma recordação.

Numa pequena brochura, há anos publicada pela Agência Geral das Colónias, duma série intitulada *Padrões do Império*, lêem-se os seguintes períodos dum artigo escrito em 1931, pelo arcebispo de Braga D. Manuel Vieira de Matos, sôbre os trabalhos de Barroso naquela missão:

«O que foi D. António Barroso como missionário? Falem aquêles que mais de perto o conheceram. Dentre os testemunhos dêstes merece o lugar de honra o que nos é dado pelo que foi muito ilustre Prelado de Angola e Congo — D. António Barbosa Leão.

«Quando percorri, diz êste notável Prelado, em Visita Pastoral, as vastíssimas regiões do Congo, bastava constar que eu conhecia e era amigo do Padre Barroso para ser recebido em tôda a parte com delirantes manifestações de alegria. De povos distantes vieram à Missão de S. Salvador numerosas deputações visitar-me, e saber notícias do Padre Barroso, do qual manifestavam fundas saudades. O Rei do Congo quis acompanhar-me na visita ao povo de Louqueji, que na ocasião estava um pouco rebelde; pois para garantia e boa recepção, mandou tornar público o seguinte: Façam constar em Louqueji e nos povos vizinhos que lá vai o Rei do Congo com o Bispo, que é enviado de Jesus Cristo e prega a doutrina do Padre Barroso».

E o largo espaço de dezoito anos, decorridos desde a saída do Padre Barroso do Congo até à data do facto narrado, não pudera desvanecer as profundas impressões que o grande Missionário deixou gravadas no espírito dos habitantes daquela região. Nem podia deixar de ser assim, atenta a superior veneração que o povo lhe consagrava, pois diz-se que nas casas de comércio, os vendedores, para se fazerem acreditar, juravam pelo *sacramento Padre Barroso*.

Num jornal do tempo se encontra esta justa apreciação do valor do seu trabalho: «É Missionário que iguala os velhos missionários, verdadeiro Apóstolo e verdadeiro Português, que fez a reivindicação pacífica dos direitos históricos de dominação no antigo reino do Congo, antes que a diplomacia no-los tivesse reconhecido, e, sob o influxo da sua autoridade como Missionário, o nome Português tornou-se naquela região o símbolo prestigioso de um domínio que se justifica e se sustenta».

«A sua obra no Congo, disse J. de G. Correia e Lança que foi Secretário Geral da província de Moçambique, merecia-lhe tão desvelada protecção, que, indicado para uma das Mitras do Padroado Português no Oriente, declinou tão elevada honra, declarando que era na África onde entendia prestar mais serviços à Igreja e ao seu país... Seduziu-o essa vida obscura do Missionário sertanejo, rodeado de perigos, de contingências, de ameaças — mas também cheia de íntimas consolações, quando fundava uma escola, convertia uma alma, fazia desabrochar um carácter, formava um cidadão».

D. António Barroso
Bispo de Himéria em 1891

V

Pasmou Enes, em Moçambique, com o que se lhe paten-
reava em matéria religiosa.

«Os centros de depressão relaxista, — escreveria depois, — estavam localizados precisamente sôbre as igrejas desamparadas da protecção dos Poderes Públicos, ermadas pelo indife-
rentismo do povo, profanadas amiúde por desregramentos do
clero. O culto, onde o havia, nem tinha a pompa exterior que
procura corresponder à grosseira noção humana da majestade
divina nem a edificante simplicidade que recorda as origens históricas do cristianismo. A maioria dos templos ataviavam-se
ridìculamente com avelórios; desrespeitavam-se imagens da mãi
de Iesus exibindo galanices de pretos; se as cerimónias aspiravam
a parecer solenes, achincalhavam-se com cenários, aderêços e
figurantes que melindrariam os próprios festeiros dos nossos
círios e arraiais sertanejos. Pois que o orçamento só concedia às
igrejas, para decorações e festividades, menos quantia do que
às repartições para tinta e aparos, e os particulares nem um ceitil
acrescentavam a essa dotação sovina, o desprovimento chegara

ao cúmulo de haver altares onde se celebrava com cálices de mesa e o Cristo era alumiado por cotos de velas espetados em gargalos de garrafas. Se faltavam paramentos e alfaias mais faltavam ainda fiéis e sacerdotes» (¹).

Embora o estado dos negócios da prelazia o não tivessem colhido de surpreza, o que o novo prelado observava excedia o desgôsto para que já vinha feito. «Não obstante ter alguma experiência de coisas religiosas africanas, — contou (²) — e o firme propósito de reduzir a proporções mais modestas, para evitar ilusões, a ideia que formava da prelazia a meu cargo, confesso que tudo o que existia estava ainda bem aquem dos cálculos, já suficientemente amesquinhados. Não desanimei a-pesar disso». Pesado ia ser-lhe o dourado bordão de pastor. O caos, poucos auxiliares e imensa jurisdição: milhares de quil. q., superfície quási deserta, apenas pintalgada de escassa população... Viera de bordo com alguns padres (³). Além dêsses, para ajudá-lo, não contava, entre regulares e do século, com mais de vinte. Na capital, a sustentar os restos já arrefecidos do culto, havia únicamente um presbítero: pároco da Sé, capelão da Misericórdia e da Escola de Artes e Ofícios, que acumularia ainda as funções de «escrivão, oficial e amanuense da Câmara Eclesiástica se esta existisse ou, antes, se o que existia pudesse merecer tal nome». Por miséria ou falta de convicção, o clero, — conforme observara Enes,— nem sequer prègava no deserto... «Nenhuma depravação dos brancos, nenhuma perversidade ou ignorância dos pretos, ouvia um conselho de emenda ou uma lição de verdade. Pouquíssimos indígenas recebiam o baptismo, e dêsses raros eram os que se conservavam, se algum tinha tido noção das doutrinas ou das obrigações do cristão. Não se fizera nenhum esfôrço para atraír nem para seguir prosélitos, assim como se não

---

(¹) António Enes, *Moçambique*.
(²) D. António Barroso, *Padroado de Portugal em África*, 1895.
(³) D. António Barroso desembarcou na ilha de Moçambique em 20 de Março de 1892.

opunha nenhuma propaganda às superstições cafreais ou às catequeses do mahometismo». Não fôsse a bela teima dos jesuítas e nenhuma aparência de actividade missionária se notaria há muito na província. Ao cuidado dêles estavam confiados três missões, uma delas, a de Sena, um verdadeiro cemitério. «Muitos, em poucos anos, lá ficaram». As circunstâncias impunham sem demora uma profunda reforma. Reflectindo também sôbre tôdas estas coisas, Enes não ocultava a sua confiança na boa vontade do bispo que êle fizera e que «só com a própria energia e firmeza podia contar». Porque «estava desamparado pelos poderes públicos e a escassês das dotações orçamentais cortava-lhe a iniciativa, não tinha a esperar nenhum auxílio do proselitismo religioso, as engrenagens perras da administração estorvavam-no a cada passo e, principalmente, faltava-lhe clero educado para os rudes trabalhos do apostolado em África. Perseverante e corajoso, lá ia metendo ombros às dificuldades».

Aplicou-se desde o primeiro dia a reorganizar a câmara eclesiástica. «Tratei de investigar, — refere, — o passado. Os documentos que existiam no que por eufemismo se chamara arquivo, consistiam em magros registos, a maioria dos quais tinha sido aberta em 1885! Este arquivo, que devia ser o depósito de todos os documentos referentes à prelazia e sua administração, consistia num monte de fôlhas soltas, um ou outro ofício disperso e roído da *muchen* e um volume do *Diário do Govêrno*, com meia dúzia de velhos livros sem importância alguma. Ainda não pude, nem talvez venha a conseguir averiguar, em que época se destruiu ou dispersou o cartório que, a avaliar por alguns fragmentos de livros do princípio dêste século, devia ser importante. Suponho simplesmente que o vandalismo que o reduziu a êste estado, se cometeu na década que se estende desde 1870 a 1880, pelas alusões que encontro num livro da correspondência da prelado D. José Caetano Gonçalves, que, devendo fazer parte do mesmo arquivo, me foi em Lisboa oferecido por um amigo. Assim se queixa várias vezes de lhe sonegarem documentos, tendo até castigado ou pensado em castigar um padre por extravio de alguns (⁴). Um caos em que se tornou desde logo preciso salvar os papéis que restavam, preparar alguma coisa para o futuro...

Cedo principiou a população a vêr, às horas frescas da manhã, passar o novo prelado, pelas ruas da cidade, em exercício do seu munus. Preliminava certas restaurações materiais. Hoje uma, daqui a dias outra, as visitas e inspecções sucediam-se. Sé, não existia. Houvera, é certo, a Sé. E fôra magnífica, sólida como uma rocha... Mas não resistira, a-pesar disso, ao homem e a golpes de alvião viera abaixo. Tiveram os prelados e o seu cabido de oficiar desde então na capela de S. Paulo. Era a capela do palácio dos jesuítas, para onde, após a expulsão deles em 1763, o govêrno se mudara, deixando, os aposentos que a praça reservava aos que o exerciam. Triste hospedagem, porém, e tão sujeita que aos padres deixou de ser permitido entoar nela o cantochão dos defuntos (⁵).

Esteve D. António Barroso, durante essas digressões, naquele fortim, a sudoeste da ilha, a que se acolhera com a sua pobreza de culto e o bastão da antiga governança, a paróquia

(⁴) Possìvelmente, na previsão do desaparecimento a que ficava pelo visto exposto mais êsse testemunho dos males de que padecia a Prelazia, trouxe o livro para Lisboa o próprio D. José Caetano Gonçalves. Por cá passou talvez por várias mãos o copiador até ir parar às de D. António Barroso. D. José Caetano governara a prelazia moçambicana de 1874 a 1878, ano em que retirou para o reino, aposentando-se em 1882.

(⁵) Como D. António Barroso conta o caso com subentendidas reticências: «Todos sabem que as Sés não devem ter tribunas para casas particulares, ou por outra, tribunas independentes. Esta capela tem-nas do lado do palácio e não é fantástico supôr-se que aí se possam passar cousas menos edificantes, com prejuízo da seriedade dos actos religiosos e da edificação dos fiéis; repito, esta suposição não é fantástica como alguns seriam levados a acreditar. Os governadores sempre entenderam, e bem, que esta capela é um anexo do palácio, e portanto que podiam consentir ou não que nela se celebrassem as solenidades da Sé. Numa ocasião em que eu estava em visita ao interior, celebraram-se exéquias, não me recordo, a sufragarem a alma de quem. O governador dessa época, não simpatizando com o canto dos mortos, dirigiu um ofício ao meu representante, dizendo que, no caso de na Sé se fazerem mais ofícios de defuntos, retiraria a licença concedida para [ela] ali funcionar, licença que tinha dado ao meu antecessor».

de S. Sebastião; nas cercanias do hospital, a contemplar as paredes, que subsistiam ainda do total abandono de certa igreja, que devia ter sido de fábrica exemplar; na da Misericórdia, um armazém sem ar nem luz; na veneranda capelinha, — uma boceta, — com seu prurido de arte, onde, ao desembarcarem, vindos de Goa a missionar, o padre D. Gonçalo da Silveira e seus companheiros ajoelharam a render graças ao Senhor; e na do cemitério, àlerta no descampado e na calma extenuante, voltada às ondas, que parecia entoar a chamada do *Dies irae:* «Terra, escuta, e tu, praia do grande mar, e tudo o que vive debaixo do sol»...

Mas não seria natural tôda esta decadência? A decadência religiosa não seria o efeito da decadência geral da Nação, à deriva, sem destino?... Era corrente então pensar-se dêste modo acêrca da Nação. Pensavam assim muitos dos melhores. À míngua de fé poucos eram os afirmadores. Foi um deles o bispo com a sua fôrça de ânimo e as suas obras. A sua fé de português pressentia um Portugal maior e ditava-lhe um dia estas denodadas palavras de convicção: «Para mim uma *Nova Lusitania* em África não é uma utopia. Temos ainda pulso vigoroso para levantar mais um Brasil! O que é preciso é não descansar!» E não descansou. Para trabalhar se fizera missionário, tomara o báculo.

Havia que restaurar, nuns casos; que criar, quási sempre. Em Sofala, em Moçambique, em Angoche — onde, durante séculos, a lavra espiritual fôra intensa. A fortaleza era «o ponto de partida para as conquistas do interior, como se havia concebido simultâneamente o plano de ser a capela o centro donde devia irradiar mais tarde a luz bendita do Evangelho para os indígenas» (6). No vale do Zambeze tinham rasgado sulco para as sementeiras cristãs os jesuítas partidos de Goa e desembar-

---

(6) P.e António Lourenço Farinha, *A acção missionária em Moçambique* in *Portugal Missionário*, 1929.

cados em 1560: Gonçalo da Silveira (⁷), a quem os *Lusíadas*
memoram:

Vê do Monomotapa o grande império
De selvática gente negra e nua,
Onde Gonçalo morte e vitupério
Padecerá, pela Fé santa sua,

André Bernardes e André da Costa; nove anos depois dêles,
dominicanos marcaram com a sua sandália intermináveis per-
cursos. Muitos outros teimaram em passar também à África,
a converter o natural e graças à gloriosa porfia viu-se a cruz alargar seus braços sôbre novas cristandades em Mombaça, Cabo
Delgado, Zanzibar, Quelimane, Inhambane... A iluminada
aventura fizera ainda dalguns dêsses homens, como o jesuíta
Luiz Mariano, precursores no conhecimento e na deslumbrada
contemplação dos grandes lagos (⁸). «A vida cristã e civilizada,

_____

(⁷) D. Gonçalo da Silveira, filho de D. Luiz da Silveira, primeiro conde de
Sortelha. Depois dum curto repouso em Moçambique, tomou embarcação para
Inhambane, enviando padre Fernando ao reino de Tangue, onde daí a pouco,
se encontraria também. Tendo já baptizado o rei e mais quinhentas pessoas,
ainda ali se encontrava, quando recebeu recado do rei do Monomatapa, para
mandar-lhe padres que o instruíssem acêrca da lei de Cristo. Êle próprio se
meteu a caminho do Zimbaué (1561), a alma inflamada de zêlo e a verdade
é que depressa a palavra, o porte de Gonçalo da Silveira influíram no espírito
do rei e da rainha, que não tardaram a ser baptizados, recebendo os nomes de
Sebastião e de Maria. Custosamente, de má sombra tudo isto observavam os vali-
dos mouros, que desde logo maquinaram a perda do grande padre, envenenando
o ânimo da côrte, convencendo-a de que tinha trato com um feiticeiro. Uma
noite, quando se preparava para descansar na esteira, viu Gonçalo um bando
de cafres precipitar-se sôbre êle, e ao passo que uns lhe tolhiam os pés
e as mãos, passavam-lhe outros ao pescoço uma corda de nó corrediço.
Depois arrastaram-lhe o corpo até o rio Muvtti, a que o lançaram, ao mesmo
tempo que eram sacrificados muitos dos cristãos que a sua prègação fizera.
A árvore não secaria. Outros padres vieram após e não tardou, assim, que na
Zambézia aparecessem as primeiras igrejas.

Andaram — conta Bordalo, — até à extinção da sua ordem, os jesuitas,
aos quais veio a ser concedida a velha fortaleza de Moçambique, por todos os
presídios da costa, margens do Zambeze, feiras sertanejas e côrte do Monomotapa, fundando conventos em várias partes.

(⁸) A sua carta de 1624, — duzentos anos antes, pois, das novidades geo-
gráficas de Livingstone, — descreve o lago Maravi, como é designado nela o
Niassa.

pelos padres prègadores, — refere o bispo de Himéria, — foi intensa desde o século XVI até mais de meado do século XVII». Indo em 1577 D. Luiz de Ataíde, para o govêrno da Índia, aconselhara, vendo-se cêrca de Moçambique, a descerem naquela terra, dois domínicos que a nau levava, fr. Jerónimo do Couto e fr. Pedro Ususmaris, a fim de se ocuparem «em alumiar os cafres da Terra firme, tão escuros nas almas como nas carnes» ([9]). Tempos depois alteava-se na ilha o vulto dum convento, erecto sob a invocação de Nossa Senhora do Rosário, que em 1579 era aceito pelo capítulo provincial de Lisboa ([10]); dêle afanosamente padres saíram a espalhar-se por tôda a costa, pelo interior à conversão de mouros e gentios. Enveredando à Zambézia, levantaram igrejas em Sena e Tete, organizaram numa e noutra parte confrarias e, sempre pelo sertão os passos, fizeram novas igrejas, pastorearam em Luanzes, Massapa e Manica ([11]) alcançando muitos dêles, no martírio, o têrmo de suas penosas jornadas.

A grandeza que assumira todo êste apostolado e a assistência que êle exigia, para que não se encontrasse em qualquer ocasião detido, haviam convencido o papa Paulo V a desmembrar pelo breve de 21 de Janeiro de 1612, do longínquo arcebispado de Gôa, rôda a costa oriental de África, desde o Gardafui até o Cabo da Boa Esperança.

Estava criada a prelazia.

Concorrera em primeiro lugar para a sua decadência o Brasil, que começou a obsorver a prègação. Já ao fenómeno fêz esta crónica referência, a propósito do Congo. O abandono dos interêsses espirituais da África tinha assumido tamanha gravidade, que o Govêrno entendeu dever providenciar, cominando severas penas aos capitães que a bordo dos seus navios levassem ao Brasil eclesiásticos saídos das paróquias e missões das

---

(9) F. Faria Bordalo, *Ensaios sôbre estatística das possessões portuguesas no Ultramar*, II série, vol. II; Fr. Lucas de Santa Catarina, *História de S. Domingos*.

(10) F. M. Bordalo, *ob. cit.*

(11) F. M. Bordalo, *ob. cit.*

possessões africanas. Em 1822, afligido, no seu zêlo, o carmelita prelado D. fr. Bartolomeu dos Mártires, — o que adquiriu a casa prelatícia, — solicitava ao bispo da Baía alguns padres, porque não tinha quem administrasse sacramentos aos fiéis. A expulsão dos jesuítas ordenada por Pombal valeu por uma machadada na já enfesada instituïção missionária, e a ela seguiu-se, em 1834, outra: a expulsão de tôdas as ordens religiosas. Assim os dominicanos viram-se forçados a deixar a Zambézia, onde desde 1759 substituíam a Companhia de Jesus. Todo o contacto entre a civilização e o indígena cessou. Contudo em frente à ilha, no Mossuril e na Cabaceira, ainda até há pouco haviam existido cristandades com seus oragos intercessores. Por fim foram os inglêses. «Os inglêses, — escrevia D. António Barroso, — tiraram as últimas conseqüências do desvairo, percorrendo e ocupando como vagos os territórios de entre Angola e Moçambique, o que destruíra as imensas vantagens que tínhamos a tirar do direito de hinterland».

Na mente do bispo o problema missionário da África Oriental Portuguesa punha-se dum modo geral, assim: paróquias no litoral, no interior missões.

A paróquia, indica sempre, — ponderava, — um estado social já adiantado, que realmente não existe em Moçambique nem em colónias portuguesas, se exceptuarmos Cabo Verde. Por outro lado, preparação conveniente de pessoal missionário. Um mês antes de chegar, — conta ainda o prelado, — tinham desembarcado na capital, com ordem de esperarem por êle, sete presbíteros, quatro dos quais provenientes do Colégio de Sernache e, pouco depois de assumir a administração da prelazia, ordenava outros a título de missão, por especial e deferente graça de S. S. Leão XIII. Com êste refôrço principiou a restaurar algumas das antigas paróquias onde, por falta de clero, não havia culto há largo tempo.

Quanto a missões: «O meu plano de restauração era então, e ainda é hoje, conseguir que um missionário não permaneça isolado no sertão, e mesmo no litoral. A razão e a experiência têm mostrado exuberantemente que o missionário abandonado assim, no meio da barbárie que o cerca de todos os lados, não a modifica, civilizando-a, mas é absorvido por ela, a não ser que a Providência faça milagres, que sendo possíveis, não são a regra, nem se devem esperar». Procurou por isso criar um seminário com os objectivos e nas condições que expozera na conferência realizada em Lisboa. «Tôdas as dioceses do real padroado da corôa portuguesa, mesmo aquelas que estão situadas em território sujeito a outra soberania, tem o seu seminário, grande ou pequeno, segundo as necessidades ou os recursos de que respectivamente dispoem. A prelazia de Moçambique a-pesar-de ser maior que rôdas as dioceses do reino e da Índia, juntas, não goza dêste benefício, que eu devo reclamar como um dos melhoramentos mais urgentes e imprescindíveis» (12). A ideia dum seminário em Moçambique, advertia, não era de resto, dêle. Tratava-se duma aspiração velha, de mais de dois séculos, tendo nascido, surgido já, dos vigílias de fr. António da Conceição, agostinho, que, sendo administrador eclesiástico (1868--1700) (13) tentou realizá-la em Rios de Sena. E parecia a D. António Barroso digno de nota que ela ocorresse quando em Portugal e na Índia os conventos regorgitavam. «O que então era útil, hoje é absolutamente indispensável» (14).

A reacção contra a política demolidora e sectária dos começos do liberalismo, manifestava-se andado pouco mais duma década.

Haviam sido reatadas por fim as relações entre Portugal e a Santa Sé.

Em 1841 a rainha senhora D. Maria II acrescentava às condecorações e veneras que lhe assentavam, a par da grande banda, sôbre o busto, a Rosa de Ouro, com que, para celebrar o fausto

(12) D. António Barroso, ob. cit.
(13) Padre A. Farinha, artigo citado, no n.º especial de Portugal Missionário, 1929.
(14) D. António Barroso, ob. cit

acontecimento da aproximação das duas côrtes, a agraciara Gregório XVI — curiosa figura de papa misoneísta e popular, que nunca descia às ruelas do lôbrego Transtevero que, sôbre a sua mula branca, não se desfolhassem as flôres de poiais e balcões do bairro.

Caso característico da reacção operada é ter Vasco Guedes de Carvalho e Meneses, que governava Moçambique em 1855, mandado que, por conta da Fazenda Nacional, viessem ao seminário de Santarém alguns jóvens, que, depois de ordenados, regressariam a exercer o ministério sacerdotal naquela província, onde as paróquias continuavam em grande parte sem párocos e não havia no interior, missionários. Não podendo provàvelmente por penúria do Tesouro, resolver-se à criação do seminário, determinava Sá da Bandeira, em 1859, que o governador geral de acôrdo com a competente autoridade eclesiástica enviasse a Goa dez moços destinados a prepararem-se para o serviço religioso da prelazia. Apenas «o expediente de enviar alunos para [ali] — pondera D. António Barroso, — deu idêntico resultado ao que tinha dado o convite para Santarém; isto é, nenhum deu, como era de prever, numa terra onde ninguém quere estudar, onde a instrução foi sempre e continua a ser uma vergonha». Dezasseis anos se tinham passado quando D. José Caetano Gonçalves, já aqui falado, lançou a ideia dum colégio-seminário especialmente reservado a indígenas, que êle manteve, subsidiado durante algum tempo e cuja freqüência nunca deixou de ser escassa. Pode, pois, concluir-se — escreve o bispo de Himéria, — que a necessidade da criação dum seminário para esta província foi reconhecida há muito por todos e igualmente se pode afirmar que, por enquanto, gastar dinheiro [com êle] o mesmo é que atirá-lo pela janela fora, porque as condições gerais são as mesmas».

«Ainda hoje podemos ter missionários da têmpera dos que honraram a Igreja e Portugal nos séculos XVI e XVII, contanto que os eduquem de um modo adequado às necessidades actuais.

Porque o não tentamos? O seminário a instituir na Europa e na Índia por mais perfeito que venha a ser nunca prescindirá, duma casa em Moçambique, onde, se não se quiser expor a emprêsa a cruéis desilusões, o missionário, venha donde vier, deverá fazer um estágio preparatório, concluir a sua educação». Procurara dalguma sorte instituí-la desde que chegara, adaptando o seu paço à instalação dalguns padres. Quere dizer que, mais auxiliado do que foi, colocado naquelas condições em que Enes desejaria tê-lo visto, dotado como era da querença magnífica dum autêntico filho da gleba, bravo até ao heroísmo qual um soldado, — D. António Barroso poderia ter sido entre nós o Lavigerie duma nova ordem ou milícia missionária. «É evidente, — esclarecia, — que [do seminário que propunha] não poderá saír todo o pessoal de que há pressa. É, pois, preciso abrir os braços e receber todo o clero que se desejar alistar nesta cruzada.— sujeitando-o a um rigoroso tirocínio» (15).

O bispo sem clero nem Sé, sonhava...

<hr />

(15) Longe estava, por conseguinte, de D. António Barroso, a ideia de afastar os missionários de Sernache, a muitos dos quais reconheceu boa vontade, aquêle desinterêsse que a verdadeira missionação exige dos que a ela se afoitam. «Direi até, — escreve, — que me reputo feliz com a cooperação sincera e ilustrada que tenho encontrado nos missionários dessa proveniência, que servem debaixo das minhas ordens e o mesmo posso dizer dos que envia o seminário de Goa».

VI

A 25 de Abril, isto é pouco mais dum mês andado desde a chegada, deixava com o fâmulo, padre Pinheiro, e um criado preto, o Nicolau, de quem adiante a crónica recordará o préstimo, o palácio da Prelazia e embarcava para o sul. Iam também, conforme deixou contado, Lelo, chefe da Estação Naval, o cônsul francês, alguns sacerdotes. Estava na ocasião fundeado o *Malanje,* aonde D. António foi a retribuir cumprimentos, que recebera· do comandante. Depois o *Tungue* amarou, feito ao rumo.

Sem registo de qualquer «acidente de maior», o barco entrava, pela tarde de 27, a barra de Quelimane, que não tem conhecença nenhuma, por ser terra rasa, que engana os próprios malémas ou práticos da costa (¹), e suspendia ferro em frente à vila. Como ela parecia agora espiar, em triste decaímento, o antigo pecado do tráfico, que tinha alimentado, por largo espaço; desregramentos, donas, muzungos de variada raça,

<hr />

(¹) F. M. Bordalo, *Ensaios sôbre a estatística das possessões portuguesas.*

adventícios! «Fui cumprimentado em nome do governador. — aponta noutra lauda o bispo. Padre Couto ([2]) deu-nos notícias do padre Aloye» ([3]). Só na manhã seguinte foi a terra. «Na praia, — contava da visita feita, — o regimento, etc. Celebrei e dei benção na igreja. A única, — fundação dos jesuítas e colocada sob a invocação de Nossa Senhora do Livramento. Almoço e jantar em casa de padre Couto. Falei com o governador, de quem gostei. Tipo de marinheiro e homem de sala» ([4]). A 29, depois de almoçar, tornava para o *Tungue,* que ao romper do outro dia, estava à vista da Beira.

Sôbre aquela crosta à flôr da água ([5]) uma povoação principiava a soltar-se do vago duma hipótese, lembrava um enxame que acabasse de assentar, preparando a sua oficina. Folhas de zinco, táboas, capim sêco, outros materiais de vária sorte, necessários a uma primeira fixação, acumulavam-se restinga fora. «Alastrava-se dia a dia, — observava A. Enes, — mas nada havia certo, sólido, firme, nem o chão que se pisava...». O enxame crescia, e, informava a propósito o prelado: «todos os que não têm trabalho em Lourenço Marques, aqui vêm parar. Não há casas para os receber...» Algumas estacas, lona, umas ripas bastavam a essa gente para esperar habitação menos indigente e a fortuna... A Beira tentava a vida sôbre um grande pântano. Augurava mal o prelado. «Vê-se sem esfôrço que por enquanto nada vale e que a importância só lhe pode vir da construção do caminho de ferro». O bispo descria quási por completo. Con-

---

([2]) Mons. Gustavo Couto, «antigo missionário, prelado doméstico de Sua Santidade, arqueólogo, historiógrafo, colonial ilustre, sacerdote virtuoso e erudito, em cuja cabeça venerável ficaria bem a mitra duma das dioceses do Padroado». (Prefácio do sr. dr. Júlio Dantas, presidente da Academia das Ciências, ao estudo de mons. Couto. *A política colonial de Afonso de Albuquerque,* publicado em 1929).

([3]) Dêste sacerdote deixou dito António Enes, em *Moçambique*: «O malaventurado padre Aloye, a despeito do seu zêlo regrado por uma superior inteligência, tinha fechado por inútil, a escola de Quelimane, sem ter podido abrir ainda a de Coloane».

([4]) O ao tempo capitão-tenente E. Soares Andrêa.

([5]) António Enes, *Moçambique.*

jecturava: «O insucesso espreita a companhia» ([6]). Quem vencerá na porfia de dominar? O pântano e o seu miasma, ou o homem com a imaginação deslumbrada pela irradiação do oiro de Manica, pelas outras riquezas ainda: o topázio, a safira, a esmeralda, o diamante, de que a tradição testemunhava a existência, além? Levas de aventureiros, no hinterland, exasperavam-se na perseguição da Quimera e dispendiam até o fio a saúde, o entusiasmo... Nem ao vagão, ao pôrto davam outro fim, senão o de servirem a essas riquezas. Na Beira tudo se preparava para o formidável escoamento. Em Manica onde os portugueses, noutro tempo, haviam estabelecido uma das mais notáveis feiras do interior, e de que D. Diogo de Sousa, no século XVII, exaltava a salubridade, a bondade de víveres ([7]), montara, antecipando-se sobretudo aos inglêses, uma feitoria, João de Resende, môço aristocrata, que trocara a vida inútil de elegante pela vida forte do sertão, modelo por ventura do protagonista da *Ilustre Casa de Ramires*, de Eça de Queiroz. A *Chartered* despachava os seus agentes que haviam podido colher, de surpreza, às mãos, a Paiva de Andrade e ao capitão-mor das terras Manuel António de Sousa. A fim de castigar o insulto organizara Caldas Xavier, recem-chegado das explorações do Limpopo, a Lourenço Marques, uma minguada coluna de soldados e colonos decididos, que, depois da jornada do Pungue, andara durante três meses a corta-mato, até atingir Macequece e ali abrir fogo contra a polícia montada de Forbes... Estava vingada a honra portuguesa. «Houvera ao menos um protesto a tiro», — e isto consolava já a Mousinho.

Entrado de novo a navegar, o *Tungue* no dia seguinte fundeava no remanso de Inhambane. Não demorou que de terra viessem cumprimentar o prelado, ou porque isso fôsse da regra

---

([6]) Companhia de Moçambique, cuja carta de concessão data de 11 de de Fevereiro de 1891. A companhia formara-se sôbre a liquidação da que por bizarria tivera o chamadoiro de Ofir, não obstante a quási míngua de capitais com que se propusera à exploração.

([7]) F. M. Bordalo, *ob. cit.*

protocolar ou para lhe mostrarem o apreço em que lhe tinham o nome e as obras. Agradou-lhe a terra: «é mais bonita do que Quelimane», de meãs casinhas, e achou a igreja da Conceição «relativamente boa» (⁸). Aposentou-o o cónego Gaspar que, à sua hospitaleira mesa, reüniu, em honra do hóspede, autoridades e outras pessoas principais. «As dez horas regressámos a bordo para seguir de madrugada», — regista no diário. «Navegámos quási sempre junto à costa» e a 4, com a ponta da Inhaca a bombordo, tendo à vista o mangal da Xefina, o vaporzinho enfiava ao estuário, detinha-se pouco depois. Estava em águas de Lourenço Marques.

Governava o distrito Augusto Cardoso, o companheiro de Serpa Pinto, nas explorações em direitura ao Niassa, que «veio a bordo» — consigna o caderno de viagem. «Desembarcámos ao meio dia e alojámo-nos na residência. Fui visitado por diversos amigos e conhecidos». Notou que tôda a gente se mostrava preocupada, descontente. Atravessava-se um período de crise. «Parece que a Companhia Neerlandesa, que constrói o caminho de ferro para o Transvaal (⁹), não consegue dinheiro para a obra». A Neerlandesa por sua vez queixava-se da lentidão dos

---

(⁸) A terra era bonita mas, como em 1893 teve ensejo de desgostosamente observar, de medíocres costumes religiosos. Indo de novo, naquele ano, a Lourenço Marques, ao passar por Inhambane, celebrara na Conceição. Apontà a lauda de 16 de Junho, do diário: «Noite esplêndida mas serena. Chegámos pela uma da tarde. Disse missa na igreja, onde quási ninguém estava.» Continuava a indiferença em matéria religiosa. «Nem o facto de a celebrar o prelado influíra para que a concorrência fôsse maior. Não admira, é costume de África...» Aliviou-lhe o pesar a notícia que pouco depois lia em jornais ultimamente idos de Lisboa. Um telegrama de Roma informava que o bispo de Meliapor tinha recebido de Sua Santidade a honrosa incumbência de entregar à rainha senhora D. Amélia a insígnia da Rosa de Ouro. A 18 exarava novas impressões de visitante: «A vila indígena é maior do que parece à primeira vista» e lamentava, a propósito a exigüidade de salário que recebia o trabalhador preto.

(⁹) Sendo Pinheiro Chagas, num gabinete da presidência de Fontes, ministro da Marinha e Ultramar, foi feita a concessão da construção do caminho de ferro à fronteira. Vinda de Londres uma delegação boer, chefiada por Kruger, pedira essa construção, no sentido de tornar-se Lourenço Marques o escoadouro dos produtos do Transvaal. Em 1884, o engenheiro J. J. Machado concluía o traçado da respectiva linha.

meios de carga e descarga, recriminando o Govêrno. O comércio reclamava a construção, tornada indispensável, duma doca, mas o projecto não andava nem desandava. Enes teria já compreendido o que entravava o desenvolvimento do pôrto e da cidade, e estudava na ocasião remédios a propor. «Ainda assim é a melhor terra que há em rôda esta costa abaixo» — apontava o prelado. «A agricultura, — torna, — que em todo o norte é o primeiro elemento de riqueza, falta quási por completo em Lourenço Marques», — não obstante a excelência do terreno, como em suas obras noticiaram o visconde de Paiva Manso ([10]), e F. M. Bordalo — propício à produção de muitos dos frutos de Portugal. «Aqui, — volta D. António Barroso, — tudo vivia à custa do Govêrno, que canalizava o o dinheiro por intermédio das Obras Públicas e duma repartição de agrimensura e minas». Inquietou-se ao observar entre tantos moradores estrangeiros em reduzido número os portugueses. Como na capital, mas com maior sobressalto, ouvia falar dos vátuas...

Esteve na missão protestante, que não lhe pareceu «grande coisa», desacompanhada, como funcionava, de ensino de quaisquer trabalhos.

Nenhuma missão católica existia. Para a fazer nascer viera até ali. Augusto Cardoso, o juiz Mesquita e outros afirmavam-lhe a necessidade instante duma missão agrícola. «Infelizmente falta o dinheiro» — ponderava o bispo, na lauda daquele dia. Isso não o despersuadiu contudo de teimar no intento. Visitou locais, trocou impressões, decidiu-se por Lhanguene. Ficaria em Lhanguene a missão. Já o espírito lhe era trabalhado por outra ideia: a de criar em Lourenço Marques um instituto de educação para meninas brancas e assimiladas. O que tudo isto ia custar! Nesta fase de quimera o caso do padre Simões apresentava-se-lhe com o valor dum misterioso apêlo ao próprio

---

([10]) *Memória sôbre Lourenço Marques*, Lisboa, 1870.

ânimo. Padre Simões juntando migalhas, sujeitando-se a privações, conseguira levantar, a uma légua da cidade, uma capelinha dedicada a S. Francisco Xavier a que ia, antes de retirar, lançar a benção.

Ainda naquele ano foi uma realidade a missão ([11]) que êle pôs debaixo da protecção de S. José, das suas mãos calosas, em que as açucenas eternamente vicejam. Bastara para tanto a caridade do distrito. Além disso um grupo de senhores de Lisboa, do Pôrto, de Braga, doutras cidades, acolhera o voto do prelado, acudindo com fervor às suas obras. Dêste modo não foi só a missão que surgiu. No chão de Lourenço Marques erguia-se igualmente o instituto, com que o bispo sonhara, e que êle enflorou com o nome da rainha de Portugal.

_____

([11]) Portaria eclesiástica de 21 de Julho. A missão foi destruída por ocasião da revolta vátua, sendo restaurada em 1895.

VII

Pouco tempo, voltando a Moçambique, se ocupou em trabalhos da vida pacenga.

Logo em Julho, ainda com febres, tendo a morder-lhe nos ossos o reumático, escrevia no diário: «Conto sair para o mês próximo». Com efeito no intento dum reconhecimento a Manica, embarcava em Agôsto para a Beira.

*
*

Dia de S. Pedro, de tantas recordações para um português, em que a Igreja comemora o martírio do pescador do mar de Galilêa, e o de S. Paulo, apóstolo dos gentios. «Constituí-los-ci príncipes em tôda a terra — reza o gradual da ocasião, — e êles perpetuarão, ó Senhor, a recordação do Vosso nome. Os povos Vos louvarão em todos os séculos dos séculos. Aleluia, Aleluia! Tu és Pedro, e sôbre esta pedra edificarei a minha igreja. Aleluia!»

D. António Barroso deixando com seus fâmulos a prelazia, dirigiu-se a S. Paulo, aonde ia oficiar de pontifical. Ao acercar-se do altar, desapontou-o a penúria da concorrência que encontrava. Além do elemento que comparecia por protocolo, quási que podiam contar-se os que, mulheres e homens, na qualidade de fiéis ou até por mera curiosidade, também assistiam. E contudo havia muito que em Moçambique se não realizava cerimónia litúrgica em que celebrasse solenemente o prelado. «Esta gente não está acostumada», — comentaria depois no diário. Deshábito, ou afectação, não seria aquilo efeito de infiltrações malsãs, de que os mares não tinham podido defender a África? Por isso, talvez, o antecessor do bispo, desde que uma vez oficiara em Inhambane, sem público ou pouco menos, não tornara a fazer pontifical na prelazia...

31 de Julho. Dia de Santo Inácio de Loyola. Já D. António Barroso tinha dado por concluídos os preparativos para a nova jornada.

A uma breve cerimónia saíu, naquele dia, do palácio, para um ponto da ilha, onde, em presença de representantes do Govêrno e doutros principais da cidade, procederia à benção dum singelo monumento mandado erguer pelo tenente-coronel José Joaquim Lapa, a memorar certos passos de que a areia, ali, parecia guardar vestígio.

De quem tais passos?

Dum jóvem saído de Lisboa, em 1541, numa das naus que velejaram com rumo à India...

A-pesar-da prosápia do sangue que lhe girava nas veias, não lhe cobria a cabeça, à moda cortesã da época, emplumada gôrra de veludo, não vestia luzido gibão golpeado, nem à cinta lhe descaía, airoso, espadim ou adaga de oiro. Não se afoitava aos oceanos para governar uma capitania, ou ao monopólio de quaisquer riquezas a explorar. Nada disto o seu semblante e o seu porte poderiam fazer supor. O viajante apenas envergava uma pobre roupeta. A face emaciada, as maneiras, o corpo magro, revelavam, logo, ao menos advertido dos circunstantes, a presença dum religioso.

Era S. Francisco Xavier, o prodigioso apóstolo que, mais tarde, num dos seus arroubos de místico, diria a sua paixão transcendente, neste soneto ([1]):

> *Não me move, Senhor, para querer-vos,*
> *A glória que me tendes prometido,*
> *Nem me move o inferno tão temido,*
> *Para deixar por isso de ofender-vos.*
>
> *Moveis-me vós, Senhor, move-me o ver-vos,*
> *Pregado nessa cruz, e escarnecido;*
> *Move-me o vosso corpo tão ferido,*
> *E essa morte, que vejo padecer-vos.*
>
> *Minha alma em vos amar tanto se esmera·*
> *Que ainda a faltar céu, eu vos amara,*
> *E não havendo inferno vos temera.*
>
> *Nada por vos amar de vós espera*
> *Pois se o que espera em vós não esperara*
> *O mesmo que vos quero vos quisera.*

Fazendo-o nascer embora numa castelania da Navarra, em certo dia da Semana Santa de 1506, a Graça marcava-o para uma missão sobrenatural.

Escolar, estando ainda longe de pressentir a sua vocação, encontrava na freqüência de Artes, em Paris, a Inácio de Loyola, depois seu mestre de mística, e a Calvino. Todos os cambiantes

---

([1]) Livro primeiro de *Vida do Padre Francisco Xavier e do que fizeram na Índia Oriental os religiosos da Companhia de Jesus*. Códice existente nos «Reservados» da Biblioteca Nacional, proveniente do antigo Colégio do Barro. Será na realidade de Xavier a composição?

do espírito ortodoxo e herético se esbatiam então, conforme observou Quicherat, na multidão discente da Universidade. Criada em 1537 a Companhia de Jesus, dirigiu-se a Itália a fazer sua aprendizagem de ascese, de disciplina e de mendicidade. Tendo um dos ilustres Gouveias, que regiam em Paris com renome europeu, recomendado a D. João III, para a emprêsa de disseminação da Fé, nas Conquistas do Oriente, o novo instituto, foi mandado a Lisboa, com mais alguns padres, Francisco Xavier, que, pouco tempo andado, deixava o Tejo na nau *Sant'Iago*, ida a pique, alguns meses ao cabo de ter largado em Moçambique o apóstolo. Em Moçambique, enquanto a armada de Martim Afonso de Sousa em que seguia, aguardava, retida por desfavores da monção, ensejo de desfraldar de novo as velas, aposentara-se no hospital. Ora nunca ao chegarem frotas ali sobejavam catres. Durante essas viagens em que se andava por igual exposto às procelas e às calmas, à falta de água doce, às enfermidades, como o escorbuto, a disenteria, a varíola, medradas na absoluta carência de asseio e cómodos, muitos dentre os que tinham embarcado, iam perecendo, atirados depois às vagas. Nesses tempos, assim que se aportava, parecia não ter fim a lamentosa procissão dos que se haviam agüentado com seus males, e recolhiam à casa de caridade. Para que nenhum doente ficasse privado de catre, resistira o grande Xavier a dormir doutro modo que não fôsse na esteira sôbre o chão. Adoeceu, por último, e, por largo espaço, esteve entre a vida e a morte. Vencido, porém, providencialmente, o mal, logo tornou aos trabalhos de converter mouros e gentios, e de morigerar brancos.

Muitas vezes procurara a praia em que veio a recordá-lo o singelo monumento, acabado de benzer, talvez porque ela lhe fôsse particularmente propícia à meditação.

Ao deixar a ilha, já a lenda, como o cardo na esterilidade ardente da plaga, deitava à altura a sua flor.

E assim, entre outros casos, que puderam resistir à usura dos séculos, perdurou êste — delicioso conto de iluminura em *Livro de horas:*

Pretendendo um dia o Santo passar-se ao continente em face, pediu a um homem que por mercê o levasse na sua almadia. O marítimo bruscamente, porém, recusou-se a atendê-lo.

— Não te amofines! lhe retorquiu com mansidão S. Francisco Xavier.

E desdobrando logo sôbre as águas a sua rôta capa de jesuíta, nela se fêz docemente ao largo, deixando o outro mergulhado em pasmo.

Mas além da lenda, nada mais parece ter ficado de sua passagem por Moçambique. «A história, — referiu D. António Barroso, — não nos diz que fôssem coroadas de excepcional êxito [as suas] emprêsas ali».

Esperava-o o Oriente, de que seria o grande apóstolo.

*
* *

Só a 16 tinha o prelado podido deixar a Beira.

«Continuo a pensar que nada vale», — escreveu, resumindo no diário, impressões de forasteiro. «Recebi correspondência que pouco ou nada adianta.» O intendente Alpoim convencera-o a subir o Pungué, que em duas marés o poriam em Neves Ferreira. Dois pobres aviados, europeus, com fazenda para negociarem no interior, tinham pedido para seguir no barco. «Tem-nos feito boa companhia», — informa o complacente bispo. Na esteira do *Tungue* arrastavam-se duas lanchas,— a *Henriqueta* e a *Fortuna,* com as cargas e a malta dos carregadores. Navegava-se sob um céu de chumbo. O lineamento das margens escapava à vista· e o mangue parecia nascer da água. Sentia-se ainda ao longe o mar. A alma vergava à tristeza que saturava todo o extenso trecho do sertão entrado. A certa altura houve que parar, esperar por uma nova maré. Encalhara-se. «Dormimos dentro da lancha, que era em baixo uma espelunca, onde a água apodrecia, exalando insuportável fétido; em cima, estendiam--se, expostos à cacimba, marinheiros e alguns carregadores». A febre fazia estragos entre todos e um dos doentes fôra o simpático Nicolau. Não era de admirar que isso acontecesse, visto não haver abrigo do sol, a não ser dentro do esquálido bôjo do barco, onde ninguém conseguia parar. Voltou-se a navegar.

— Ali! Ali! — apontava alguém, sabido em particulares da região.

Passava a distância um bando de hipopótamos.

O rio corria à sua foz, revolto, entre vegetação de espinhosas e trepadeiras. «Vimos, — conta o diário, — a primeira povoação indígena que me pareceu extremamente miserável.» Às vezes, à beira da água, o capim rompia muito basto. «De resto tudo triste...».

«A-pesar das duas marés do Alpoim, — apontava a 18, jocoso, o prelado, — ainda aqui estamos no inferno da lancha.» Chegar-se-á hoje a Neves Ferreira? Vimos [outro] hipopótamo, mas apareceu de modo que não foi possível atirar-lhe.» Entre herbagens, percebia-se o crocodilo, que começava a abundar, — estiraçado numa pavorosa e hipnótica imobilidade... Da vegeração do mato, regista o diário o aparecimento de alguns exemplares de *ficus indiana,* de enfezadas palmeiras e espinhosas. Houve que suportar uma curta paragem. A flotilha, enfiado um dos enumeráveis meandros e voltas do Pungué, «o rio mais caprichoso que tenho visto na minha vida», — observou o bispo, — alcançava, com uma hora de sol, Neves Ferreira: quatro barracas de zinco, abandonadas por uma expedição, e, à sombra dum pequeno palmar, o casinholo da Companhia, de pau a pique e canas, onde a bicharada miúda, que o lograva, não cuidou durante a noite senão de hostilizar os intrusos... No maciço silêncio daquelas horas, em claro, D. António Barroso ouvia rolar a espaços o bramido do leão, sentia palmilhar, entre a capinada, a lenta ronda do tigre... Até que espancando com o seu facho a treva, mais um dia rompeu de golpe. Com a sua malta de carregadores, o bispo passava depois à margem esquerda. Novos sinais de miséria indígena se lhe deparam: uma cubata rudimentar, a magreza das lavras, a própria compleição física da gente... Atravessava-se terreno de canavial bravio, «que açoitava sem piedade». Pouco a pouco o horizonte desafogava-se. Bandos de antílopes cortavam-no de súbito com a sua inquieta elegância. Sôbre os longes percebia-se a passagem, o negrume de morosas manadas de búfalos. Jornadeava-se em país abundantíssimo em caça. Pela tarde de 19 fazia-se caminho sôbre areia; a 20, tornava-se às herbagens e ao capim. Avistou-se a distância, trotando, um bando de zebras. Então apontou por duas vezes a carabina, sem acertar, acaso ou desajeito, nenhum dos tiros (2). E o bando, tresmalhado, sumia-se logo à vista num grácil movimento de fuga. Restos ainda palpitantes dum búfalo, devorado pelo leão, algumas carcassas, diziam no caminho a trágica luta pela existência entre as espécies. Ia-se quási em deserto, de escassas palmeiras bravas.

Apareceram dois inglêses em sentido oposto e por instantes parara-se a conversar. Depois cada grupo seguiu ao seu destino. Tinham desaparecido as povoações. A sêde aumentava, e «no primeiro sítio em que encontramos um bocado de água, paramos. Era meio dia. Os carregadores levaram tempo a chegar e por isso só pudemos sair às duas e meia». A certa altura, outro búfalo, derrubado sem dúvida pela bala dos inglêses, ainda sangrava. Com a sua carne se ajeitou um inesperado banquete. Quanto fôra, porém, laboriosa a digestão do bife que tinha calhado ao prelado! Deram-lhe na verdade que fazer naquele

_____

(2) Talvez haja quem estranhe esta dualidade. Curiosa decerto. Esquecerão êsses, entre muitos casos, o de certo famoso caçador que subiu aos altares, Humberto; que um grande papa do nosso tempo, Leão XIII, vivendo na mocidade, em Carpineto, fazia da caça seu recreio de escolar; que Francis Jammes, genial poeta católico, cultivou também a cinegética.

dia o bife e os pretos, que andavam estropiados. Em Sarmento, «um bonito lugar, — esboça païsagem o diário, — sobranceiro ao rio, aqui muito largo, correndo em fundo de areia», encontrara o encarregado da expedição das cargas da missão Enes. Experimentado naqueles trilhos, advertiu a D. António Barroso da escassez de água, que não tardaria a esperá-lo; não havia viva alma a-pesar das casas que a companhia levantara. E até Manica seria sempre assim: ao abandono as que se encontravam. Cessara o negócio. Efeito sem dúvida daquela agitação que atravessava tôda a Zambézia, onde a autoridade e a segurança pessoal se tinham tornado precárias. Ia entrar a caravana nas vastidões da serra da Gorongoza, que fôra coisa de Manuel António, tombado havia pouco em contenda com outros muzungos (³). Travara relações por aquela altura o prelado com um finório albião, cujas anedotas aligeiravam as sombrias recordações que pela terra zambeziana fôra, pareciam levantar-se, então

---

(³) Deu-se a morte de Manuel António a 10 de Janeiro de 1892, no assalto à aringa de Missongue. O facto do capitão-mor de Manica ter sido feito em 1890, com Paiva de Andrada, prisioneiro dos inglêses, fôra aproveitado pelos Macombes, antigos senhores do Barué, para se reapossarem do seu domínio. De volta aos prazos, viu negarem-lhe a autoridade, e correndo então, a Manica, dali veio com duas peças e os soldados do alferes almoxarife Freire, a que juntou depois os seus cipais da Gorongoza e alguns macombes, descontentes porque nada lhes coubera na partilha. A expedição liquidou num desastre.

Manuel António é uma figura acêrca da qual divergem as opiniões.

Para Mousinho, que verberava o facto de lhe ser consentido que vestisse como capitão-mor uma farda de oficial do exército, não passava dum muzungo nem melhor nem pior que os demais.

Seu escrupuloso biógrafo, o sr. conselheiro João Coutinho (ver colecção *Pelo Império*, Agência Geral das Colónias), apresenta-nol-o não descuidado dos ganhos comerciais nas campanhas em que andou, de nula ilustração, — caso geral dos capitães-mores do tempo, — mas dedicado, e até com patriotismo, ao serviço público.

Para o sr. general Teixeira Botelho êle foi sobretudo vítima do preconceito de côr, — e era um homem activo, inteligente, ambicioso. (*História dos Portugueses em Moçambique*).

Saíndo de Goa, em 1863, fizera-se bandeirante nos sertões da Zambézia, conseguira por fim quási «reinar» no Barué, depois de ter casado à maneira cafreal com D. Adriana, filha do régulo Xipapata. A fim de manter seguras as vias do tráfico no seu domínio, construíra uma rêde de aringas fortificadas,

debaixo dos próprios pés. Destro caçador, retirava os seus ganhos de explorar aquêles dentre os seus compatriotas, que, na tornada aos pátrios ares, pretendiam provocar pasmo como heróis de aventuras da selva... Por bom preço compravam os gloriosos despojos que documentariam a sua pimponice sertaneja... «Hoje, — continua D. António Barroso, contando a diversão, — matou êle um grande veado, a que aqui chamam «companheiro do mato», por andar misturado com as manadas de zebras, e que é, com certeza, o sofi da outra costa». As cinco e meia da manhã, de 22, deixava Sarmento, onde ficaram alguns carregadores a arderem em febre, as caras às crostas. «Só tenho arroz para dois dias e não sei como poderei comprar de comer para tanta gente. Principiamos a subir para o planalto. Já divisei alguns montes».

---

colocando em cada uma delas uma cuncubina e um dos capitães da sua maior confiança, que guardava o precioso depósito e velava pela segurança das cargas de cera e de ouro, que passavam...

Como quer que seja, êste Manuel António é uma curiosa figura de romance, típica dos costumes da Zambézia na segunda metade do século XIX.

Ao recordar o episódio do aprisionamento, em Manica, o malogrado comandante Correia da Silva, (Paço de Arcos), escrevia há anos, n'*O Século*, um artigo de que vão a seguir alguns períodos:

«Naqueles sinistros dias de 1890, — contava, — o nome de Manuel António teve uma auréola de entusiástica simpatia em terras de Portugal, a juntar-se ao velho prestígio moçambicano. Foi acolhido em Portugal como um herói. De nada, porém, lhe serviu essa consagração europeia; o prestígio do sertão estava definitivamente abalado. Em Dezembro de 1891, regressando a África, teve de atacar, de novo, o Barué, que recuperara a liberdade, e, no ataque à aringa de Missongue, Manuel António sofre uma derrota completa; foge, tenta esconder-se com o capim e é morto por um rapazito indígena.

O príncipe herdeiro, proclamado em 1884, nas terras do Barué, era o João de Sousa, que, com o irmão Paulo, igualmente neto do Macombe, muitos homens da minha geração conheceram nos bancos da Escola Académica, onde, principalmente o Paulo, que era uma joia de rapaz, tinham amizades. O Paulo morreu tísico, aí por 1895, no Hospital da Marinha, onde, como pensionista do Ministério da Marinha e Ultramar, lhe fôra obtida a entrada. O João, nas noites silenciosas do internato, sonhava com o império de África. Um dia, aí por 1893, saíu da Escola, meteu-se num vapor, desembarcou na Beira, avançou pelo sertão... Ia disputar a coroa de Macombe...

Por lá andou; ainda pelas terras da Zambézia e de Manica se ouviram uns ecos das suas pretenções... Nada mais se soube dêle. Na História ficará com o modesto lugar de um pobre pretendente sem fortuna.»

Fizeram-lhe saüdade doutros montes, — os natais. Era mais densa, mais tropical a vegetação. Amiüdava-se o encontro de pequenas povoações, de gente daquele tipo fisicamente mesquinho doutras que atravessara, «restos duma raça dizimada pelas invasões vátuas». Bichas pretas, a carga à cabeça, seguiam para cima. «Nos nossos passos vem um inglês, que vai também para Macequece», — notava o prelado. Outro pormenor que o seu diário recorda: À beira do caminho quatro corpolentos carros boeres, verdadeiras «arcas de Noé», esquecidos ou abandonados como trastes incómodos. Com essas bizarmas tinha pretendido certo britânico original alcançar Manica, dispensando o séquito dos carregadores. A experiência resultara, porém, em fracasso, e o aventureiro teve por fim de jornadear pela maneira que era corrente por aqueles sertões. E a propósito da aventura confiava ao papel o que ouvia contar dos inglêses que voltavam do interior: «Todos êles vinham sem recursos de qualquer espécie, por que a sua célebre companhia já não paga». Em tôrno, agora, nenhum vestígio de caça. E apontava do território que se estende de Sarmento até à Mucaca, alcançada naquele dia, ainda com sol, e onde assentou acampamento: «Começa a ser mais acidentado, a arborização mais densa e mais tropical». A 23, tornando, caída a noite, à escrita, recordava: «Há um ano estava eu no Gerez...» Não era tanto o fígado mal tratado que lho lembrava, como a saüdade, que lhe representava, ferindo contraste com as terras daquela jornada, a montanha gereziana, «sangrada de magníficas quedas de água, salpicada de pequenos lagos, matizados de plantas aquáticas» [4]. Água naquele dia, só num pântano se lhe deparou. «Coisas dêste vale de lágrimas...».

Outra vez os inglêses lhe forneceram tema à escrita. Levava então de companhia um súbdito albião. A aventura da-

(4) Da descrição de Ramalho, (Banhos de Caldos e Aguas Minerais, Pôrto, 1875).

quela gente impressionava-o. «Espantosa a miséria com que viajavam!» Um carregador e um moleque quando muito, para a roupa, bastavam-lhe para arrojar-se até às fabulosas terras planálticas... O que o britânico não dispensava, mesmo naquela indigente privação de confôrto, era o que para êle, com o *whisky*, representava mais que um hábito, certo distintivo de raça superior — o *tea*... Nunca o mais esfarrapado dentre êles, prescindia duma que mais não fôsse tolentina ilusão de chá... «Tenho hoje febre» — registava a 24, o bispo. Percorria-se uma região abundante em quartzo, em mica. Maravilhado viu de súbito correrem alguns riachos claros. Uma arborização de reduzido porte adensava-se. A mata continuava a brenha. Encontro com o Salter de Sousa e o médico de Manica, que retirava; o Salter estava muito constipado, com tosse. Vão receber ordens do Enes, e dizer-lhe que o comissário inglês o espera ali, em Outubro. O médico retirava porque há nove meses não lhe pagavam nem lhe davam de comer. Parece que em Manica ainda se encontra alguma coisa, porém, tão fantàsticamente caro, que nada se pode comprar.» Nem tudo seria pezar naquele encontro. O Salter mandara preparar o jantar, que foi excelente. Depois, caída a noite, de céu alto e estrelado, fêz-se fogueira, e em torno dela, até ao recolher à tenda para dormir, conversou-se com bom humor. Sobrevindo a manhã os dois grupos despediam-se. D. António Barroso mal podia andar, encharcado em suor de febre. Neste estado fêz três horas de marcha, até que não podendo mais, se deteve para um curto descanço, cêrca das dez e meia. Era perto de Angiva. Num chimbeque, em Mundingo, só, a um canto, curtia também a sua, um pobre inglês. «Que vida miserável que esta gente leva por aqui!» — escreve, compadecido. «Nunca vi tal miséria na outra África.» Pretendeu adquirir uma porção de farinha para a sua gente, mas logo o dissuadiram do intento. Por ali não havia senão fome... «Por um prato de farinha levavam uma rupia.»

Esgarçavam o solo aflorações graníticas. O bambú murmuro que em certos passos da travessia o havia açoitado, desaparecera. Ao meio dia de 26 chegava a Chimoio, tendo andado sempre a pé, desde as sete da manhã. Acampou entre o casebre dum albião e um pântano. Parara perto um carrão, tripulado por boeres e inglêses, com gado para Macequece e Natal. Internando-se de pronto ao mato, a caçar, no regresso da batida traziam couros de dezasseis hipopótamos. Apareceu então aquêle inglês que o prelado vira a tiritar de febre, a um canto dum chimbeque, em Mundigo. Depois dêle, notou ainda a passagem doutros: «verdadeiros cadáveres ambulantes», forasteiros naqueles sítios, onde o negócio parecia consistir em «vender aguardente a pretos e guardar algumas rupias que os europeus deixavam», — mas não os que, lamentáveis destroços duma ilusão, vindos quási sem um chavo, de cima, demandavam o litoral, a libertação do pesadêlo... Ao partir de novo, D. António Barroso via-se sem um grão de arroz... O chefe indígena, a quem fôra pedido para despachar alguém à compra duma porção, fizera-se desentendido; valera ao apuro um morador britânico, de quem adquirira por 39 rupias uma porção de sorgo. Dêste modo ficava o sustento da malta garantido por quarenta e oito horas. «Apareceu-me hoje, — assenta o bispo — conduzindo umas malas do médico um soldado preto. Que soldado!...» Várias notas de 27: retirada de Chimoio. Continuavam a passar albiões. Outros homens louros, dum carro boer parado, cuja boiada, solta da canga, pastava no capim, esquartejavam uma peça de caça, preparavam um grande lume. «Então — conta o prelado, — mandei um negro e uma rupia por um pedaço de carne fresca. Êles, sabedores de quem era a encomenda, não quiseram, — pois que há também gentilezas em pleno bravio, — o dinheiro e entregaram de presente ao preto, uma perna quási inteira, que pesava mais de oito quilos. Era gente que ia para o Cabo. Ainda o almôço não terminara, já outro inglês passava, êste a cavalo, a *riffles* a tirocolo, uma gazela, abatida, à garupa. — O encontro dum inglês tornava-se vulgaríssimo pormenor de jornada. Bispo e cavaleiro apenas se salvaram. Decorrido algum tempo de caminho, entrava-se num espaçoso vale. Além assentava perdido um chimbeque solitário. Vivia ali um britânico acasalado com branca. Sempre a andar, fizera-se descanso num sítio onde outro compatriota daquele, tirava recursos do tráfico do marfim. «O que tudo isto mostra é a coragem com que esta gente se atira por êsse mundo fora, vivendo mal, cheia de privações, — observava o rev.ᵐᵒ Barroso. Por outro lado é indício evidente da sua fôrça expansiva e do ânimo com que prossegue no propósito de inglesar tudo, o que acontecerá em pouco tempo, se isto continuar abandonado da nossa parte.» Do terreno dizia: «Em geral o que hoje percorremos é bom, arborizado, abundante em água e parece-me saüdável. É preciso, porém, não confiar de mais, porque há por aqui muito pântano». Cortava-se uma montanha, a Sucussa, com as suas vertentes de «vegetação encantadora». Fazia há dois dias tempo magnífico para viajar, porque o sol mal descobria. Cruzou no caminho com um correio que ia para riba. A Companhia contratara com um alemão, à razão de 25 libras mensais, três expedições postais por mês, o «que é já bom», e o transporte por uma libra, de encomendas até 21 quilos. Um verdadeiro melhoramento. Já nas mãos tivera dois telegramas vindos pela linha inglêsa do Cabo para o interior. «Creio que êste telégrafo não chega ao Umtali, mas vem até ao forte Salisbury.» Menciona no diário o encontro doutra povoação «miserável, de tectos escalavrados, com uma minguada cultura de sorgo». «Tudo indica população pobre e fraca. Que poderá com estes elementos fazer a Companhia de Moçambique? Parece-me que pouco ou nada. Se ela pudesse introduzir colonização europeia, ainda tinha esperança, mas isso fica caro e creio que a Companhia o não poderia fazer. Enfim, veremos...» No outro dia recomeçou a jornada. «A nossa saída, — escrevia a 28, o prelado, — passavam para baixo dez inglêses, dos que retiravam.

Segundo me informa um italiano, com casa perto do acampamento que esta noite fizemos, no Mutari há só fome. Em pouco tempo morreram lá dezassete inglêses. Por outro lado dizem que a Companhia quere 50 % do valor das minas. Parece, pois, que os inglêses vão achando dura a «espiga» de Manica...» Marcava o relógio de catorze rupias, que comprara aos mouros de Alpanda, quatro horas à passagem do Revue, «que parece ser um afluente do Save. É importante, mas actualmente não leva grande volume de água.» Numa das margens tinham levantado a sua cubata, e exploravam pelas redondezas a caça, que lhes dava o sustento e o lucro dos despojos, três americanos, também mal sucedidos nos negócios... Do lado oposto, abarracava-se outro bando de britânicos, por igual à mercê da fortuna, à espera do caminho de ferro... Se êle não vem, será a debandada total. «Devemos estar a dezoito quilómetros de Macequece,— conjecturava o bispo. Se Deus quiser vamos lá almoçar».

Assim sucedeu.

Viajara-se quási sempre no vale do Revua.

Já a uma distância de quatro quilómetros via-se numa elevação dominante, a casa da Companhia de Moçambique. Era «um quadrilátero de pedras sôltas, com três plataformas para artilharia.» Ali, há um ano, aproximadamente, estivera a fortaleza, donde o bravo Caldas Xavier se bateu contra a fôrça da *Chartered,* que a incendiou, depois da retirada dos nossos (⁵). A essa casa acolheu-se o caminheiro, que recebeu do anfitrião, o capitão Damião de Meneses, representante da Companhia, carinhosíssima hospitalidade. Para o bocado do

---

(⁵) Teixeira Botelho, *História militar e política dos Portugueses em Moçambique.* «Em 16 de Maio, — refere aquêle historiador, — prostrada pela fome e pelos trabalhos, mas sempre em ordem, chegava a coluna a Chimoio, onde se fortificou com um reduto de construção ligeira, que se denominou de Maria Pia. Ali permaneceu a deminuta fôrça portuguesa até que no dia 30 se soube oficialmente que os inglêses tinham recebido ordem de recuar 15 milhas para além de Macequece, logo mandado ocupar pelo contingente de caçadores n.º 4».

serão daquela noite, viera de Andrada o representante do Govêrno, Bettencourt, «um bom rapaz». Fechava a oeste o vale. uma corda de serras de espesso arvoredo, apoucado ao sopé. A água manava quási por tôda a parte, divagante, talvez sem emprêgo, à espera que a bebesse e lhe utilizasse as virtudes, a futura cidade que ainda não surdira da imaginação para as primeiras estacas. Acêrca do seu poiso divergia-se ao que parece. Entretanto a meia encosta, escassamente ventilada, a Residência provisória esperava... Apresentara-se ao prelado padre S. «Tenho resolvido — apontou, — levá-lo para baixo, visto ser aqui inútil; não diz missa, não ensina nem doutrina nem coisa alguma; apenas fazia tolices...». Era um exemplo do perigo que representava o padre desacompanhado, a quem a solidão, a bruteza ambiente, o cafrealismo, iam lentamente solapando o moral, a capacidade de resistência. Vicejavam umas amenas hortazinhas de soldados angolas e brancos. Que seria de qualquer dêles se não foram essas hortas?

Escrevia no diário D. António Barroso, a 1 de Outubro: «Dizem-me que nas anfratuosidades destas montanhas existem populações indígenas. Assim o creio, mas a verdade é que é raro vêr-se um preto.» «A população branca é deminuta.» Franceses, inglêses, portugueses percorriam aqueles sertões, carabina em bandoleira, ôlho alerta, à pesquisa de veios áureos...». «Lavrava entusiasmo entre todos, porque tinham encontrado no no nosso território muito ouro.» Somente a sua exploração se tornará possível, — refrão dêste prólogo de feeria, — quando o caminho de ferro lhes levar a maquinaria da extracção e permitir o escoadouro da colheita aurífera nos *cargos* atraídos ao cais do império. Entretanto vão registando talhões, demarcando *claims,* preparando-se para a exhaustão. Mas se o *rail* não aparecer?... Seria a decepção, após o entretem duma cativante miragem... No dia seguinte diambulou o prelado à procura de local favorável à séde da missão que pretendia montar em Manica e pareceu encontrá-lo, de ares lavados, com abundância de água e solo fértil,— a um pairo de duzentos metros, com a vantagem ainda de conservar-se arredado das fermentações da vila mineira, causticada pelo sol e pela febre áurea... Que morigeradora da soltura dos costumes, da exasperação dos egoísmos, poderiam vir a ser, descendo da altura em que o lar lhes assentava, os padres da nova missão!... Dali ao sítio dos inglêses, a que ouvia chamar Umtali, devia interpor-se caminho de seis horas. A Umtali, mais fronteira adiante, seguia-se Mutari. «Dizem-me que por lá ainda é maior a miséria do que aqui, e que as biliosas têm morto muita gente, o que não admira, porque estes senhores bebem *whisky* desde a manhã até à noite.»

Não vencendo o quinino a febre que o assaltara, estivera para chamar de Umtali o médico, a-pesar da sua já notória intemperança de bebedor, mas tivera que desistir do intento. Exigindo uma libra por cada milha a fazer, a consulta custaria vinte e cinco libras! Havia, pois, que voltar ao quinino. E ponderava na devida ocasião: «A Companhia deve colocar aqui, sem demora, um médico.» Outra contrariedade daquelas últimas vinte e quatro horas: perdera a ametista do anel prelatício que a Sociedade de Geografia lhe oferecera. Exarou ainda no diário a gentileza do Bettencourt, pondo à disposição dêle duas ordenanças. A 3 apontava· — porque lhe lembrassem os bons amigos que viera encontrar no mato: «o Meneses é de Guimarães, sobrinho do Minores», «um moço simpático e sério.» Refere: «Entreguei dois caixotes com 3.000 rupias em prata ao Azevedo.» O Azevedo, que leva ainda «para o dr. Braga» (6) uma mala, era o encarregado das cargas da comissão de limites. «A gente da expedição estava para o sul.» E conjecturava: «Êste ano pouco fará.» «Parece-me pelo que me afirmam que esperam [Enes] aqui, em Outubro, para se entender com o Livreson, visto não existir o planalto de Ma-

---

(6) Nota de 3: o Azevedo «partiu há três dias para Chimani-mani a encontrar-se com a gente da expedição.»

cequece a que se refere o tratado.» E de Freire de Andrade, adjunto do comissário régio, contava o que ouvira: «teve de queimar [no sul] umas povoações».

*
* *

Das urnas, na Grã Bretanha, ainda que por reduzida maioria, saíra vitorioso o grande *old man*, Gladstone.

A Inglaterra transaccionara com a Alemanha o reconhecimento da influência alemã no Tanga, no Camarão, noutras partes de África, o escambo dum pôsto tido desde 1815: o penhasco de Heligoland, no mar do Norte pelo protectorado de Zanzibar e Pemba; com a França chegara também a certos ajustamentos: reconhecia-lhe a posse da bacia de Alto Niger e o protectorado de Madagascar, de que, depois da morte de Pockenham, em 1886, os inglêses começaram a desinteressar-se, e obtinha em contrapartida o reconhecimento do seu direito ao reino do Sokoto, ao sultanato zanzibariano. Naquele mesmo ano de 1892, Cecil Rhodes preparava-se para projectar o primeiro quilómetro do traçado imperial Cabo-Cairo Railway. Porque supunha desenvoltos em matéria colonial os liberais, — Gladstone, no seguimento de Parnell, ocupar-se-ia sobretudo da questão do *Home rule*, — D. António Barroso preguntava, inquieto, a si próprio, escrevendo nos começos de Outubro: «Que irá suceder agora a Portugal?» E acrescentava, sem ilusões acêrca da política da época, êste lamento: «Infeliz nação!»

*
* *

A 4 celebrou missa a que esteve presente uma pobre tropa de sargento, e preparou-se depois da compra de mantimentos, para o regresso pela Gorongoza.

No fim do almôço improvisou-se uma sessão de tiro ao alvo para experimentar uma espingarda que o Bettencourt pretendia comprar e que a cada disparo invariàvelmente falhou. O termómetro chegara a marcar 30 centígrados, «o que realmente não é pouco para uma altitude de oitocentos metros, entre montanhas», — observava o prelado. Trouxera-lhe o Martins, soldado branco do posto, que modelarmente cultivava a sua pequena horta, uma alface de repolho, «que era um mimo», e uma couve tão folhuda, bonita e viçosa como as que o bispo estava habituado a ver, aljofradas de orvalho, nas leiras do seu Minho natal. Padre S., que êle resolvera colocar noutra parte, pedira-lhe, — coitado! — 50$000 réis, pois estava sem receber, há muito, a magra côngrua. Não dispondo da importância, porque apenas levava algumas rupias reservadas à compra, em Chimoio, de farinha, para os pretos, recorreu ao capitão Meneses que, sempre bizarro, lha emprestou, por sinal quási tôda em fulvas libras. Fôra a Andrada jantar com o Bettencourt. Até que pelas sete da manhá de 8, saíu de Macequece com guias para a Gorongoza. Acêrca de Macequece, ao cabo daquele dia, assentava: «Pode vir a ser muito, por enquanto não é nada.» Acampara, — o calor estivera sempre de rachar — nas margens do rio Mussica, que recolhe as águas da serra que tem o nome de Lucassa, devendo ser caudaloso no tempo das chuvas.» E de passagem observou: «É notável que as árvores dêstes bosques estejam rebentadas com muita fôrça em terreno calcinado pelas queimadas.» Um inglês... Já fazia falta ao trecho da païsagem... Êsse subia. «Mais um desgraçado...», — comenta o diário. A 9, «um dia pouco feliz»: «Passei fome» — aponta. — Valera-lhe o expedito Militão que, correndo ao soba de um povo próximo, obtivera uma galinha e um punhado de arroz. A beira do rio assentara outro bando de britânicos, com o qual, a convite, o prelado jantou coração de antílope, acepipe daqueles sertões. Era o que havia. Formavam naquele momento a sua fila de carregadores mais de sessenta e cinco pretos, cujo alimentação o preocupava. Aquêle lugar haviam chegado marchando com vagar enervante. Por isso não fôra possível ao prelado despegar antes do sol posto. A-pesar-de reparado pelo descanço, o andar do bando não acelerara, de modo que só muito tarde se viu de novo em Mundigo, apenas com os homens da dianteira. Mais de duas horas trazia de floresta, por uma noite escura. Como ela latejava de mistério na sua «beleza selvagem!» Às vezes, sob a pressão dos pés, a frincha aberta no maciço, estalava como lume; breves asas pávidas roçavam num estonteamento, pelos homens. Procurou o tecto do único morador branco do sítio, certo inglês, que já dormia a bom dormir, e se levantou, agradado, para a primeira das obras de misericórdia. Com efeito, sôbre o palmo de táboa que lhe servia de mesa solitária, pôs tudo o que tinha, que era bem pouco: uma lata de sardinhas, uns feijões, o arroz, o *whisky* que êle queria que o forasteiro bebesse como se tratasse de água. Tendo-lhe matado dêste modo a fome, proporcionou ainda o bom britânico ao seu hóspede repousante sono, num improvisado grabato.

Ao reduzido almôço do outro dia, não lhe dispensou D. António Barroso a companhia. Logo a seguir à refeição teria o bispo recomeçado a sua jornada se estivessem presentes os carregadores retardatários, ou se as diligências do Militão, em demanda doutros, tivessem dado resultado. Houve pois que aguardar a chegada do resto do bando, e só pela tarde começou a calcurriar-se para Chimoio as veredas da volta. Pormenores do estirão poucos recolheria o diário além da passagem sucessiva, com a correspondente troca de salvações e de notícias mais ou menos mimadas, dum americano, dum francês, dum par de albiões. Ia-se a 11 do mês. Lê-se na lauda do dia: «Para amanhã já dei o caminho a fazer. Só chegamos depois de amanhã a Múcaca, e (lá voltava a afligir-se!) não sei como arranjar de comer para setenta homens até à Gorongoza». A 12, o bispo e sua gente estacionavam junto doutro charco miasmado. Foi matinalíssimo no dia imediato o prelado. Daí a pouco em marcha, a caravana topava com mais quatro inglêses, como outros europeus, freqüentadores daqueles sertões, de carabina e chapeirão. Às dez, novo encontro. Desta vez menos bisonhos os louros viandantes, a conversa pegou e tão bem que o bispo, como se faz em boa terra portuguesa, em maré de visitas, dignou-se, por sua parte, obsequiar, mandando servir *Pôrto*, ido na carga. Adiante, depois de todos se separarem, apanhava a carreta em que um casal e outro inglês desciam da terra do ouro, — talvez um episódio de derrota. A 13, ao raiar do dia, começava com os seus nova marcha e inda não seriam nove horas, quando aos olhos de todos apareceu o Pungué, em jeito de alargar mais o leito de areia em que corria. Uma chuva miúda entrou de caír e debaixo dela, ensopado — até aos ossos, a-pesar-de fina, alcançou a Mucaca, onde foi encontrar, com negócio de algumas fazendas, o Augusto e o Rafael, — aquêles dois pobres rapazes que haviam sido, na saída da Beira, seus companheiros a bordo do *Tungue*. «Penso, — conjecturava, — que antes de quatro dias não posso chegar à Gorongoza». Porque não havia os abastecimentos precisos para a malta. Esperou pela volta do diligente Nicolau, mandado a bater terreno, à procura, com algumas rupias e, para o caso de eventual troca, alguma fazenda, menos contaria, que o preto dali ou não conhecia ou tinha em medíocre aprêço. Parecia ao prelado apropriar-se a sede duma missão a Mucaca, — e apontou no diário a excelência do local.

Em 15, com tempo regular, atravessava o Pungué. «Depois dum caminho detestável, emmaranhado, cheio de troncos a embaraçá-lo, chegámos a uma ribeira sêca, onde almoçámos». Para um pouco de água houve que cavar na terra. E essa má. «Partimos à uma e meia, seguindo sempre por calheiras muito arborisadas». Uma hora depois os carregadores recusavam-se a andar para diante, alegando que iam morrer de sêde. D. António Barroso manteve a ordem dada e a marcha prosseguiu. Às cinco descansava-se num sítio, muito visitado pelo leão e mais bichos,

— onde havia água. Que água! Negra e imunda. Contudo, — refere o prelado, — «não pude resistir à sêde e bebi, um atrás do outro, dois copos». Conseqüência: «Tinha, — queixava-se depois, — o estômago cheio de terra, duro como uma pedra». E ali lhe decorreu a noite, com as fogueiras bem espertas, por causa da ronda das feras. Não dormiu com o estômago às voltas. Para mais, não cessava de rugir perto o rei dos animais... Pondo-se, no outro dia, logo de manhã, a caminho, calcurriou região acidentada, de ralos arvoredos, em que a água principiava a oferecer-se mais generosa, ainda que de longe a longe, e quási límpida... Reparou em restos de povoações incendiadas... «Efeitos das guerras»... Andava desassossegado o sertão. «Desde que saímos, — notava a 17, — vamos contornando a grande serra da Gorongoza que [a avaliar] pela vertente que seguimos, deve ser muito fértil. Numerosos riachos dela derivam. A arborização era densa, e em extremo verdejante. Lá em baixo, à raiz, povoações abandonadas». Despovoara-as a passagem do flagelo. «Região incontestàvelmente muito superior, em qualidade e beleza, a tudo que [observara] em Macequece». Durante mais de uma hora fizera-se o trajecto debaixo dum deslumbrante tunel de verdura. A lauda daquele dia escreveu-a o prelado, acampado junto ao rio Vunduzi, que vinha da serra e ali corria, largo, entre fragas.

E Gouvêa estaria longe? «Dizem que ainda amanhã não chegaremos lá».

18, às sete da manhã: o bispo faz-se outra vez de longada, levando ainda, a limitar-lhe o horizonte, a Gorongoza. Almôço junto de outro rio, anónimo no diário. Passa, vinda de Gouvêa, com o seu mulatinho de mama, atado às costas, uma preta, — pormenor de terna e grácil humanidade, que projectou na página da ocasião uma nota contrastante com a bruteza ambiente.. A tarde recomeçava a marcha, estropiada...

Afinal nêsse mesmo dia ia-se ficar em Gouvêa (⁷).

(⁷) Fôra ali a antiga capital de Manica.

Quatro soldados, que há largo tempo aguardavam que os mandassem embora, formavam rôda a guarnição branca. «Como estão, — observava o recem-chegado, — para nada podem servir». Foi um êrro mudar daqui a residência, porque se abandonou um povo que estava habituado connosco para irmos ocupar um ponto onde não há gente. Convinha fazer alguma coisa em Macequece, mas isto aqui é melhor. O que me parece, ou antes do que estou certo, é que a intriga e as conveniências particulares entraram neste negócio mais do que os interêsses da nação». E a pena acrescentou ao reparo êste breve lamento de desconsolada experiência : «É sempre assim...». Entreteve-se, na manhã seguinte, a apreciar hortas e plantações de soldados brancos e pretos. «Fiquei maravilhado!» — certifica. À vista estendia-se-lhe uma dilatada várzea que a serra generosamente regava, vertendo sôbre ela a sua linfa. «Que beleza!» — escreve ainda, admirativamente, o prelado, o homem do campo que êle era e que a batina nunca sumiu na sua sombra. Que seria daquelas pobres criaturas se não vivessem em terra tão rica de dons!... A fim de presentear tão considerável visitante, o cabo tomara dentre a sua «criação», uma gorda pata que lhe esbravejava, entre as mãos, num escarceu de asas e de grasnidos. Quadro na aparência tranqüilo. Contudo, o indígena vivia inquieto desde que na última guerra ficara Manuel António. Sena, além disso, mandara recolher tôda a pólvora existente no paiol do capitão-mor trucidado, o que aumentou a irresolução do preto, invariàvelmente vítima de tôdas aquelas contendas, e que congeminava : «Como o Manuel António morreu, nós somos do Govêrno, mas se não tivermos pólvora não nos poderemos defender nem os brancos que aqui estão»... Não atinava, pois, com meio de safar-se das violências e depredações cruéis dos muzungos, a que a nossa autoridade não conseguia travar os desmandos, quanto mais desarmá-los! E o prelado, pensando àcêrca das possibilidades de remédio, acrescentava à lauda: «A companhia deve vir administrar ou arrendar estes prazos, que são

importantes, e já, de modo algum deixar esta gente ao aban-
dono· porque assim em pouco tempo terá tudo revoltado». Antes de retirar, baptizara dois mulatinhos, providenciara sôbre o
sustento de quatro doentes que lhe ficavam em Gouvêa. E tendo
tomado, mediante recibo, «sete pequenas cargas de arroz que
pertenciam à comissão de limites, deixadas pelo capitão Serrano,
que decerto as não [procuraria] mais», prosseguiu com seus
homens o caminho.

Em 20 encontrava, «muito largo, mas sêco», o Baroze. O
ar escaldava, lutava-se com uma sêde exorbitante, às vezes
parava-se de andar para cavar na areia, à procura de depósito
ou fio refrigerante. E há quanto tempo, como as goelas, os
póros da pele já curtida padeciam também a sua sêde, da carência
de refrescar-se! Levavam-se os pretos a meia ração. De súbito
dando com um povo, «que no mapa vem marcado com o nome
de Incheche», despachou o bispo às cubatas o Militão e o Nicolau. Pouco obtiveram, porém, os exemplares servidores. Foi o
Nicolau mais longe por farinha para os negros. Tudo caro. Aos
bocados talvez se resolvesse a dificuldade. A febre tornara a
pegar em quási todos. Ordenado a 21 o recomêço da jornada,
obececados pelo pavor da sêde, negaram-se os carregadores a
andar mais. Com muito trabalho e porque obtivera uns cangi-
rões de pemba, certa bebida fermentada, de aspecto feio, de
gôsto não de todo desagradável, conseguira convencê-los, mas
apenas a 22 pudera fazer-se a largada. E a verdade é que a
água não se negou a dessedentar a caravana. Ela foi até a
única recordação agradável dum dia debaixo de céu que pesava,
triste, plúmbeo. Nada tinha, sem dúvida, das águas que a
Gorongoza desprende até o vale que fertilizam, como o cristal
límpidas; era até «sem gôsto, mole, de má qualidade», mas
com que deliciosa sensação de alívio o prelado a bebera, como
os demais!... Ao do Incheche sucedeu o descanço em Imbila.
«Aqui as casas, são mais altas; são também as primeiras
que assim encontro, feitas de paus redondos e espetados no

chão; interiormente, e isto é geral por aqui, são forradas de terra, e dêste modo bastante abrigadas». A destra espingarda de Nicolau abatera um milhafre e uma galinha de mato. Lauda de 24: «O caminho hoje percorrido é bom, plano, um pouco arborizado, bastante estéril por falta de água. Começa a aparecer a palmeira brava e encontrei um tamarindeiro, o primeiro que vejo, desde que estou no interior. O embundeiro é por aqui pouco comum». Viera o soba do Incheche. Era «um velho de boa aparência, que fala o português e que me disse, — refere o bispo em seus apontamentos, — que saindo cêdo podíamos chegar amanhã a Sena.» Fôra capitão do Manuel António e falando quási ao ouvido do prelado confiou que o não acompanhava à vila, com mêdo de que o prendessem. Ora a verdade é que êle, a respeito do sumiço dado aos bens do Manuel António, nada sabia — afiançava.

Largara-se para a caminhada logo que o dia raiou. A tarde estacionou-se em Nhamacunda, onde Manuel António deixara as paredes dum casarão que levantava. Três homens de espingarda pareciam de guarda ao sítio. Havia receio de novas extorsões? Ainda há poucos dias caíra de surpreza sôbre a povoação a alcateia dum certo Justino, preto, casado ou amancebado com uma filha do muzungo, e retirara, depois, com todo o marfim que existia. Outras filhas, mais ou menos amazonas, outros genros empregavam-se, igualmente, à mão armada, com seus bandos, a assaltar sempre a pretexto de rehaverem bens sonegados. Estava-se ainda a trinta quilómetros de Sena. Soprava furioso o vento, era-se por isso obrigado às vezes a caminhar de mãos nos olhos. A soalheira queimava. «Encontrámos muitas povoações ao lado do caminho». Pelas nove, — testemunhava o prelado, — dava com êste lamentável espectáculo de desleixo: postes e arames do telégrafo derrubados em grande extensão, uma linha de vinte e cinco quilómetros quási por completo perdida... «Daqui um telegrama para Quelimane leva oito dias...» Pouco adiantava o fio ao preto-postal... A multimilenária impenetribilidade da África continuava a opor-se ao homem e às suas engenhosas invenções...

Até que «às onze horas, debaixo dum sol ardentíssimo, — refere D. António Barroso, — descobrimos areias do Zambeze...»

Avistando-as, bastantes anos antes, por um amanhecer de Setembro, quando já desesperavam de alcançá-las, Capêlo e Ivens não tinha podido conter um grande *hurrah* de alegria.

Ao meio dia o prelado entrava em Sena.

*

* *

Depressa a notícia circulara na vilazinha de áureas tradições.

Não lhe faltavam nos tempos de capitana, entre os moradores, gente de prosápia: Salemas, Abreus, (de Pico de Regalados), Pereiras, Mendes, Vasconcelos e outros ([8]) que com o sentido de se continuarem tinham feito solares. Entretanto quantos brasões sobrepostos a padieiras ainda memoriariam alguns dentre êles? Logo de entrada se tornara fácil ao prelado verificar o resvalo em que Sena ia. A vila, que já existia em 1761 e fôra precedida duma igreja, primeiro, e a seguir por uma feitoria, não passava de «uma dúzia de casas arruïnadas e algumas palhotas». Contudo, na grande época do tráfico do ouro, como poucas terras em África, fôra próspera. Em grave estado de relaxação de costumes a encontrava, depois, o dr. Lacerda e Almeida, um dos que, no século XVIII governaram aqueles Rios. «Ah! a minha mão treme, — escrevia em 1757, — o espírito vacila e não sei que faça...» ([9]) Se me calo, serei responsável no tribunal divino e humano, por não ter dado contas a Sua Ma-

---

([8]) F. M. Bordalo, *Ensaios sôbre a estatística das possessões portuguesas no Ultramar*.

([9]) Lacerda e Almeida, *Travessia de África*, 1936, edição da Agência Geral das Colónias.

jestade; se falo temo não ser acreditado.» Perplexo, por fim seu ânimo decidiu-se. «Devo deixar-me vencer da minha obri-negação e não do temor que só a mim diz respeito». E patenteava o estendal: As terras mais rendosas não saíam dalgumas casas, tomadas escandalosamente, algumas delas valendo por condados; os criados dos capitães-generais e alguns soldados degredados, passados a oficiais, casavam as mais das vezes nessas casas; a poligamia é tão usada que dela já se não faz caso. «Tudo isto está na última miséria». E concluía num apêlo à soberana para que «se servisse mandar algum ministro de vara branca, con-tanto que fôsse homem que respeitasse as leis, temesse a Deus e ao Rei, e finalmente tivesse tôdas as circunstâncias que devem ter os homens públicos.»

— Chegou o sr. bispo!

Corria a nova de ruazinha em ruazinha.

Encaminhou-se D. António Barroso para casa do padre Cunha, que, àquela hora de calor, bem despersuadido de que a visita o colhesse de surpreza, se entretinha a engarrafar vinho... «A terra queimava como fogo»... Era, segundo alguns, um tempo já impróprio da quadra que corria. E a casa animava-se--lhe daí a pouco, porque tinham aparecido, afrontando o sol de chapa, o intendente Lomelino, que vivia em Sena, o juiz Silva Ramos e o delegado, chegados de Quelimane, na véspera. Padre Cunha mandou pôr o almôço para todos. Como é de feição em remotos encontros à mesa, como aquêle, «alongando a vista» (10), deu-se asas ao lembrar. «Foi para mim, — discorria daquelas horas de intimidade no seu diário, o prelado, — um prazer vir encontrar aqui amigos». Disputou-se depois a honra de o hospedar. Padre Cunha queria-o para si. O Lomelino ainda propôs, com timidez, a intendência, — tão desconfortável... Os magistrados aconselharam a Câmara, onde estavam aposenta-

---

(10) É duma cantiga de Camões o dizer.

dos, e que contava entre as melhores edificações da vila. Foi o alvitre dêles que prevaleceu.

Utilizou o bispo, por aquêles dias, o simulacto telegráfico que havia, para pedir ao Governador que lhe despachasse uma das pequenas canhoneiras do Zambeze. Foi a 28 e dispôs-se a esperar com paciência. Entretanto o calor, «de rachar pedras», não cessava e só à noite corria uma ténue viração. As ruazinhas ermadas escassamente alumiavam-se a petróleo. Ouvia-se às vezes o uivo da quizumba. O bramido do leão, êsse tornara-se já um raro pormenor das madrugadas de Sena. A afastar-se cada vez mais da vila, desfigurada, o Zambeze com os seus bandos de garças e outras aves, «de variedade e beleza de côres», que a Lacerda e Almeida lembravam «com saüdade» os dias passados nos sertões de S. Paulo, de Mato Grosso, do Pará, corria então a cêrca duma légua dela. O que, com a escassa água que levava o rio, tinha custado ainda há pouco a navegar, a uma canhoneira vinda do Chinde, por causa da guerra da Gorongoza, onde assentara senhorio um tal Luiz! «As populações vendo que a fôrça e o poder estavam ao lado dêle, e vendo-se desamparadas pela Companhia, fizeram causa comum com o rebelde, e ci-las à sua ordem, roubando, assassinando, até mesmo às portas de Sena, fechando o caminho aos correios e recusando-se a pagar contribuïções» (11). Do Zambeze ao Pungue talhava largo domínio o Cambuambembe, um dos antigos homens do capitão-mor de Manica, e nos recessos do Barué não lhe ficava atrás, no procedimento, um certo Gizi (12). Sob a impressão das notícias que circulavam, D. António Barroso razoava, com um mal contido, e por ventura primeiro assomo de ira. «Esta Zambézia tem sido um pinhal da Azambuja, um covil de crimes que nos deshonram. É preciso terminar esta guerra e para isso pegar

---

(11) J. J. Teixeira Botelho, *História militar e política dos portugueses em Moçambique.*
(12) J. J. Teixeira Botelho, *ob. cit.*

em muita gente que por aqui anda e pô-la em Timor. Estou convencido que em seguida não há mais guerras. Nestas coisas o preto é, em geral, quem paga as despesas e são os muzungós que recolhem os proveitos». Não há no país zambeziano, — apontava ainda, — um palmo de terra a que não esteja associada a recordação dum daqueles crimes. Parara na vila, e já seguira ao seu destino, a remota missão de Boroma, — o padre jesuíta bungaro Maniath. Feliz será, — escrevia, inquieto a seu respeito, o bispo, — se poder ir por Tete e não se vir retido de andar para diante, pelas contendas da Gorongoza. E acêrca do missionário acrescentava no passo: «fala bem o português, é muito instruído em ciências naturais. Pelo que me tem dito vejo que [a missão] luta com muitas dificuldades, não sendo as menores as que lhe cria a peste dos muzungos, pretos e brancos».

Tivera fôro de acontecimento em Sena, espevitando-lhe por algum tempo a curiosidade, o anúncio da hasta pública, em Novembro, do espólio de Manuel António, que não seria senão um resquício de espólio. Pelo mato dentro perdia-se o melhor. Tudo o que era riqueza desaparecera na voragem daquelas tomadas e retomadas, ainda em prática, levadas a efeito por amazonas, — as filhas, — e capitais, em assaltos a povos e aringas rivais ou suspeitas. Ia-se, pois, presenciar apenas uma escandalosa licitação de miudezas... No dia aprazado, — porque se generalizasse a convicção de que assim sucederia, — a concorrência foi sobretudo de mouros. Tudo se resumiu, efectivamente, a alguns objectos fabricados com ouro da Zambézia, que o Lomelino, travado à compita com um monhé, cobriu com o último lanço; duas espadas, com que ficou D. Vitória, uma das filhas de Manuel António, quiçá para as cingir à própria cinta e à do companheiro, na primeira sortida do seu bando; uma caixa de charutos, adjudicada ao prelado, a quem couberam também um casaco com que presenteou o prestimoso Nicolau, duas pulseiras, um alfinete de gravata, um rosário de contas lavradas, de ouro, com o pêso de 116 gramas, para outras dádivas; e uma espingarda, igualmente obtida por D. Vitória. Havia ainda três relógios, umas anilhas... Alguma cêra e marfim, passara quási inteiramente às mãos dos orientais. E a propósito da Zambézia o diário recolhe, com branda ironia, o boato do aparecimento em Moçambique, de certo sr. V., que, com procuração do M. da F., — se propunha, (só lhe faltava aquela aventura) concorrer ao arrendamento dalguns prazos. Não o diz o prelado, mas adivinha-se-lhe o gesto de persignar-se, tomado de espanto. Também, por aquele tempo, corria em Sena que a Mala Real, a primeira tentativa de envergadura para aproximar por meio de navegação portuguesa metrópole e ultramar, ia suspender pagamentos... «Se assim é — concluía D. António Barroso, — como tudo faz acreditar, é mais uma derrocada»...

29 de Outubro. Distribuïção de correio da Europa. Ah! como nesses dias tão espaçados uns dos outros, tudo na vila dessepulta da modorra, vencido o fôsso dos lonjuras, vivia de remissão uma animada semana! Davam as notícias da nova mala alimento a cavacos em lojas e fazendas, epístolas entravam em cada casa como uma risonha luz, se não ralavam e entristeciam... Que desconsoladoras novidades trouxera ao prelado o pacote dos jornais! Resumo das suas impressões de leitor: «As coisas em Portugal continuam como dantes, prenhes de dificuldades»... «Dificuldades financeiras, de rôda a espécie, leria no «fundo» dum dos números já desdobrados, do *Janeiro*, grandes na hora presente, maiores — talvez insuperáveis, na hora aziaga, não longínqua decerto em que o Banco de Portugal, exausto o limite da sua emissão, não possa servir nem aos particulares nem ao Govêrno. O que faz êste entretanto?». Estava à frente dos negócios um ministério extra-partidário formado, como todos os da espécie, em momento de apêrto, que começava porém, a impacientar os partidos, bem que um sistemático bota-abaixo os impossibilitasse para as duradoiras soluções que à crise se impunham. Os crédores externos enchiam o mundo com a publicidade escanda-

em muita gente que por aqui anda e pô-la em Timor. Estou convencido que em seguida não há mais guerras. Nestas coisas o preto é, em geral, quem paga as despesas e são os muzungos que recolhem os proveitos». Não há no país zambeziano, — apontava ainda, — um palmo de terra a que não esteja associada a recordação dum daqueles crimes. Parara na vila, e já seguira ao seu destino, a remota missão de Boroma, — o padre jesuíta bungaro Maniath. Feliz será, — escrevia, inquieto a seu respeito, o bispo, — se poder ir por Tete e não se vir retido de andar para diante, pelas contendas da Gorongoza. E acêrca do missionário acrescentava no passo: «fala bem o português, é muito instruído em ciências naturais. Pelo que me tem dito vejo que [a missão] luta com muitas dificuldades, não sendo as menores as que lhe cria a peste dos muzungos, pretos e brancos».

Tivera fôro de acontecimento em Sena, espevitando-lhe por algum tempo a curiosidade, o anúncio da hasta pública, em Novembro, do espólio de Manuel António, que não seria senão um resquício de espólio. Pelo mato dentro perdia-se o melhor. Tudo o que era riqueza desaparecera na voragem daquelas tomadas e retomadas, ainda em prática, levadas a efeito por amazonas, — as filhas, — e capitãis, em assaltos a povos e aringas rivais ou suspeitas. Ia-se, pois, presenciar apenas uma escandalosa licitação de miudezas... No dia aprazado, — porque se generalizasse a convicção de que assim sucederia, — a concorrência foi sobretudo de mouros. Tudo se resumiu, efectivamente, a alguns objectos fabricados com ouro da Zambézia, que o Lomelino, travado à compita com um monhé, cobriu com o último lanço; duas espadas, com que ficou D. Vitória, uma das filhas de Manuel António, quiçá para as cingir à própria cinta e à do companheiro, na primeira sortida do seu bando; uma caixa de charutos, adjudicada ao prelado, a quem couberam também um casaco com que presenteou o prestimoso Nicolau, duas pulseiras, um alfinete de gravata, um rosário de contas lavradas, de ouro, com o pêso de 116 gramas, para outras dádivas; e uma espingarda, igualmente obtida por D. Vitória. Havia ainda três relógios, umas anilhas... Alguma cêra e marfim, passara quási inteiramente às mãos dos orientais. E a propósito da Zambézia o diário recolhe, com branda ironia, o boato do aparecimento em Moçambique, de certo sr. V., que, com procuração do M. da F., — se propunha, (só lhe faltava aquela aventura) concorrer ao arrendamento dalguns prazos. Não o diz o prelado, mas adivinha-se-lhe o gesto de persignar-se, tomado de espanto. Também, por aquele tempo, corria em Sena que a Mala Real, a primeira tentativa de envergadura para aproximar por meio de navegação portuguesa metrópole e ultramar, ia suspender pagamentos... «Se assim é — concluía D. António Barroso, — como tudo faz acreditar, é mais uma derrocada»...

29 de Outubro. Distribuïção de correio da Europa. Ah! como nesses dias tão espaçados uns' dos outros, tudo na vila dessepulta da modorra, vencido o fôsso dos lonjuras, vivia de remissão uma animada semana! Davam as notícias da nova mala alimento a cavacos em lojas e fazendas, epístolas entravam em cada casa como uma risonha luz, se não ralavam e entristeciam... Que desconsoladoras novidades trouxera ao prelado o pacote dos jornais! Resumo das suas impressões de leitor: «As coisas em Portugal continuam como dantes, prenhes de dificuldades»... «Dificuldades financeiras, de rôda a espécie, leria no «fundo» dum dos números já desdobrados, do *Janeiro,* grandes na hora presente, maiores — talvez insuperáveis, na hora aziaga, não longínqua decerto em que o Banco de Portugal, exausto o limite da sua emissão, não possa servir nem aos particulares nem ao Govêrno. O que faz êste entretanto?». Estava à frente dos negócios um ministério extra-partidário formado, como todos os da espécie, em momento de apêrto, que começava porém, a impacientar os partidos, bem que um sistemático bota-abaixo os impossibilitasse para as duradoiras soluções que à crise se impunham. Os crédores externos enchiam o mundo com a publicidade escanda-

losa dos seus «comités». António de Serpa, que levara para a política o feitio lunático, as ingenuidades do bardo que fôra na juventude, viria a negociar um lastimável convénio que ao cabo houvera que rejeitar-se. Corria que tinham sido entregues notas dos governos interessados, sôbre o assunto. Falava-se noutro convénio. Em que condições? Alpoim, cronista e actor de coturno de tôda aquela época, que êle comentou, com a diversidade de tons duma gama apaixonada, contava em carta para o jornal de Baltar: «Chegou a Lisboa o sr. Luiz de Soveral. Esta notícia comoveu profundamente o país, porque, para nós, o ilustre diplomata é uma espécie de Bismarck nos seus tempos áureos: as suas viagens têm sempre uma significação de alta conveniência política, os seus incómodos sobressaltam, o seu nome lembra logo os finos ardis de Metternich. O sr. Oliveira Martins entendeu também que o sr. Soveral era a única pessoa com habilidade e esperteza para nos resolver, no estrangeiro, as dificuldades. Foi por isso que, segundo se diz, o sr. Soveral levou uma carta de el-rei para o imperador Guilherme, a fim de vêr se a intervenção daquele soberano nos podia auxiliar no convénio a negociar com os nossos crèdores na Alemanha».

As dificuldades financeiras, o caso dos crèdores, a questão Hersent, — da «lama do Tejo», em linguagem oposicionista, — ameaçavam de lançar ao parcel a barcaça ministerial, em que ia ao timão Dias Ferreira, e que levava na Fazenda a Oliveira Martins, nos Estrangeiros ao bispo de Betesaida, o primeiro homem a ser deitado ao mar. A «fúria» de Alpoim roçava pelo desacato. Quási que atribuiu a Aires de Gouveia a causa das aflições do Douro, o terrível filoxera dos seus vinhedos... Publicou que era freguês da famosa Aline, a modista da rainha-mãi. Que admirava que êle contasse entre a clientela perfumada e *chic* da francesa? Não usava também saias o prelado? Como ao sr. Henrique de Macêdo e ao sr. Cunha Sotto Maior, considerava-o «com a sua farta pitança, lente jubilado e comissário de Bula da Santa Cruzada, um *cavalinho de estado*. E preguntava noutra «carta»: «O nosso bispo, o bispo de nós todos, o elegante D. António saïrá?» Saíu, com efeito ([13]). Atirado pela borda, a barcaça lograria manter-se ainda por algüns meses sôbre as águas revoltas. Atingia-se o auge dumá política de descrédito, demolidóra de reputações. Para onde ia o regime? O tesouro continuava em penúria. Alpoim referia que passando pelo Gerez ouvira uma ocasião cantar no gáudio de qualquer festarola:

> *Já não há dinheiro,*
> *Já não há metal,*
> *Só há papel*
> *Em Portugal.*

Andava no ar a ideia dum empréstimo. Quem emprestaria? Em que condições se disporia a fazê-lo? Na Câmara dos Deputados fôra proposta a acusação criminal de Mariano de Carvalho, que, recolhido ao Poceirão, trocava, — escreviam as *Novidades,* — qual Cincinatus, as agruras da vida pública pela «rabiça do arado» . Como não medraria, neste «clima», o partido anti dinasta? Anunciadas para Outubro as eleições, os republicanos resolviam, pela primeira vez, disputar os sufrágios em todos os círculos em que contassem com votação. Oliveira Martins, reformador à bica desde que, em 1885, fundara, no Pôrto, *A Província,* órgão clamoroso da Vida Nova, — êsse provava já a cicuta do desengano, sentia em tôrno de si a incompreensão, o vácuo e não tardaria a refugiar-se nos grandes plainos da História, até arrefecer-lhe a mão sôbre aquêle capítulo do Toro, com que abriria o *Príncipe Perfeito*...

Voltando ao diário do prelado. Conta a láuda de 30 de Outubro: «Fomos ver a fortaleza. Sôbre a porta principal, uma

---

(13) Em Dezembro de 1892, a poucas horas da demissão pedida por Aires de Gouveia, Alpoim exarava esta espécie de compromisso: «Pela última vez vou ainda escrever do sr. bispo de Betesaida. A menos que o nobre prelado se não lembre de tentar renascer para a vida pública, ousando abandonar os seus pinhais e a sua capela da Granja, jàmais falarei de S. Ex.ª».

lápide.» Da fortaleza deixou dito Lacerda e Almeida: «pintada no papel com lindas cores e melhor construção, consiste em quatro paredes de barro cobertas de palha, para que rôda esta máquina não venha a arrazar-se duma vez com qualquer aguaceiro.» Só depois de lhe mostrarem cinco ou seis pequenas peças, montadas em forquilhas, acreditara que aquilo era a fortaleza. A meio das muralhas, ao alto dum mastro, «uma indecentíssima e rotíssima bandeira real» ([14]). Da velha fortaleza encontrava de pé o bispo Barroso, o visitante de agora, a célebre porta de cornija armoriada, além dum bocado de muralha. Porque o resto fôra pouco a pouco aluindo. «O intendente Lomelino, — assentava no caderno, — é que levantou os panos de lado, que estão sólidos.» Da banda do rio, flanqueava-a uma estacaria, defendida por dois baluartes que cruzam os fogos. Obra ainda do Lomelino! «Nas condições actuais, e dados os meios de ataque dos pretos, pode considerar-se inexpugnável. O material de guerra está mal acondicionado. Faltam paióis. As casas são cobertas de palha, à excepção de uma, que σ é a telha francesa.» Soldados, quási todos pretos; ùnicamente seis ou oito, europeus, e estes, com a obrigação de acumularem misteres de padeiro, carpinteiro e outros.

No dia 2 de Novembro benzeu D. António Barroso uma capela nova que invocava Nossa Senhora do Rosário, mais uma «obra de Lomelino.» Sena achava-se por êsse motivo em festa. O pior tinha sido a falta do ritual. «Isto dá ideia, — observava o prelado, — do estado em que andam as coisas por esta desgraçada Prelazia. Os padres não têm ritual!» Afinal sempre se conseguiu desencantar um, que datava «com certeza da fundação do primeiro convento que [ali] houve», de «poucas folhas e nessas não estava a da benção.» Na altura dela, tivera por isso de «servir-se do ritual dos bispos, recitando por êle algumas orações e espargindo com água benta. Juntou-se

---

(14) *Travessia de África*, edição da Agência Geral das Colónias.

bastante povo, — brancos, mulatos e pretos, e à elevação, uma das peças salvou.» No fim baptizou um «pequenino do Lomelino», com pouco mais de uma semana. «Foi padrinho o dr. Silva Ramos, juiz de Quelimane; madrinha, a sr.ª D. Henriqueta, mulher do delegado, que não compareceu por estar com febres.» O resto do dia passou-se sob os tectos do intendente, que reüniu os amigos, ao jantar, em torno da mesa posta, conforme os preceitos do nosso hospitaleiro lar, com o que havia de melhor. Tôda a gente tinha ido dar-lhe os parabens. Nota de 3: «Para não estar sempre metido em casa resolvi ir hoje de tarde, a Inassur. Partimos quási à noite; são sete quilómetros e meio; quando chegámos era noite. Viemos, porém, muito depressa porque os machileiros daqui são magníficos e o caminho é bom. Inassur é uma pequena elevação sobranceira ao rio, à borda do qual se desdobra terreno muito plano, areento, que me pareceu estéril. Além dos padres Sacramento e Cunha, foi comigo uma ordenança e um certo Ferrão, capitão, noutro tempo, de Manuel António, hoje arrendatário de prazos, naturalmente um dos que tem feito da Zambézia um pinhal.» E do breve trato com o muzungo certificava: «Pela minha parte só lhe devo atenções.» A 5 recebia a resposta do governador, — Enes achava-se naquela ocasião em Quelimane, — ao telegrama de 28, que só no dia 4 fôra recebido. Logo o governador havia dado instruções para Vicente, a fim de que a canhoneira largasse a buscá-lo. E tão diligente navegara que já a 8, pela meia noite, deixava Sena, levando a bordo além do prelado, o juiz, o delegado e sua mulher, o escrivão Guerra, de volta a Quelimane, Alberto Carlos, empregado da Companhia de Moçambique, ido para Chupanga, e o capitão de 2.ª linha Oliveira, «um dos companheiros de João Coutinho.»

No dia antecedente, padre Cunha juntara, numa nova colação, o prelado e os amigos.

A vila recaía na costumada modorra.

*   *

Descendo, o barquinho tivera de demorar dois dias em
Chupanga ,que o Alberto Carlos inexcedìvelmente, a-pesar
dos insignificantes recursos da feitoria, procurou tornar agradáveis, e donde o prelado retiraria com a ideia de mais uma missão a criar (15). Em Vicente, o comissário da armada Sobral e o
dr. Croner, médico naval, ocupavam-se a estabelecer um depósito para a esquadrilha do Zambeze, «que brilha pela ausência
em todos os pontos em que seria de qualquer utilidade...». A
chegada a Mopeia, chovia torrencialmente.

E já o vapor se aprestava para retomar a derrota, quando
o dr. Silva Ramos adoeceu com tamanha gravidade, que o bispo
de Himeria resolvia sobrestar na continuação da viagem. «A-pesar da pressa que eu tinha, — refere, — não quis abandonar
um companheiro.» Croner, imediatamente chamado, viera a
devorar as quatro léguas de caminho, mas todos os seus esforços
para o salvar resultaram inúteis, e no dia seguinte já o prelado
à cabeceira do doente recitava as orações da agonia... Depois...
Depois foi o entêrro, e logo a seguir a volta ao barco, com o
pensamento ensombrado por aquêle pungente episódio da vida
breve (16). E como se não bastasse esta sombra, que série de
contrariedades fizeram arrastar até Quelimane a viagem! Só
a 23 de Outubro pelas 10 horas da noite, se chegava à vila.
Aqui tôda a companhia se desfez, os pretos, pagos, destroçaram.
«Ainda encontrei o Enes.» E quedou-se a aguardar embarcação
para Moçambique. A 6, data da penúltima lauda do caderno
da exploração missionária às terras de Manica, lançava esta nota
trespassada talvez de melancólicas recordações: «Fiz ontem
os meus trinta e oito anos, sem que ninguém o soubesse...».

(15) Criada pela portaria eclesiástica de 17 de Janeiro de 1896. Além dos
10 hectares que lhe foram concedidos, a nova missão tomou por aforamento
mais 200. A pedido do prelado, dava-lhe a Companhia de Moçambique um
subsídio mensal de 100$000.

(16) O Dr. António Emílio da Silva Ramos. Falecia com trinta e três anos
de idade.

NA VISITA PASTORAL À ZAMBÉZIA

VIII

No ano seguinte, via Quelimane aparecer de novo o bispo que, aprontado para ir ao Niassa, com padre Moura, superior das missões jesuitas da Zambézia, aguardava a lancha-canhonèira *Cuama*.

Era a vila apenas a sombra de Quelimane coeva do tráfico e do resgate do oiro. Então dava ela para tôdas as impaciências de enriquecer e a sua prosperidade culminara desde que se havia adaptado à função de entreposto de escravos, para os engenhos do Brasil. Aberto aos navios estrangeiros, em 1814, o seu pôrto, nalguns estaleiros fabricou navios de «avultado porte», — conta F. M. Bordalo na *Estatística,* que enumera a galera *Filomena* e os brigues *Bom Desejo, Constitucional Africano, Nossa Senhora da Guia* e *S. Marcos,* — utilizando ao efeito as «óptimas madeiras» da floresta do distrito. Havia na floresta o luabo, tão próprio para fundos de navio, e grandes vergônteas para mastros, de madeira amarela denominada *cunecune.* Alagadiça, ardente, doentia, chave, durante três séculos, de todo o comércio da Zambézia. Depois, com a repressão do tráfico, entrou de declinar o seu negócio, reduzido quási ùnicamente às operações dos monhés, amesquinhou-se. Em 1854 declarava-se a guerra em Rios de Sena, animada sobretudo pelos negreiros, postos fora da lei, e o abandono das culturas para que deixara de haver braços, fôra a ponto da fome bater às portas de Quelimane (¹) como às de outras vilas. Pouco a pouco, porém, viera a recobrar-se do desaire. Uma camada fresca, de pequenos e pacientes colonos, preparava-se para outros comércios, para novos e desambiciosos destinos, montando lojas, fabricazinhas, e no sertão, fazendo plantações. Entre palmares crescia o aglomerado de singelas casas dum único pavimento, o quintal ao fundo, à maneira reinol, com a horta e o pomar de algumas laranjeiras, por onde corriam mulatinhos...

A 27 de Setembro, com o prelado, a *Cuama* saía, e apontava ao Sombo, onde, no outro dia, fundeou, para a 2 zarpar do portinho do Chinde, enfiar um dos ramos por que se reparte o delta do Zambeze. Com duas noites a navegar alcançava Lacerdónia, topónimo com que a Companhia de Moçambique honrou a memória de Lacerda e Almeida, e, em nova viagem, Missonge ou Chomo, donde, se um grande banco não aparece a impecer-lhe a emprêsa, deveria fazer-se ao Chire, subir o afluente enquanto houvesse água para o jogo da hélice. Tivera, pois, com o percalço, de voltar à sua estaçãozinha, no Sombo, a *Cuama*, e de meter-se a pé ao caminho o prelado, que a 12 levantava reduzido acampamento em Pinda. De Muzi para riba até ali, fôra-se insensìvelmente atenuando a monotonia dos aspectos. Païsagem mais acidentada. Das dobras da Marrumbala a água despenhava-se até o vale, onde povos e plantações medravam. Ao de Pinda seguiu-se o alto de Insuge e a êste o de Untembi, comando militar, numa região para destras *riffles*.

_____

(¹) F. M. Bordalo, *Ensaios sôbre a estatística das possessões portuguesas do Ultramar*, 1859.

Freqüentava naquele ponto o rio o hipopótamo; era vulgar vêr perpassando, estampada nos longes, a silhueta pernalta e graciosa do antílope leve... Cêrca era já o domínio britânico que penetrava como uma cunha nos nossos distritos. Em Cheringoma, a um irrisório chimbeque, acolhia-se um guarda aduaneiro, único representante local da nossa soberania. Para que estava lá o homem? As mercadorias importadas pelos inglêses de Blantyre pagavam 5 % *ad valorem* no nosso posto de Chilomo, — contava o prelado, — ao passo que sôbre as mercadorias destinadas à nossa Zambézia, recaíam em Quelimane ou no Chinde direitos muito mais elevados. A abrigo desta anomalia desenvolvia-se o contrabando por Blantyre, com o qual naturalmente aos nossos comerciantes se tornava impossível competir (²). Voltou o prelado a navegar, visto daqueles sítios até Chilomo serem extenuantes as pistas, e forçarem a perder tempo. Socorrera-se por isso da lancha dum holandês, arrendatário do prazo de Massingire, protestante, mas que, a-pesar disso, em expansão de jornada, prometera auxiliar, com tudo quanto estivesse em suas fôrças, a missão que D. António Barroso já via alcandorada, num dos pendores da Marrumbala, como um fanal esclarecedor... A 19 pairava o barquinho em frente de Port Herald, estação britânica, mudando então o bispo e seus companheiros para embarcação de remos, único móvel usável na navegação daquelas águas, onde era de contar, a cada instante, o perigo duma focinhada de cavalo marinho. A salvamento chegaram, em 22, a Chilomo, e, prosseguindo dali por diante a pé a jornada, encontrava por fim a missão de Milange, que pareceu ao prelado pouco menos do que incipiente, a despeito dos valores pessoais que a agüentavam contra um conjunto de circunstâncias desfavoráveis, de natureza a votarem-na ao fracasso: como a insalubridade do sítio, de que já alguns missionários tinham sido vítimas,— e ainda dois anos não

---

(²) Padre Sebastião de Oliveira Braz, *Esbôço biografico de D. António Barroso.*

tinha de fundação; — a ameaça constante do Matipuira, (³), salteador impune; a distância de trezentos quilómetros que a separava de Quelimane. «O meu primeiro pensamento, — contou o bispo de Himéria — ao vêr as dificuldades com que [lutava], sem meios indispensáveis à vida civilizada e conservação do pessoal, foi mandá-la fechar e retirar os padres». Não o fêz, porém, porque o impressionou o heroísmo daqueles homens, firmes, e reconheceu a influência benéfica» que a missão exercia na fronteira, «tão palpável» no facto de dezenas de povoações terem passado com ela para a margem esquerda do Molosa, assim que, por motivo do tratado de limites anglo-luso, lhe fôra preciso mudar de pouso. Estendendo a vista, durante as digressões que por ali fêz, aos picos que apontavam o estremo oeste do antigo distrito de Angoche, meditava o problema da criação de uma rêde de postos missionários profundamente internados, remotos. Além do de Milange, outros em Namuli e a Este do lago Niassa, outro no Noedo, no âmago do Ibo. Porque todo o ensaio de influência sôbre o preto, para resultar profícuo, havia que exercer-se, ao contrário do que era corrente no caso, fora de todo o contacto com o europeu, partindo-se não do litoral onde êste assentou de preferência mas do interior para lá. Com tristeza, todavia, observava: «tudo falta, não há dinheiro, não há pessoal em quantidade e qualidade, escasseiam por completo o interêsse e a vontade». Já em 1885, Augusto Cardoso percorrendo aquelas paragens, se inquietara com o alastramento das missões escocesas, que observava. Se nas regiões

---

(³) Em 1894, isto é, um ano depois da visita do bispo de Himéria, o Matipuira assaltava a missão, e incendiava-a. Só a custo tinham conseguido os missionários pôrem-se a salvo. Havendo o governador de Quelimane, Alfredo da Silva Ribeiro, saído a castigá-lo, atravessou o bandido a fronteira refugiando-se assim em território britânico. Ali continuou com as suas razias. Quando em 1895, sentiu perto os inglêses, que o batiam, passou-se para o nosso lado, oferecendo então a sua submissão, que «o governador José Correia Lança rejeitou», vindo a caír em poder dos seus perseguidores, no outro território, a que voltara. Foi um dos últimos traficantes de escravos, que de ordinário expedia para Zanzibar.

do lago houvéssemos colocado as nossas, e autoridade em condições de protegê-las, contrapondo assim à influência dumas a influência doutras, aquêle país pertencer-nos-ia, ter-se-ia evitado a vergonha do *ultimatum* (⁴). Mas onde estava a autoridade portuguesa? Que significava senão a sua absoluta ausência o exorbitante *seguate* que o Matipuira e o Mutira Manja (⁵) exigiam do bispo, para lhe franquearem as terras? Por isso tivera de desistir de continuar até o Niassa e só à custa de muito instar obtivera homens para as cargas.

A 20 de Novembro trilhava pista que levava a Macaby e a 25 estava em Mezerara, onde o esperava a notícia da morte do padre jesuíta Loubiére, ocorrida ali, quando, com companheiro, o padre Perrodin, se dirigia para a missão do Milange. Pobres missionários! Padre Perrodin, doente também com gravidade, fazendo apêlo à sua capacidade de heroísmo, ainda encontrara fôrças para piedosamente cavar, debaixo duma acácia, a sepultura do outro e deixar-lhe à cabeceira, obtida pelas suas mãos febris, uma cruz. Depois dera os primeiros passos da volta, à procura de remédio, mas não conseguira ir adiante de Manjace. Sôbre a campa solitária do padre Loubiére celebrou o bispo de Himéria, naquele dia, a Santa Missa. E havendo retomado a marcha, encontrou sucessivamente Chipuira, Palamela, Engadi, o curso do Licuara, até que ao entardecer do primeiro dia de Dezembro, era em Quelimane. Bastante cansado — apontava, com a costumada singeleza, — terminara a viagem, que não foi tão feliz como a gente queria, mas da qual, espero no Senhor, se tirará algum proveito».

Quanto a ir ao Niassa, para outra vez seria, se Deus quisesse.

(⁴) Mousinho de Albuquerque, *Moçambique*.
(⁵) Aprisionado, como o Matipuira, pelos inglêses.

IX

1894. Véspera de Santo António.

Um ilusório cheiro a cravos feriu-lhe porventura a pituïtária. Aprestava-se na ocasião para ir ao Zumbo. Aos olhos a saüdade figurou-lhe talvez a reflorecência dos altares, naquele dia, em aldeias e cidades de Portugal, fogueiras, ingénuas luminárias, os bailos ao tanger da viola, persistências fortes como a hera... Nada, em Moçambique, recordava a passagem da fausta data. Terra de marasmo, disse, era o Zumbo, um país remoto, a cêrca de duzentas léguas da costa (¹), que não chegara a vêr o bordão de certo pegureiro que o demandou, aquêle pobre D. frei Amaro José de S. Tomaz, da insigne ordem dos Prègadores, bispo de Pentacómia, falecido em 1801, na vila de Tete, indo a caminho de travar com êle conhecimento. Propunha-se, pois, D. António Barroso fazer o que o infortúnio não consentira àquele mitrado. Já lá assentava uma missão, desde 1890, do tempo em que governava a diocese D. António Dias

---

(¹) F. M. Bordalo, *Ensaios sôbre a estatistica das possessões portuguesas no Ultramar.*

Ferreira, bispo das Termópilas. Rsava o Evangelho de tão grande dia como a alegorizar a missionação: «Naquele tempo disse Jesus aos discípulos: Sois o sal da terra. Se o sal perde a fôrça, com que se salgará? Para nada mais presta senão para ser lançado fóra e ser pisado pelos homens. Sois a luz do mundo. Uma cidade situada no cimo dum monte, não pode ficar escondida. Nem se acende uma luz para a meter debaixo do alqueire, mas para a colocar no candieiro, para alumiar todos os que estão em casa. Assim resplandeça a vossa luz diante dos homens, para que vejam as vossas boas obras e glorifiquem vosso Pai, que está nos céus»... Tal haviam feito também os padres idos às longínquas terras da Zambézia, antanho de tanta cristandade. Sal claríssimo, do mais fino, havia sido frei Pedro, — e pensando nisso o prelado compungia-se por tão pelo baixo se aquilatar no confronto a que se oferecia... Que Deus lhe valesse, pois!...

Chegado a 14 a Quelimane, durante perto de quinze dias tivera de aguardar que aparecesse a lancha para o Chinde.

Com reminescências desta ocasião escreveu depois: «As vantagens duma importante via fluvial, como o Zambeze, criaram provàvelmente em 1544 os primeiros estabelecimentos comerciais portugueses, na margem esquerda do rio dos Bons Sinais. Nêsse atraente sítio devia surgir a mais pitoresca vila da costa oriental, — Quelimane»... Com as autoridades e outros vultos locais ventilara entrementes a possibilidade duma instituïção de que se fazia sentir, ali, a necessidade, para educação de meninas brancas e de côr, assimiladas. Esteve em Coalane, na missão dos Santos Anjos, quási acabada de fundar (²) e que existia «num chão lamacento, que mais podia servir para sepultura de mortos do que para agasalho de vivos» (³). Assombrava que não tivessem sucumbido, logo no comêço, ao miasma e aos malefícios

----

(²) Fundada em 1892. Já em 1890, fôra concedido aos padres da Zambézia terreno no prazo Anguasi, cêrca de Quelimane, para igreja e escola.

(³) D. Francisco Ferreira da Silva, bispo da Siena, *A obra missionária na província de Moçambique,* 1911.

do clima e da indigência, os seus servidores. Era indispensável, a-pesar-de tudo, não a deixar afundar-se. A sua frente colocara padre Torrend (4), apóstolo de heróico zêlo e penetrante inteligência, que fez tão bem, prestigiou tanto a sua acção, que em 1911 ainda se mostrava com veneração ao transeunte daqueles sertões a cubata em que vivera com o seu auxiliar.

Aparecera finalmente o barco, que a 30 fundeava em frente ao Chinde, onde estava a estação das lanchas-canhoneiras portuguesa e uma esquadrilha inglêsa, por concessão de Lisboa, fazia a navegação até Blantyre; — o que pungia o prelado, como «um grosso espinho no nosso corpo». Zambeze acima levou-o a *Obús,* que a 7 tocava em Vicente. Desembarcando, visitou a açucareira de Mopêa. Na passagem por Chupanga acudira-lhe à mente, lembrara-se de *mistres* Livingstone, ali falecida em 1862, tão longe da Escócia natal, dos seus lagos azues e das suas suaves montanhas, onde soa a cornemusa pastoril... E procurando a sepultura — derradeiro marco que ficou a assinalar a travessia do explorador, desaparecido depois por muito tempo — sôbre ela ergueu uma prece piedosa... A 12, tornava a encontrar Sena, a anciã fidalga arruïnada da África Oriental. De novo a navegar, daí a três dias, a *Obús* estava em Guengue, à vista da aringa Maria Pia, onde o prelado orou, pelo repouso do tenente da armada Barba de Meneses e dos seus companheiros, ali sepultados; Zambeze fora, perspectivavam-se a certa altura, os montes Lupata, em cujo apertado colo, o grande rio flue, metendo com violência os ombros ao obstáculo; e a 19 tocava em Massangano, de sinistras recordações. Fôra ali a aringa do tredo sargento-mor António Vicente da Cruz, o Bonga. «A campanha de 1869, — escreve na lauda do dia o viajante, — ficará para nós como um padrão de ignomínia». Tinham-se lançado

---

(4) Sábio jesuíta, de quem em Londres, em 1891, foi publicado um notável trabalho, *Grammer of the South African Bantu Language,* em que comparativamente se estudam as línguas de Zanzibar, Moçambique, Zambézia, Benguela, Angola, Congo, Camarão e doutros pontos do continente.

as tropas do major Tavares de Almeida com ímpeto ao assalto e já as primeiras baionetas picavam a trincheira inimiga, quando, mandado fazer não se sabe por quem, um toque de clarim soou à retirada. Depois, até à noite, que se aproximava, não cessou a corrida desvairada aos areais do Zambeze, às embarcações... E pôde o autor dêste estupendo crime ficar impune! (⁵) «Ignomínia imorredoura!» — chamou-lhe o prelado. Vencidas desde Sena sessenta léguas, a *Obús* alcançava no outro dia Tete, onde aguardou a chegada das canoas à vara e à pá, que tinham saído do Chinde antes dela, com as bagagens.

Visitou então D. António Barroso a igreja de Sant'Iago Maior, um dos monumentos históricos ainda escapo aos malefícios do tempo e do desleixo, e o cemitério. A sua vinda a terra distraía de súbito a povoação paralítica, sem negócio. Numerosos moradores andavam a acompanhá-lo. Esteve também no forte de D. Luiz, que dominava o pequeno aglomerado, atento aos movimentos do gentio, a que apontava dos seus muros algumas velhas peças; no de Sant'Iago, sobranceiro ao rio, que havia pouco impedira duas lanchas-canhoneiras britânicas de seguirem Zambeze acima. E o diário regista ainda, com satisfação, a existência duma sociedade literária, pequeno grémio de curiosos de Letras, interessante vestígio da influência, em afastada época, das missões jesuitas. As malas não apareciam. Por isso, sem mais esperar, voltava à *Obús*, que, a 30, o punha em Boroma, cuja missão datava de 1885 (⁶), tendo como superior o padre João Hiller, alemão que se aplicava com desvêlo a estudar a nossa língua. «Coitado! nela gastou os es-

_____

(⁵) Teixeira Botelho, *História militar e política dos Portugueses em Moçambique.*

(⁶) Criada por portaria eclesiástica de 30 de Junho daquele ano. Em Maio de 1890, uma portaria do Ministério da Marinha e Ultramar concedia à missão os prazos da coroa Boroma e N'haonde. Dela dizia o sr. D. Francisco Ferreira da Silva no trabalho já citado: «Existem oficinas de serralheiro, funileiro, carpinteiro, sapateiro e outras indústrias, como as de fazer tejolo e cal, de serragem, de exploração de madeira, um moínho que trabalha desde manhã até à noite a

forços e quis deixar os ossos», — escrevia a seu respeito, em 1911, o bispo de Siena. D. António Barroso fizera com o cerimonial da liturgia, debaixo de pálio, a sua entrada. A procissão passava por entre um cenário de prodigiosa vegetação. A testa, com estandartes, filas de educandos pretos, de ambos os sexos, entoavam cânticos... No ar parado o fumo dos turíbulos ficava a pairar, cheiroso, místico... A meia encosta um repique de sinos lembrava ao prelado recem-chegado o som argentino dos campanários de aldeias de Portugal, espalhando-se na diafaneidade do ar, por quebradas e vales... Concluído o acto de boas-graças na igreja de altares airosos como consolos, de paredes de azulejo, com o seu decorado arco-sólio e, ao alto, ao fundo, a fresta de flamante estampagem, acolheu-se o bispo à residência dos padres. Era um casarão de tejolo, de extensa varanda corrida, a abrigo de beiral, entre dois corpos salientes, levantado no tôpo de uma vereda que serpenteava debaixo de espessas frondes. Perto, num plano subjacente, a paz do cemitério... A missão não estivera sempre ali, — nas proximidades insalubres do rio, ainda existiam as cubatas do primeiro tentame de fixação... No outro dia, 31, festa de Santo Inácio de Loiola, após a missa de pontifical, visitou o prelado as escolas das «irmás», — onde sessenta rapariguinhas pretas o receberam com cânticos entoados em português e dialecto indígena, — e assistiu a exercícios escolares, passou com atenção por uma minúscula exposição de trabalhos de agulha, de bastidor, de bilros, presenciou animadas operações de fian-

moer mapira, milho miúdo para mais de 400 indígenas internados, rapazes e raparigas. As «irmás» têm também a sua machamba, que os rapazes cultivam. No dia marcado, da visita [do sr. bispo de Siena, prelado de Moçambique], expuzeram os trabalhos de costura, bordados e outras rendas, que uma senhora educada nos centros da civilização não rejeitaria. No dia imediato ao dia em que segui para Tete, deviam celebrar-se dois casamentos e mais alguns outros já estavam combinados para o outro domingo. A missão manda fazer, à sua custa, as palhotas para os noivos, com as divisões do costume, cercadas com um tampo de carriço, dando enxoval e meios de subsistência». D. Francisco Ferreira da Silva ainda viu à frente da missão o jesuíta Hiller.

deiras. No dia seguinte coube a vez a visita à escola dos rapazes. «Estes padres, — anotava, — são trabalhadores incansáveis e bem merecem da Igreja e de Portugal, cujo nome fazem conhecer». E administrou o. crisma a cento e cinqüenta pessoas, entre crianças e adultos.

7 de Agôsto. Ia prosseguir-se a viagem, agora a pé e de machila. Dispensada, a *Obús* logo voltara à sua basezinha. Quatro dias levou a atingir o antigo reino do Chicova, de cujas minas de prata, celebradas, veio em 1696 amostra ao reino. Ali deu-lhe ostentoso gasalhado em sua vivenda o capitão-mor Inácio Jesus Xavier, outro dos irrequietos muzungos da Zambézia, que o não esperava. No dia seguinte, celebrada a missa D. António Barroso fez-se de novo a caminho, indo repousar a outra aringa fortificada, a do arrendatário Corado de Campos, que também se desentranhou em gentilezas ao seu hóspede, e a 15, estava no comando militar de Cachompo, depois duma vagarosa marcha à vista por vezes doutros aringas, dominando das suas elevações. Em mais duma ocasião tivera de sofrear o pânico que de súbito, com violência duma queimada no capim, viu lavrar no bando dos carregadores, receosos do leão suspeitado perto... Porque ainda que o pudessem fazer, não despediriam contra o carnívoro azagaia ou bala. Não era o realengo bicho involucro terreno de qualquer régulo cruel? E os régulos podem sempre, mesmo na morte. Por isso povoações inteiras logo que à crueza póstuma dum dêles, dava para freqüentar-lhes o sítio, mudavam de poiso, ou passavam a pernoitar nalguma ilhota, se a tinham ao alcance em fácil vau. Era fama que de Cachompo para diante o leão infestava ainda mais o mato e como não se tornasse possível desta vez encorajar os pretos a marcharem sem segurança, necessário fôra do comandante do posto obter, para escoltarem a cáfila até às terras do capitão-mor Sebastião de Morais, alguns soldados de espingarda. Já ao tempo havia sido riscado do número dos vivos êsse muzungo, e como senhor do domínio apresentava-

-se ao prelado o filho, de agradável semblante, acompanhado duma desconcertante charanga a tocar, muito possuída de si, uma marcha dita de D. Maria II. A 19, cabia à aringa de Vicente José Ribeiro, em Chidingo, no prazo de Panhame, a honra de dar pousada ao antístite. Andava ao sítio ligada a recordação dos últimos instantes doutro religioso pioneiro, — o jesuíta polaco padre Gabriel, superior da missão de Boroma, — que acabara quando seguia trilho para o Zumbo, aonde ia a montar um posto. Abrira-lhe sepultura o leigo que o acompanhava e que a deixou marcada com uma tôsca cruz. A 20, recebia D. António Barroso a hospitalidade do célebre Araújo Lôbo, o *Matacuenha,* da crónica sinistra da Zambézia, «potentado cruel, destemido e inteligente, preto talvez com ascendência indiana ou mesmo europeia muito remota...»

Passando à margem esquerda, a 24 daquele Agôsto batia às portas da vila do Zumbo, assente, de cabelos brancos, a meia encosta da serra de Matemué, na vizinhança da foz do Aruangua, afluente zambeziano, em cuja riba esquerda jázem os filões de Pemba. Quantas recordações do passado português, ainda não desgastadas, naqueles remotos cháos! Zumbo era o ponto do nosso domínio mais internado, distante do litoral. Chave de todos os sertões em tôrno, em relações com a Chedima, o Dande, a Senga, a Manica e outros povos e reinos, Zumbo chegara, em tempos afastados, a contar duzentos fogos, mais de mil almas e tudo isto nascera por maravilha do génio improvisador e ordenador de fr. Pedro da Santíssima Trindade, mais simplesmente, no designar da lenda, frei Pedro. Aparecido com efeito naquelas paragens, em ocasião em que a fome lavrava, a pia e exalçada suplicação dêle pusera prodigiosamente côbro à mofina. Rendido, então, o gentio ajudou-o a levantar um mosteiro. No meio de rôda a gente, da devota azáfama em que ardia, frei Pedro trabalhava, também, abrindo caboucos, martelando, esquadriando e dêste modo foi levado a cabo, e pôde florecer, o convento domínico sob a invocação de Nossa Senhora do Rosário. «A verdade é que a construção redundou para a vila numa aurora de grandeza, pois afluíram de tôda a parte negociantes, que, estabelecendo--se ali viveram em paz e abastança durante anos» (⁷). Havia perto uma missão, principiante (⁸), — à qual o Matacuenha reclamava, como cioso arrendatário, o prazo Rissico em que ela havia sido criada. Era orago dela S. Pedro Claver. Piedosamente fêz o bispo a peregrinação das «recordações» existentes: as ruinas do convento e da igreja, a céu descoberto, apenas paredes escalavradas, no meio das quais se encontrava o cemitério cristão, de brancos e pretos; a sepultura de fr. Pedro, que não deixara de ser venerada e de receber rogos de intercessão. Interessante figura a dêste filho de S. Domingos, — bravo, inteligente, curioso. Êle não se aplicara «só ao derramamento dos benefícios espirituais; dedicando-se ao cultivo da ciência, descobriu plantas e medicamentos especiais com que praticou curas milagrosas naquela terra, onde não havia médicos, como um celebrado óleo, para alívio do reumarismo» (⁹). Na confluência do Arangua e do Zambeze, próximo da antiga feira do Zumbo, em sítio inglês, viu então o prelado as ruínas doutra igreja. Tinha pois descido ao prazo Ríssico, à missão. Não passava ainda duma série de acanhadas palhotas, pelo que, no outro dia, para a missa de pontifical que celebrou, o altar houvera de ser armado ao ar livre, tendo--lhe florido a banqueta bárbaras mãos fiéis... Um grande dia! D. António Barroso exultava. Uma centena de pessoas, e entre elas algumas da família do Matacuenha, tinham ajoelhado a seus pés, para receberem a confirmação. Por fim deixou os jesuítas, que o presentearam com uma cruz de Santo André, de cobre, manufactura de artífices pretos, e dirigiu seus

---

(⁷) H. Capelo e R. Ivens, *De Angola à Contra-Costa*, vol. II.
(⁸) Criada por portaria do Ministério da Marinha e Ultramar, de 20 de de Maio de 1890.
(⁹) H. Capelo e R. Ivens, *ob. cit.*

passos para Panhame, a fim de deitar a benção, conforme prometera, ao jazigo dos Araújos Lobos. Notava às vezes, alto,
um pairo de asas, um calmo adejo... Era o abutre que batia o
espaço a cocar algum despojo sangüento da luta das espécies,
naqueles sertões. Avistou o ibis, — pernalta de rica plumagem,
a garça nevada, e, esbeltos, leves, tranqüilos como se passeas-
sem no Paraíso, o antílope, a gazela...

E a 31, largava a descer para o Chingorizo; após uma
noite no escaler, estanciou por curto tempo na aringa de Ru-
fino de Carvalho, na margem esquerda, em local onde, rezava
a fama, já existira uma missão; e a 2 de Setembro um pouco
abaixo de Cachomba, ao abrir a luz, rezou missa no ermo dum
areal. Em Chicova, fazendo já o trajecto por terra, porque a navegação se tornara difícil, celebrou no outro dia o santo sacrifício
na aringa, casou a Inácio Xavier, com a mulher que lhe par-
tilhava o leito e de quem já havia prole. A 7 entrava na povoação de Massanangué, voltando em seguida a navegar até à
missão de Boroma, onde de novo, a 9, se aposentava, e deu
o crisma a vinte cristãos; na manhã de 14, as ruazinhas de Tete
viam-no outra vez, uma meia centena de fiéis recebia de suas
mãos, na igreja, o sacramento da confirmação.

Coligindo, durante a estância, as impressões da visita pastoral, D. António Barroso escreveu quási sempre com mágoa.

Por um lado notara os desregramentos, a desordem que
enlodavam a vida social no vale zambeziano, e ao fundo disto,
espiando por todos, o negro brutalizado até à crueldade pelos
arrendatários a quem, por incapacidade ou insuficiência de fôrça,
tantas vezes as próprias autoridades militares se subalterniza-
vam. «Muzungos e capitães-mores devoravam como cancros
o país» ([10]) rico, mas mal explorado. Por outro lado era a in-

---

([10]) Efeito do que Aires de Ornelas chamava por ironia «hábil política»,
e que consistia em separá-los por promessas e presentes, «elevando-os com dignidades, dando-lhes posição oficial», em «fundar nêles o domínio da Coroa.»
«Prostituíndo a farda de oficial do exército num Manuel António de Sousa, num

fluência da obra desnacionalizadora dos catequistas escoceses, partida de Blantyre, onde os deixáramos instalar-se. Em 1889, a fim de neutralizar-lhe os efeitos, criara-se para a Mpunda uma missão católica, que ainda não passara da portaria... Portugal, a-pesar de tudo, não abria bem os olhos ao perigo. Reagindo contudo contra o marasmo, a indiferença do tempo, o bispo cismava sôbre as possibilidades duma vigorosa emprêsa de contra-influência, de nacionalização, na rêde, a alargar, de novos postos missionários. Mas onde encontrar recursos e pessoal? Sempre esta questão... Aventou que se fôsse ao Natal por trapistas, mas resistências fizeram pôr de parte a sugestão.

Bem dizia Enes que só com a própria energia e firmeza podia contar o prelado. E por isso lhe previa o insucesso.

Inácio de Jesus Xavier, num Araújo Lobo, fornecendo pólvora e armas sempre que o queriam, às vezes mesmo auxiliando-os com soldados brancos, garantia, segundo êsse modo de vêr, a soberania portuguesa. O que era essa soberania veio dizer-nos bem alto o ultimatum inglês» *(A Zambézia, in Coletânea das principais obras militares e coloniais, de A. de Ornelas: vol. II)*.

X

O Matipuira que, para escapar ao castigo dos inglêses, havia oferecido em Maio, sem resultado, às nossas autoridades, a submissão, andava naquela altura a monte, se não caíra já às mãos do capitão Manning, que procedia à limpeza do território em que ia assentar definitivamente o protectorado britânico da África Central.

Era um personagem muito nosso conhecido, que ainda em 1894, com suas mesnadas havia saltiado o pôsto militar de Milange, aonde tinham corrido a refugiar-se, antes que se apertasse de todo o sítio, os dois pobres jesuitas da missão, mal suportada pelos mussulmanos do território, desde que em 1890 a haviam criado. De Quelimane lançára-se logo em socorro o governador do distrito, Silva Ribeiro. Ao ver, porém, soltando-se para o espaço as chamas das cubatas de certa povoação cumplice, já a arder, o negreiro e raziador preferiu a ter de medir-se com os soldados de Caçadores 2 e os cipais de Boror, que se aproximavam, levantar o cêrco, logrando dêste modo escapar ao castigo de mais esta malfeitoria.

145

·Estando, pois, desembaraçado o acesso às margens do lago, dispôs-se D. António Barroso a levar a efeito, antes de voltar à burocracia de Moçambique, a viagem que no ano passado tentara sem resultado, por causa dos régulos.

Refeito por alguns dias de descanso, entre os moradores de Tete, aos 17 de Setembro, passava-se à margem esquerda e, tomando aí rumo de nordeste, o sentido de Benga, enfiava para Chipanga, ia dar a um pequeno rio, o Mejova, alcançava, depois, o Chire, através de árduas pistas. A visão do famoso lago, de que se aproximava, tornava-lhe, porém, mais leves as penas da jornada. Trabalhoso lhe foi atravessar o rio. A 21, na presença de gente tetense e dalguns inglêses protestantes, que lhe haviam feito agradável acolhimento, celebrou missa em Chicuana; a 25 entrava em Blantyre, já no planalto, uma vila risonha, onde certo católico holandês o recebeu por hóspede. Com êle, passeou, visitou. Esteve, assim, nos estabelecimentos da *African Lake's Company*, anexo da missão escossesa, que explorava o comércio e a indústria dos transportes; e na casa da própria missão, cuja igreja era «ampla, majestosa, mixto de bizantino e gótico, com imagens e emblemas que o puritanismo reprovaria».

A 27, retirava o bispo de Himéria, na direcção de Zomba, — outra cidade que se formava sôbre um pitoresco pendor, de espaçosos largos e ruas, de casas de tejolo e zinco, toucadas de trepadeiras, a meio de jardins, eleita pelo comissário britânico para sede da Residência ([1]). Há dois anos aquelas pistas entre Zomba e Blantyre, eram ainda infestas e raro seria que a uma caravana não acontecesse caírem-lhe em cima salteadores. Nas alturas em que lhe assentava a aringa, o Zafari atacado uma vez por King, comandante do Forte Johnston,

---

([1]) Aires de Ornelas, Relatório da missão ao Niassa e à Zambézia, in *Colectânea das principais obras militares e coloniais*, vol. II.

infligira aos inglêses séria derrota. A-pesar dessa peripécia e de outras, a emprêsa da conquista consolidava-se, à medida que iam tombando do soco da sua bárbara realeza, o Macanda, o Macangira, o Matipuira... A 29, o bispo recebia gasalhado da missão protestante de Comássi, quási nas faldas da Zomba, donde avistou o lago Chirua. Mas o Chire já não levava dois palmos de água e por isso, decorridos alguns meses desde que o Matipuira pretendera cobrar-se de escandalosas portagens para permitir-lhe o acesso às terras, — de novo se via obrigado a desistir de ir ao litoral do Niassa.

É volveu para traz.

Em Blantyre, a 1 de Outubro, encontrava-se com o bispo católico de Tanganica, que passava com alguns padres e «irmãs», as primeiras que iam praticar na África Central a sua caridade; ao amanhecer de 4, repisava o trilho para Chicuana, sempre exposto à desagradável surprêsa da fera, que por ali rondava, e esperou transporte, aparecido em 7. Era um molesto lanchão, que lhe serviu de pousada duas noites, passadas a arder em febre, debaixo de nuvens de mosquitos. Em Chilomo, nova espera, que durou seis dias, ao cabo dos quais surgiu um vaporzinho da carreira protestante de Blantyre, que já não podendo subir o Chire, recuava para Chinanga, povoação ribeirinha que a nossa bandeira assinalava. Para bordo dêle se passou o bispo. Mas que tormentosa viagem aquela, de encalhe em encalhe, com o mosquito desaustinado, verdadeira praga, anunciadora das chuvas prestes a caírem. De 17 para 18 houvera de fundear-se a meio das águas sem acender fogueiras; assim mesmo o anofelis não cessara de importunar, de morder. A 20, navegava-se à vista das lavras da Chupanga, desvastadas pelo acrídio de que acabara de passar mais um bando; a 21, finalmente D. António Barroso saltava no Chinde, donde logo se preparou para tornar ao seu paço, de que andava afastado há quatro meses, e onde a 3 de Novembro era de volta.

Vinha apreensivo com as ocorrências do sul.

Estalara a revolta landim e, só por milagre, os moradores de Lourenço Marques não tinham sido atirados ao mar. Ao passo que as mulheres, os velhos, naqueles pávidos dias, corriam, procurando a segurança, às balieiras da *Rainha de Portugal* que acudira a todo o pano à baía, os mais: soldados, polícias, colonos válidos, empregavam-se febrilmente a levantar, a guarnecer barricadas, a linha de arame farpado e de *block-houses* estendida em face ao mato. Por felicidade, já a 14 de Outubro, os mangas da Zixaxa e da Magaia tinham sofrido revés na acometida. A-pesar disso sempre na desconfiança da repetição do assalto, ninguém desarmava, a posição para todos os homens era ainda de sentido...

Enes não demoraria em Lisboa. Nomeado com poderes de Executivo, comissário régio outra vez, não tardaria a chegar a Moçambique ([2]). Os primeiros contingentes duma expedição, idos no *Angola* e no *Cazengo*, estavam prestes a desembarcar ([3]).

Tendo repousado pouco mais duma semana...

([2]) Nomeado por decreto de 30 de Novembro de 1894.

([3]) O *Angola* chegava a 10, sete dias depois de ter desembarcado em Moçambique o prelado; a 12 chegava o *Cazengo*.

A cidade ia retomando o seu aspecto normal, — conta Campos Júnior em *Vitórias de África*. Começava a reagir-se às excitações de pânico. A 7 de Novembro entrava-se de deitar a baixo as barricadas exteriores, tidas por sem utilidade, e à noite a banda indígena de caçadores 4, tocava, pela primeira vez desde 24 de Setembro, no coreto do jardim público.

XI

... o bispo de Himeria deixava de novo os seus paços, para tomar o barco para o Oriente.

D. António Sebastião Valente, patriarca das Índias, convocara o concílio provincial de Goa, a que D. António Barroso, na qualidade de sufragâneo não podia deixar de comparecer (¹).

Novembro era ainda um mês ardente.

O prestígio épico das paragens com que ia travar conhecimento, o exotismo que do outro lado do Índico esperava o forasteiro, pagariam bem todos os incómodos a suportar.

Que exasperado clamor no apanhar da gente ou de bagagem para terra, soltando-se, logo que o navio fundeava, do ves-

---

(1) «Em 9 de Junho de 1894 [pedira] licença ao Govêrno para se ausentar do território da prelazia a fim de assistir ao concílio provincial, o abono da passagem para êle e um sacerdote que devia acompanhá-lo, e bem assim um subsídio durante o tempo em que estivesse na Índia, atendendo à exigüidade da sua côngrua, insuficiente para viver na ilha de Moçambique e muito mais fora de casa». (Con. J. Augusto Ferreira, *Memórias arqueológico-históricas da cidade do Pôrto*).

peiro de pangaios e almadias, em torno do costado!... Por vezes abordagens parecia estarem a ponto de travar-se, de atirar uns contra os outros bandos de troncos nus, de variados tons de pele, desde o negro de azeviche ao vermelho de cobre, que a confusão dos panos coloridos pitorescamente dominava. Assim em Dar-es-Salaam, onde visitou os beneditinos, as suas obras de caridade e ensino; em Zanzibar, onde a Congregação do Espírito Santo fazia assistência; em Mombaça, a famosa, onde o mouro preparara ao Gama a traição memorada nos *Lusíadas*:

> *Mas debaixo o veneno vem coberto,*
> *O recado que trazem é de amigo*

e aqui cismou ante os baluartes levantados pelos nossos.

Depois feito ao grande largo, ao nordeste, a 11 de Dezembro o navio fundeava em Bombaim.

Em terra, na carrinha dum *cooli*, D. António Barroso deve ter-se misturado um pouco à multidão de diversos pigmentos e etnos: mahometanos de garrido turbante; chinas de cabaia e rabicho escorrido sôbre as costas; judeus que lembravam, de branco, druidas da antiga Gália; venerandos brâmanes, severos como a própria Sabedoria; parsis de esguia mitra e calça côr de rosa; gente do sul, escura. Respirou por ruelas e bazares a poeira que todo o pandemónio levantava debaixo dos pés... Percorreu avenidas modernas dum insólito urbanismo e admirou o equipamento, — obra dos inglêses, — do vasto pôrto, com seus potentes guindastes, o seu *rail*, os seus *hangars*. Depois da Bombaim indígena, ou «cidade negra», onde castas e seitas fazem o seu cotidiano separadas umas das outras, quási entre si hostis, a Bombaim do *Malabar Hill*, estendedoiro de luxuosas *vilas*, engastadas em edens, de varandas abertas, sob toldos claros, ao fulgôr do estuário; e a Bombaim chamada do *Forte*, ou bairro oficial.

Porque a paisagem marítima já o fatigasse, — a meter, embarcado em qualquer vapor da cabotagem do Malabar, por aquela costa abaixo onde portugueses e mouros deixaram a crestar aos sóis dos séculos poderosas fortificações, preferiu o prelado tomar o combóio, que lhe reservava, durante uma viagem de quarenta e uma horas, novas impressões de bizarro esplendor. Dêste modo seguiu até ao entroncamento de Puna e ali, largando o trem que vai às terras sagradas do Ganges, a Calcutá, entrava noutro combóio, que rodava noutra linha, para o sul, e atravessava Colapur, Belgão, Landa e Castle Rock, na fronteira portuguesa onde o surpreendeu a cachoeira de Dud--Sagor, a despenhar-se, áurea, se em pleno dia a encontrou, ou talvez sob o sendal do luar, se durante a magia duma noite de transcedente claridade a achava. Em rudes acidentes de païsagem via às vezes agüentarem-se, casinhas de colmo, sugestão de paz e de raizes profundas... Preguiçosa, reluzente como anilhas de baiadera, a linha ia descendo em espiral, num seio de serra. Dominava, majestosa, a cordilheira dos Gates. Era a baixada do planalto remoto, indecifrável, até ao golfo de Bengala. Païsagem para o próprio olfacto... O viajante pasmou, sem dúvida, do inèditismo do panorama de prodigiosa teatralidade: volutas de floresta; musculaturas de ciclopes: as formas bravas da montanha; torrentes de cristal, desprendendo-se de muito alto, em irisantes amplexos com a luz; o extase budista das lagunas, florações de sonho, e como velários sôbre tudo isto: céus de safira, céus de sangüínea, os grandes céus nocturnos... Mais um dia viu o viajante entrar-lhe a carruagem. Algumas horas ainda e por fim entrevia, ao longe, Mormugão, — o seu cais, a estação em que findava a linha. Um pequeno vapor esperava os passageiros. Daí a pouco o bispo de Himéria passava com os demais, à barra da Aguada, ao cais de Pangim — capital dos nossos tempos, silenciosa, ensimesmada, com suas pequenas moradias de brinquedo à sombra de palmeiras em largos arruamentos, nascida a bem dizer do pânico provocado pela peste que assolou a urbe velha em 1635. O primeiro bando de refugiados havia sido então o dos ricos. Após, apareceram as núvens da gente de poucos teres... Por último, assentava, em Pangim, com a sua máquina o governador... Debalde o Govêrno da metrópole ordenara passados anos (1774) que se reedificasse a cidade abandonada; os novos prédios, porém, nunca tiveram moradores, até que a acção do tempo os desmoronou a todos no ermo (²).

Durante o concílio fez o prelado a espaços, evocativas peregrinações de português.

Quem reconheceria, pondo os pés ao reduzido cais, debaixo de suas rugas, Velha Goa, a buliçosa, a maga cidade de Quinhentos, de magnífica fábrica, com a sua população de 200.000 reinois, visitada por embaixadores de rôda a parte; de rajás, de príncipes, de sultões, pelo xá da Pérsia!... (³). «Apenas cónegos e corujas vivem em Velha Goa», — observa o bispo, trasladando ao diário a sua decepção. Ruínas, capim, solidão e a envolverem tudo a recordação de Albuquerque, um melancólico silêncio tumular. A alguns passos do mesquinho desembarcadoiro alteava-se o arco triunfal, por baixo do qual os viso-reis faziam a sua entrada solene, mais adiante restos do palácio dos governantes da grande época, a fachada, que dir-se-ia de marfim velho, de S. Caetano, e numa vasta praça deserta a igreja de S. Francisco de Assis, de sumptuoso porte, as poderosas estruturas da catedral, que invoca St.ª Catarina, em cujo dia (⁴) se fêz a acometida a Goa (⁵), a igreja do Bom Jesus, onde o rev.ᵐᵒ

(²) F. M. Bordalo, *Ensaios sôbre a estatística das possessões portuguesas no Ultramar.*

(³) Oliveira Martins, *História de Portugal*, vol. 1.

(⁴) 25 de Novembro de 1510.

(⁵) A peleja fôra travada com ardileza. Albuquerque descendo da capitaina caminhou «com sua gente, seu passo cheio para acudir onde visse necessidade» — conforme narram os *Comentários*. Foi então que ao vê-lo, Manuel de Lacerda, correndo a êle, lhe deu o cavalo que montava. Como as suas vestes de seda e brocado estivessem tintas de sangue, Albuquerque, desfranzindo os lábios, num sorriso sempre difícil na severidade da máscara ponteaguda, volveu: «Confesso-vos que vos hei grande inveja e assi vo-la houvera o grande Alexandre se aqui estivera, porque estais assi, mais galante pera um serão».

Barroso orou junto do túmulo de prata e pedrarias de S. Francisco Xavier ([6]). Da Goa, lânguida, inquieta, faustosa daquele século XVI, em cujo decorrer, entre o Oriente e o Tejo, pela monção, velejavam as armadas do trato das especiarias da Índia e das Molucas, dos metais preciosos de Sumatra e de Nipão, das pérolas, dos diamantes, dos rubis de Ceilão, do Pegu, de Narsinga, do sândalo, dos aromas, de tecidos e doutras variadas manufacturas de prodigiosa mão de obra, — o que mais se via era ruínas, um chão em que já de algumas delas não havia sequer vestígio. Goa, com a sua imponência e a sua memória, pesava como um epitáfio...

Encerrado a 13 de Janeiro o concílio, antes de regressar à Prelazia, fez uma variante, à procura de novas «recordações», de mais história... Esteve em Calecute, onde, conforme a estância camoneana, o Gama

Os geolhos no chão, as mãos ao Céu,
A mercê grande a Deus agradeceu,

e uma ermada igrejinha ainda marcava o sítio tocado pelos sapatos do almirante; foi a Meliapor, a Cochim, e em Madrasta, de volta, tomava passagem para Bombaim.

Até que em 13 de Fevereiro, precisamente um mês decorrido...

_____

([6]) Declarado apóstolo protector da Índia em 1748, o seu corpo foi exposto pela primeira vez em 1782.

XII

ERA de novo, na cidade dos palácios, como já chamaram a Moçambique (¹).

Moçambique — missão autónoma datava de 1612, ano em que, a rogo de Filipe III, o papa Paulo Farnésio a desligou da diocese de Goa, em nome de cujo arcebispo a governaram visitadores, o primeiro dos quais foi padre Francisco da Mota Pessoa, todos residentes em Rios de Sena e Sofala.

Pensava-se que a missionação estaria dêste modo em melhores condições para exercer acção sofreadora de egoismos primários e brutas apetências desencadeadas ao calor dos lucros, das vantagens que dava o comércio do ouro de Manica, das pérolas e dos aljôfares do Bazaruto, do marfim, de que no país do Save saíam carregadas récuas e caravanas, para feiras do sertão e feitorias à beira-mar. Sôbre a prodigiosa farsa do resgate começara um dia a descer o pano... A ruína tornara

---

(¹) D. Francisco Ferreira da Silva, bispo de Siena.

quási deserta a cena,

que o novo visitador,

Ordem dos Prègadores (²), residisse na ilha, onde desde então se fixaram os administradores da prelazia (³). Pouco ou nada de sofrível deveria ter, porém, o alojamento dêle para que D. fr. Bartolomeu dos Mártires, religioso da Ordem de Nossa Senhora do Carmo da província do Rio de Janeiro, não hesitasse em adquirir o casarão desconfortável, com aspecto de caserna, de que fêz moradia para os prelados, no qual em 1828 cerrou para sempre os olhos.

Com D. António Barroso formara-se uma burocraciazinha de fâmulos, cartorários, amanuenses, activa, em dia. O paço animava-se de longe em longe com a presença de estranhos. Não que as suas salas, de desagradável pé direito, se abrissem para mais recepções que as prescritas, de obrigo cada ano. Tratava-se sempre de reüniões para que o sr. bispo, por motivo dalguma nova obra piedosa ou de caridade, convocava o seu clero, influentes, as poucas donas que mantinham na cidade uma aparência de Europa cortez, e dos trabalhos seqüentes, a que por vezes lhe era forçoso presidir, para os estimular, dirigir.

Foi logo no comêço do seu govêrno, uma dessas iniciativas, o Instituto da Rainha D. Amélia (⁴), em Lourenço Marques, criado com o concurso do governador geral capitão-tenente

---

(²) O primeiro pròpriamente foi D. fr. Domingos Torrado, bispo de Sale, que faleceu em Goa quando ia deixar o govêrno, que exercia, do arcebispado.

(³) Criada em 1612, pela bula In supereminenti, de Paulo V, um Borgbese, como todos os da sua linhagem, magnífico, culto; além de político enérgico, grande fomentador de agros nos Estados Pontifícios. Ao prelado de Moçambique eram conferidas não só tôdas as proeminências dos antigos prelados de Timor e dos provisores do Crato, mas também o uso de vestes prelativas, tendo-lhe concedido o alvará de 4 de Setembro de 1759, o tratamento de dom e de senhoria ilustríssima.

(⁴) Por aquele tempo registava D. António Barroso a sua satisfação pela notícia que lera nos jornais, de ter sido conferida por Sua Santidade à rainha de Portugal, a Rosa de Ouro, de cujas insígnias era portador o bispo de Meliapor, D. Henrique Reed da Silva, em viagem para Lisboa.

Rafael de Andrade, e sobretudo com o dinheiro que em Lisboa, ao fim, lhe haviam passado às mãos, «nobres damas portuguesas» (⁵). A que vinha explicava-o D. António Barroso, ao ministro da Marinha e Ultramar (⁶), a propósito doutra fundação, da espécie, imaginada para a Cabaceira «É um facto sabido que de tôdas as colónias sujeitas à Coroa Portuguesa, Moçambique é a menos favorecida no importante ramo de instrução e educação. Em tôda esta vastíssima província não existe um único instituto de educação, que mereça tal nome, para o sexo feminino, quer para indígenas, quer para europeias e mestiças. Em vista da carência absoluta de instituïções desta ordem, foi um dos meus primeiros cuidados estabelecer uma casa de caridade e beneficência, [onde] sem terem de se expatriar, [pudessem] adquirir educação». Já anteriormente tratando do assunto com o presidente da Junta das Missões referia (⁷): «A falta absoluta de um instituto de ensino, que tal nome mereça, para educação de raparigas em tôda a província, feriu-me dolorosamente, e desde o primeiro dia em que pisei as areias de Moçambique, pensei em atenuar êste mal, quanto da minha parte dependesse». E como ao espírito compassivo e reformador do bispo não era coisa fácil limitar-se — «o instituto de ensino D. Amélia está dando os melhores resultados», contava em carta a Barroso Gomes (⁸), «tenho quási concluída uma magnífica casa para o Instituto Leão XIII, na Cabeceira, aqui em frente de Moçambique»; — pretendeu fazer surgir colégios semelhantes noutros sítios. «Com pequeno dispêndio, — discretiava, — poder-se-iam multiplicar os institutos desta ordem»; e com êste intuito apresentou uma proposta. Bastaria para que

---

(⁵) Do desaparecimento dos institutos depois de 1910, escrevia o prelado sr. D. Francisco Ferreira da Silva: «... levou-o [a um] uma vaga de tempestade. O outro passara à posse da Câmara Municipal de Moçambique».

(⁶) Cons.º João A. de Brissac das Neves Ferreira. Ofício de 2 de Maio de 1893.

(⁷) Ofício de 1 de Fevereiro de 1893.

(⁸) De 17 de Abril de 1894.

a ideia vingasse em cada caso um tecto; o resto acudiria ao intento se não falecesse o afinco. A sugestão seguiu ao seu destino. Simplesmente em 1895, apenas podia escrever: «Não recebi até hoje resposta alguma...» Com o colégio da Cabaceira pensava D. António Barroso comemorar o jubiléu sacerdotal de Leão XIII, que há três lustros sacrificara ao pêso da tiara a sombra aromática dos aloendros, a solidão dos jardins arquidiocesanos de Perusa, e seus recreios de letrado, de humanista, aos cuidados de prestigiar o sólio pontifício, em face dum mundo ensoberbado, nevrosado pelos excessos do racionalismo. Como ia fazer o prelado? Ao efeito reuniu no palácio da Prelazia o seu clero e outras pessoas. Organizou-se, nessa primeira reünião, uma comissão para trabalhar, angariar meios. «É cêdo, — escrevia — para prever qual será o resultado dêste apêlo; creio, porém, que todos, a-pesar da crise que atravessam, auxiliarão esta tentativa» (⁹). E informava: «É meu desejo que haja no novo colégio um número de lugares o mais largo que ser possa, destinado a órfãs de pai e mãi, ou só dum dêles; outro para raparigas pretas e um terceiro para pensionistas». Mas apressava-se a advertir: «É meu intento não pedir nesta ocasião auxílio oficial, em atenção ao estado do país, a não ser o de transporte para as «irmãs» que forem encarregadas desta obra e o ordenado legal. Se tudo correr à maneira dos meus desejos e cálculos, o Govêrno de Sua Majestade não tem a fazer grandes despesas com êste melhoramento, que se me afigura de largo alcance para o progresso desta província». Que daria o apêlo? Pouco deu desta vez. Por outro lado o montante da subscrição das «damas portuguesas»: 8.446$000 réis, rigorosamente só a um instituto, ao que tinha o nome da rainha, fôra reservado. Hesitou portanto. Decidiu-se, por último, a aplicar também a importância que tinha, ao da Cabaceira. Comprou uma casa com palmar. Não iria a coisa, porém, sem contrariedades. Contava

---

(⁹) Ofício de 1 de Fevereiro de 1893.

o prelado ao ministro: «Quando procedia a profundas reparações verifiquei que a casa não tinha condições de solidez e tive de a mandar apear. Não desistindo contudo do meu empenho, resolvi comprar junto ao primeiro, um outro terreno e boas paredes, em parte já feitas, duma casa por igual quantia. As obras estão em actividade; encomendei madeira, telha francesa, a-pesar de alguma coisa ter obtido por subscrição entre os fiéis da minha Prelazia. O orçamento da casa importa em 11.500$000 rs. e ainda sem as comodidades que seriam para desejar num estabelecimento desta ordem» ([10]). Portanto faltava-lhe dinheiro... Não obstante não se deu por vencido, porfiou, e graças a isso a sua caridade e o seu sonho mais uma vez explenderam.

Preparando-se Lisboa para celebrar o VII centenário do nascimento de Santo António, o glorioso místico ulissiponense, elevado aos altares antes que um ano houvera decorrido desde que expirou no humilde catre de Santa Maria di Cella, com êste murmúrio nos lábios: *Vedeo Dominum meum!* pensou o prelado comemorá-lo também com a fundação duma leprosaria. Não se referiam curas de leprosos entre os milagres do santo que um dia chamou a escutá-lo os peixes: *Vinite, audite la parole di Dio, da che li heretici la desprezano!,* — prodígio êste em que deliciosamente se entenderam fraternidade franciscana e humor irónico? Além disso a lepra era enfermidade cuja ostentação degradava a capital da província. A 25 de Abril saíam da secretaria do paço, as primeiras cartas de convite para uma reünião em que, «com a sua habitual bonhomia e interêsse, pela causa dos desprotegidos» ([11]) lançou a ideia. «A ideia foi optimamente acolhida, ainda se constituiu a comissão central e a sub-comissão a que incumbia angariar recursos; mas logo o despeito e a vaidade ferida metendo-se de permeio,

---

([10]) Ofício de 2 de Maio de 1893.
([11]) P.e Sebastião de Oliveira Braz, *Esbôço biográfico de D. António Barroso.*

não só fizeram gorar o plano, mas ainda encheram de sensaborias quem o concebeu. E tudo isto porque um dos assistentes não dispensava a gloriola de entrar na comissão central» ([12]).

*
* *

Certo tempo andado fazia-se o bispo ao continente fronteiro, onde o namarral campeava e alguns débeis postos militares a todo o instante expostos ao empurrão, mantinham uma ilusão de soberania. A poucos passos das praias, ninguém, preto, mestiço ou esbranquiçado, a reconhecia. «Isto não pode continuar indefinidamente, é preciso tentar um esfôrço ([13]), abrir um caminho que nos ponha em comunicação directa com o planalto interior, com o Chirua e com o Niassa», — escrevia D. António Barroso. E durante mais duma semana andou metido por aquele sertão, tendo prolongado a exploração até ao temível monte da Mesa, a nordeste doutro, infesto, o do Pão, aonde só J. Joaquim Machado, sendo em 1876, director das Obras Públicas, havia chegado. Teve então o prelado notícia, se com os próprios olhos as não observou, de práticas esclavagistas ainda persistentes no território, que árabes e mouros percorriam, fazendo escoar pelo norte, em particular por Zanzibar, a «mercadoria» ([14]).

([12]) P.e Sebatião de Oliveira Braz, *ob. cit.*

([13]) Estava reservada a Mousinho, em 1897, o têrmo desta deprimente situação.

([14]) Em 1888 navios de guerra portugueses tinham feito o bloqueio do litoral, desde a Foz do Rovuma até Lourenço Marques. O zanzibarista não desistia fàcilmente das suas práticas esclavagistas. Por outro lado não sofria quebra a porfia de Portugal na emprêsa de lhes pôr côbro. Já posteriormente aos dias em que decorre esta crónica, Eduardo Lupi, comandando a lancha-canhoneira *Mandovi*, tivera de limpar de negreiros o canal de Angoche; em 1902, é a acção do capitão-mor de Angoche José Augusto da Cunha, que ataca o Farelay na sua povoação, a que deita fogo, construindo depois o pôsto fortificando de Bailo; em 1910, durante as operações do tenente-coronel Massano de Amorim, capitão-mor também, de Angoche, Damaso Marques, deita a mão aos régulos Farelay, Ibrahimo e a outros negreiros de polpa.

«Era conveniente, — aconselhava ao diante, — criar uma missão em Namuola, ou no Lamué, região fértil, onde se encontram as cabeceiras de todos os rios que entram no oceano entre Quelimane e Moçambique, como o Mocúzi, o Liquare, o Licungo, o Mocinge, o Angoche, rios cujos cursos estão por estudar (¹⁵). Existia, certo era, em território nosso, a sete dias do Niassa, a missão de Tombini, mas isso não bastava, urgia criar mais outra, na margem oriental do lago, que fôsse padrão da nossa posse, já que nenhum ali havia, «pouco importando o risco de tal emprêsa num país quási de todo levantado, onde o árabe imperava pela influência corânica e pela razia. Haveria talvez mártires a acrescentar aos dramáticos fastos religiosos da África, mas a intenção vingaria por fim, se os governos, por sua vez, se decidissem a protegê-la, a fazer penetração, a pacificar. E D. António Barroso relembraria nesse passo o que ouvira ao superior duma missão, a oeste de Tanganica, de Padres Brancos. Quatro anos tinham sido suficientes para a organização duma eficaz defesa do indígena contra as incursões de traficantes e negreiros. «Em circunstâncias semelhantes, no Niassa, nada fazíamos, ao passo que, — contrastava, — os missionários protestantes, com uma solicitude que era muito para agradecer, se não fôsse interesseira, e continuação do plano de nos espoliarem, tinham criado, uma após outra, bom número de estações na margem portuguesa, onde vivem em paz com as populações ribeirinhas, que não são das mais acreditadas pelo seu espírito de mansidão». Ora «tendo nós ainda importantes interesses nas margens dos grandes lagos, não podemos, nem devemos ligeiramente desinteressar-nos de tudo que ali se passa». Para que nos obstinamos penetrando, no detestável caminho do Chire? «Devemos ir directamente de Moçambique ao Niassa, do qual apenas nos separa a bagatela de 600 quilómetros de óptimo caminho, se o avaliarmos pela parte que

(¹⁵) D. António Barroso, *Padroado de Portugal em África.*

conheço». Uma série de missões nossas pontuaria a via aberta ao comércio e à influência portuguesa. «Se V. Ex.ª me der pessoal,— afiançava ao ministro, no relatório acêrca do padroado africano — ou meios para o conseguir, com a minha pouca experiência do interior, vou de boa vontade, e com a satisfação de cumprir um dever, fundar essas missões, abrir êsse caminho».

Alma intrépida de explorador, esperou então ordens para dar comêço ao novo itinerário...

*

* *

Não é exagêro ter por verdadeira primavera missionária, pelo que criou e fêz nascer, a sua passagem pela prelazia de Moçambique.

Um plano. Germe... (16).

_____

(16) «Os seus planos puderam ser francamente executados em 1909, estando no govêrno da província Freire de Andrade e no da Prelazia, D. Francisco Ferreira da Silva. O orçamento da colónia tinha então um apreciável saldo e chegou a ocasião das paróquias sem paroquianos desaparecerem para dar lugar a missões fundadas no meio dos indígenas, como Barroso preconizava. Desapareceu aquela instituição improdutiva, aniquiladora das melhores vontades e surgia outra, grande, cheia de vida. As missões de Magude, Angoche, Manhiça, Munhuana, Catembe, Molvice, Moginqual, Chonguene, Muchopes, eram documentos imparciais dessa nova e inteligente orientação. O padre, nas orlas do litoral, na sede dos distritos, comandos ou circunscrições, era mais tarde ou mais cedo criatura do meio em que vivia; a inactividade gerava a apatia crónica e a fé afrouxava ao convívio com gente desnacionalizada. Só um espírito muito superior, só uma alma predestinada e heróica podia deixar de ser influenciada. Daí os insucessos, daí as acusações dos próprios que haviam contribuído para o mal. Os missionários colocados mais tarde em circunstâncias favoráveis de trabalho e de acção, libertos dum meio nocivo, não pareciam os mesmos a-pesar de não terem melhor preparação que os seus antecessores. A primitiva inercia das paróquias trazia-lhes o enfado e fazia contar a alguns os dias que faltavam para regressar à metrópole; a fadiga posterior das missões própriamente ditas criou-lhes o amor à missionação, pelas consolações espirituais que tinham ao ver o bom resultado dos seus trabalhos. A prova aí está patente: o tempo obrigatório acabou, por muitos anos, para quási todos os missionários de Moçambique; lá permanecem, cheios de cabelos brancos, extenuados pelo clima depauperante e pelo cansaço». P.e António Lourenço Farinha, «A acção missionária em Moçambique» in _Portugal missionário_, número especial, 1929.

Quando em 1893, assinou o seu já clássico relatório, António Enes, estabelecendo o contraste entre o que observara antes e depois de D. António Barroso assumir o govêrno da prelazia, discretiava, num escape à parcimónia de elogio, que lhe era peculiar: «Estas impressões da primeira viagem modificaram-se no ano seguinte, porque se lhes associou a impressão nova de que os serviços religiosos estavam recebendo impulsos e correcções de um zêlo incansável e experimentado. Melhorara a disciplina, tendo o corpo eclesiástico cortado e lançado de si, como manda o evangelista, os membros por quem vinha o escândalo. Crescera o pessoal do sacerdócio; já tinham párocos tôdas as igrejas, fundavam-se novas paróquias, criavam-se missões nos focos da propaganda mussulmana, dignificava-se o culto, o prelado embrenhava-se nos sertões para reconhecer as necessidades da diocese, o seu carácter sizudo sem biôcos, as suas virtudes austeras, sem intolerância, inspiravam respeito e simpatias que redundavam em autoridade moral para o clero». É ainda nesta página que António Enes, acêrca dos trabalhos de D. António Barroso, escreve: «Mas também se percebia que o bispo de Himéria só consigo podia contar para a obra de reformação. Estava desamparado pelos poderes públicos, a escassez das dotações orçamentais coartava-lhe as iniciativas, não tinha a esperar nenhum auxílio do proselitismo religioso, as engrenagens pêrras da administração estorvavam-no a cada passo, e, principalmente, faltava-lhe clero para os rudes trabalhos do apostolado em África. Perseverante e corajoso, como é, lá ia metendo ombros às dificuldades...»

Em Angoche, por exemplo, paróquia desde 1875, mas com existência ùnicamente na portaria que a criou, onde ao chegar não encontrava, portanto, padre a pastorear, a paróquia era pouco depois realidade, e recebia pároco, tinha capela, — já se vê, sob tecto de capim sêco — e nela se começou desde logo a praticar o culto, a catequizar. Tudo estava aprontado, «não só para prestar os auxílios da religião aos europeus, mas também para contrariar a propaganda mahometana que [assolava] o norte». Em igual situação achava o prelado o arquipélago de Bazaruto, com uma população regular. Também nessa paróquia pela primeira vez houve pároco. O mesmo acontecia em Chiloane, para onde em tempo passara a paroquialidade de Sofala. Deu pároco à Beira, que o não tinha; e em Fontesvila, com a qualidade de coadjutor daquele, colocou um missionário. Ao florecimento da missão de Boroma, mãi, como já alguem lhe chamou, de tôdas as missões zambezianas, votou o mais carinhoso zêlo, ampliando-lhe a acção. Uma missão de «irmãs» educadoras se lhe agregara. E assim pela formação cristã de rapazes e raparigas, lá iam sendo lançados fundamentos de futuras famílias de cristãos indígenas. Em freqüentes excursões percorriam os padres todo o prazo, a evangelisarem e até a industriarem o colono no aperfeiçoamento de lavras, no ensaio de novas culturas. Boroma, que a missão do Zumbo prolongava, — valia por um exemplo do que podia ser a nossa Zambézia, se em lugar duma missão, tivesse um cento, que teriam custado menos do que a pólvora gasta pelos capitães-mores (os muzungos) para a despovoarem em guerras ruïnosas e quási sempre injustas ([17])». Da missão criada no Zumbo,— refereria D. António Barroso: «Visitei-a ([18]), estava ainda no princípio; infelizmente o terreno em que assentava, era, além de doentio por estar no vale dum rio, sempre saturado de humidade, deserto ou pouco menos». Deserto... Ora para uma missão a matéria prima é o preto; onde êle escasseie ela não poderá senão mediocremente satisfazer ao seu fim civilizador, desenvolver-se. Por isso o prelado a fez mudar em 1893 para Mongue, «bom terreno que reúne condições de salubridade a uma população muito densa» ([19]). A

([17]) D. António Barroso, *ob. cit.*
([18]) Fundada em 1890.
([19]) Escreveu ainda D. António Barroso: «Quando visitei aquele lugar, a fim de examinar de perto o que dêle se poderia fazer debaixo do ponto de vista religioso, desanimei completamente diante das dificuldades de transportes, quer a viagem se fizesse pela Beira e vale do Pungue, quer se

missão de Coalane, sítio muito povoado, às portas de Quelimane, só naquele mesmo ano passava a ter com efectividade missionário e auxiliar. No distrito de Lourenço Marques, onde a propaganda protestante continuava tenaz como em nenhuma outra parte «e porventura mais perigosa» pouco tempo depois de assumir os negócios da prelazia, D. António Barroso fundava sob o patrocínio de S. José a missão de S. José de Languene ([20]), para a qual o colono concorrera, respondendo bizarramente ao apêlo do prelado.

*

* *

1895.

Contava António Enes que o prelado fôsse a Lourenço Marques.

Estava-se nos primeiros dias de Maio. A-pesar-de assoberbado pelos trabalhos e responsabilidades da guerra contra os vátuas, o comissário régio escrevia-lhe, contente: «Apresse a realização do seu projecto, venha passar alguns dias comigo, nesta pacata residência da Ponta Vermelha»...

A falta de saúde, os afazeres não permitiram, porém, ao bispo a distração.

Da exploração ao território dos namarrais, fronteiro à ilha-capital, voltara ainda mais impaludado até inspirar cuidados. Aconselharam-no a vir ao reino. Compreendeu que lhe

---

efectuasse pelo Zambeze até Sena e dali para Tete. A região é pobre, de população rareada e abatida pelas razias de Muzila, e quási inhabitável até 80 milhas da costa. As terras do interior, porém, pareceram-me muito férteis e aptas não só para o desenvolvimento duma grande missão, mas até para a tentativa de larga colonização europeia, desde a serra de Gorongoza, o país mais encantador que tenho visto em África, até aos picos de Macequece. Actualmente aquelas condições melhoraram bastante com a construção do caminho de ferro da Beira, que em muito pouco tempo atingirá Chimoio, que pouco dista de Macequece, região alta, fértil e relativamente salubre.»

([20]) Criada em 21 de junho de 1892. Destruída pelos vátuas, foi depois em 1895, reconstruída.

era indispensável recobrar as fôrças, a bem dos empreendi-
mentos que trazia em mente como o seminário provincial;
as missões no vale do Zambeze, a de Gaza, lá em baixo, assim
que a guerra terminasse, — e que seria o lar de onde irradia-
riam postos para todo o território... Mas quanto valor, com
efeito, exigia a passagem de tudo isto ao acto!

O facto de não se ter dado a visita, não prejudicou com
tudo o propósito em que Enes estava de estabelecer no Maputo
uma missão. Com efeito a 13 do mês imediato saía no *Boletim
Oficial* o respectivo decreto. Era uma região muito povoada
mas esquiva também à nossa autoridade, que nela deixara de
existir. Por outro lado trabalhavam-na os protestantes, facto
particularmente grave na ocasião em que das terras do Incomati
às do Limpopo se feriam duros combates. Quási que fechara
aqueles sertões a todo o comércio o jovem régulo N'Guanaze,
pupilo da famigerada Zambia, que, por ardiloso génio, um dia
se elevara da condição de escrava à realeza do Missongo. Mais
um motivo para que fôsse por diante o projecto. De certo modo
a missão supriria a ausência de autoridade portuguesa. Santo
António de Macassane ficou ela invocando ([21]). Entendera-se
o comissário régio com o prelado, que tinha correspondido ao
intento com patriótico alvorôço. Escolhido para superior, lan-
çara-se desde logo padre Emílio da Esperança Machado à
organização dos serviços, à construção da igreja, da escola, do
posto meteorológico, de internatos. Entretanto o Maputo acen-
tuava o seu entendimento com a revolta. Não obstante os missionários preparavam-se, começavam já. Do seu longinquo paço,
o prelado seguia todos os trabalhos. Que frutos daria o árduo
esfôrço que se empenhava? ([22]).

([21]) Acêrca do decreto de Enes escrevia em 1929 o missionário rev. Manuel
da Cruz Boavida (*A região do Maputo e a sua missão católica* — *Portugal Missionário*): «em qualquer outra colónia não mais se publicou portaria alguma
que àquela, em matéria de missionação, se pudesse comparar.»
([22]) Não possuía Macassane condições para que prosperasse uma missão
como «a que haviam sonhado os seus criadores», — observava o rev. Boavida.

Embarcou...

Na manhã de 23 de Setembro o paquete entrava o Tejo. Que seria feito da missão?...

Sabia-se já que o Gungunhana estava a ser perseguido. O quadrado de Marracuene, roto, fôra, por milagre ou maravilha de sangue frio, logo refeito; principiava a reparar-se em Mousinho e na sua cavalaria; dali a menos dum mês, seria a tomada do Manjacaze ,pela coluna de Galhardo, e ainda no Natal daquele ano, o assalto a Chaimite, a queda do leão vátua...

Na verdade faltava terra agricultável, não havia água, não existiam vias fáceis de comunicação e transporte. Pouco depois o N'Guanaze, declarado em franca rebeldia, assaltava a missão. Vinha então Enes, no mar, a caminho de Lisboa e estava interinamente a exercer o govêrno geral o conselheiro Lança. Chamado por êste à Ponta Vermelha, Mousinho largava daí a pouco com alguns cavalos e fazia a épica marcha ao Maputo. E o N'Guanaze punha-se a salvo...

XIII

DESEMBARCANDO, a par dos cumprimentos da praxe às entidades oficiais, solicitava audiência da Raínha que muito o ajudara em suas obras e que o recebeu quási à margem de todo o protocolo.

Por cá demoraria.

·E pôde assim saciar saüdades do coração e dos olhos na tornada ao antigo lar e até na piedosa visita ao cemitério da sua aldeia; na deleitação panorâmica de generosas várzeas; de montes, que o pinho e o carvalho frondejam; de outeiros, a servirem de base a alvas igrejinhas e, de longe a longe, à tôrre, com seu diadema de ameias, de qualquer velha honra; de brancas estradas e floridos prados de esmeralda, em que a mansa boiada pasta.

No remanso da convalescença ia meditando os seus problemas africanos.

Não venceria êle as dificuldades que se levantavam à ideia, — a sua utopia, a única que porventura, durante muito tempo, alimentou — duma congregação portuguesa, sorte de «padres brancos»? O homem de forte têmpera realista que era com a sua ancestralidade rural, librava-se então a pairos de imaginação. A admirável coisa pormenorizava-se-lhe no espírito... E tinha por seguro que não faltariam por êsse norte tão rico de devoção, os entusiasmos e estruturas capazes de se apropriarem a casa-mãi. Que espaçosa, e magnífica, fábrica, fácil de ajeitar ao efeito, seria o convento de Santa Clara de Vila do Conde, — por exemplo, — de imponente linha feudal, de caris monástico-militar! Tão pouco largou de mão a outra que lhe foi cara, — a do seminário de aperfeiçoamento em Moçambique e para a fazer vingar não se cançava de procurar adesões e patrocínios; para os obter aguardou nas antecâmaras ministeriais a vez de ser recebido; nos «passos perdidos» dos dos Pares e na outra câmara diligenciou interessar políticos distraídos; bateu em Lisboa e na província às portas de casas principais. Não desporfiava de nenhuma das questões que, ao embarcar para o reino, lhe assoberbavam o pensamento: a reforma de Sernache, a que entendia ser útil aliviar a subordinação à Secretaria da Marinha e Ultramar; o conseguimento de mais algumas migalhas nos orçamentos de cada província e do Estado, para o desenvolvimento missionário; a organização daquela rêde de missões e postos que êle considerava de premente necessidade em Moçambique, a-fim-de anular, ou neutralizar ao menos, a influência mahometana e a catequese protestante; a educação e instrução feminina, começada apenas a resolver com os Institutos da Raínha D. Amélia e de Leão XIII; e até a questão da «reeducação» religiosa do «colono, português ou estrangeiro, salvas excepções honrosas indiferente», porque «para animar o indígena, nada melhor do que o exemplo de uma raça que êle reputa, com razão, muito superior», e «êsse exemplo não lhe é dado, ou antes é-o negativamente» (¹).

(¹) Descendo uma ocasião a Lourenço Marques, ao passar por Inhambane, fôra a terra e dissera missa em Nossa Senhora da Conceição. «Na igreja, — conta o diário — quási ninguém estava». Era a indiferença pelas coisas religiosas... «Nem o facto de celebrar o prelado influíra para que a concorrência fôsse

Quando duma ponta a outra o país se ergueu vibrante de entusiasmo, reconhecendo-se nas glórias daquele Passado de que andava em esquecimento, nos homens e nos feitos de que falavam as notícias vindas de África: Coolela, outro invencível quadrado de aço; a queda do Manjacaze, a que, do alto da sela, Galhardo mandava deitar fogo, que ficaria a anunciar o fim do império vátua a todo o sertão levantado; a andada a monte do Gungunhana, — a palavra do prelado africanista, singela, mas repassada daquela poesia que irmana as boninas e o estilo das homilias, associou-se ao formidável júbilo.

Foi em Coimbra, na tarde de 23 de Novembo de 1895.

Sendo hóspede, já prestes a retirar, do lente de Teologia, seu antigo mestre em Sernache, dr. Francisco Martins, procurara-o para pronunciar, no *Te Deum* que ia celebrar-se, a oração congratulatória, a comissão estudantil que o promovia. Não pôde o bispo-missionário declinar o convite, antes com alegria o aceitou, retardando a sua saída para Lisboa. Subindo ao púlpito, o admirável sertanejo falou com a efusão comunicativa duma lusitaníssima fé, como era jeito da sua palavra. A sua voz entoou, na pequena capela da Universidade, um magnificat a Deus e à virtude do heroísmo português. Ao terminar a solenidade, — em que oficiara o venerando decano da Faculdade de Teologia, dr. Luiz Maria da Silva Ramos, e a batuta doutro universitário, o dr. Simões Barbas, comandara a orquestra e o coral, — a que esteve presente rôda a Coimbra: a murça, a farda, a beca, a casaca, a batina, as senhoras dos doutores, dos oficiais, dos magistrados e de mais próceres, as capas em revoadas de enlouquecido entusiasmo, acompanharam-no para além da Porta Férrea, e sem lhe darem aso a utilizar

---

maior». E concluía assim a lauda: «Não admira, é costume de África...» Já Lacerda e Almeida apontava o sestro no seu diário, por ocasião da passagem por Sena: «Nestas terras não há católicos *stricte sumptum* nem fanáticos, porque os templos sempre estão despovoados».

a carruagem, atapetaram-lhe até casa, o duro piso da calçada... «Nunca vi, — relembrava mais tarde certa testemunha do espectáculo, — coisa semelhante» (²). E à noite, ao largar da Estação Velha o combóio, novas saüdações clamorosas o despediram.

Em 1897 estava D. António Barroso em preparativos de volta a Moçambique, onde deveria encontrar Mousinho a governar, já enramada a fronte dos louros de Chaimite, de Maputo, do Chibuto, de Macontene, de Mapulanguene, — o comissário régio isentara-lhe por decreto de 7 de Abril, de qualquer contribuïção e impostos, o Instituto Leão XIII, edifício e propriedade rústica anexa, — quando subitamente vagou a diocése de Meliapor (³).

Não o dispensaram então de servir naquela Sé, onde delicados problemas do Padroado aconselhavam a presença dum prelado discreto mas firme.

Apresentado pelo Govêrno português, era pouco depois confirmada pelo Consistório (⁴) a nomeação.

Assim pela Índia remataria a carreira missionária que por ela, estudante de concanim, estivera para começar.

(²) O cónego sr. dr. António Ferreira Pinto, actual reitor do Seminário de Nossa Senhora da Conceição, do Pôrto, ao tempo quintanista de Teologia. Na biografia que escreveu do prelado, publicada em 1931, recorda, com bom humor, que não foi dos menores o concurso que então prestou com os seus pulmões ao entusiástico alarido.

(³) Por resignação do respectivo bispo D. Henrique Reed da Silva, que, bispo de Trajanópolis, foi, depois, por largos anos em Lisboa, uma interessante figura da sociedade. Conheceu-o a rua, distinguindo-o entre os peões, pela sua alta estatura, a barba dum louro germânico, a linha fidalga sem ostentação, e pela modesta sobrecasaca que vestia, bem modesta nos últimos dias da sua existência.

(⁴) Em reünião de 15 de Setembro de 1897.

XIV

E M Maio, a 4 (¹), tomava em Lisboa barco via Mediter-
râneo,
A preferência dessa rota à do sul, pelo Cabo,
determinava-se no seu espírito, sem dúvida tanto por um com-
preensível interêsse por tudo o que fazia a história daquele
grande veio de civilizações como pelo propósito de ir à Cidade
Eterna, a-fim-de ajoelhar aos pés do Santo Padre, de orar
junto do túmulo do príncipe dos Apóstolos, sôbre o qual
se eleva projectada à glória da luz, a cúpula de Miguel
Ângelo. Outro motivo ainda a explicaria, — a missão que
o Govêrno lhe cometera de solicitar a intervenção da autoridade pontifícia nas desinteligências de jurisdição que se susci-
vam entre o bispo de Meliapor e o prelado francês de Tri-
quinopolis, a quem na sizania altamente apoiava o núncio
mgr. Zeleschi.
Qualquer que fôsse, porém, o principal móbil da jornada,

(¹) De 1898.

à semelhança de Alfieri dirigindo-se a Roma, o prelado levaria o alvoroço no coração. Ideias, imagens acumuladas, a partir das primeiras leituras e pela vida fora, à medida que se lhe alargara o conhecimento, chocavam-se então no seu espírito: glórias e vicissitudes do Papado, o Coliseu regado do sangue das perseguições, as catacumbas, o Latrão, que evoca Constantino na fase de espiação e de exaltação religiosa; e, prevalecendo a tudo, S. Pedro do Vaticano, projecção daquele iluminado episódio do lago de Tiberiade, em que Jesus fêz do pescador a pedra fundamental da Igreja.

*
*   *

Deixando o vapor em Civita Vecchia (?) seguiu depois a Roma, onde não lhe foi preciso esperar muito pelo dia da audiência.

Nessa tarde, no Vaticano, ultrapassado o primeiro suisso do *portone di bronzo,* que ao avistá-lo batia a alabarda sôbre as lages, como é da ordem, à passagem de sumidades eclesiásticas, de dignitários, de altos visitantes, apresentava-se-lhe logo em rôda a imponência a Escada Pia.

No alto dum lanço abria-se o pátio de S. Dâmaso para onde deitam as *stanze nuove* que Rafael pintou e a um canto do qual, quebrando o silêncio da imponente vastidão, uma pequena fonte de mármore murmurava... Por ali se ia aos aposentos privados do Sumo Pontífice, a cujas janelas na mole cimeira à colunata, da primeira vez que fôra à praça do obelisco, erguera os olhos, ansioso de prescutar-lhes o recato, o mistério...

Moveu-se então no sentido duma *marquise* e entrou de subir largos degraus duma escadaria.

O prelado sentiu vacilarem-lhe as pernas, tomado dum misto de angústia e de prazer. Passou por uniformes das côres do Santo Império: azul, vermelho, amarelo, — pelos suissos do figurino miquelangelesco, por homens da Guarda Nobre, de farda azul e capacete brunido; por piquetes de gendarmeria, de alta barretina de pêlo e calção branco; por mais tropa palatina...

Alguns passos andados e via-se naquela sala onde Clemente VIII, — o papa que esteve prestes a coroar de louros, no Capitólio, ao Tasso, — mandou representar num fresco colossal, sôbre a porta de entrada, o martírio do primeiro pontífice do seu nome, atirado ao mar, sendo imperador Nerva. Contudo até que chegasse à fala, que ia escutar, longo seria o trajecto ainda a fazer através doutras salas e câmaras em que os tons de púrpura e ouro continuavam a predominar: a sala dos Arazzi, das tapeçarias oferta dum rei de França, urdidas sôbre desenhos de Jouvenet; a dos Guardas Nobres, a do trono, suntuosa igualmente, com o sólio sob docel de veludo vermelho e aurea franja; a ante-câmara dita «secreta», que deita sôbre o *borgo*, de pitoresco medievo e, já no têrmo, na do *tronetto*, aguardou alguns momentos, durante os quais, sem dúvida, do janelão observou um daqules horizontes romanos de que Chateaubriand, na carta ao senhor de Fontanes, disse a beleza das linhas, a doce inclinação dos planos, tendo por fundo colinas de suaves e fugitivos contornos, de lapis-lazuli e de opala.

Um camareiro adiantou-se a anunciá-lo.

Não tardaria a contemplar a face do Papa, que enchia o fim do século com o fulgor do seu génio, a sua ascese, a sua radiosa velhice.

A medida que o momento do encontro se aproximava, a sua figura esfumava-se-lhe na mente, mais desenhada, segundo a feição e a atitude que lhe compunha a imaginação da época. Quási puro espírito, o pontífice que, em 1891, abalara, com a *Rerum novarum,* nações e governos, não tinha, no número dos seus aposentos, sala de jantar e contava-se até que invariàvelmente um dignitário colocava cada dia, à hora das refeições, sôbre a mesa a que Sua Santidade trabalhava, uma pequenina salva de prata em que todo o cibo cabia. E quantos outros traços andavam, como êste, contados escritos,— vida a dourar-se já para a. lenda!...

Por fim, uma porta abriu-se, devagar...

O prelado achou-se de súbito na augusta presença, em. face da prodigiosa batina branca, do solideo branco, da alvura imácula como as neves eternas, inacessíveis ao homem mesquinho, acolhidas aos esplendores estelares do Céu; e do inefável sorriso que a iconografia havia de fixar para a Arte e para a História, àquela inconfundível máscara aguda, óssea, de olhos por igual aptos a moverem-se no Extasis e na Terra...

Então, sentindo mais pequena a alma, o coração apertado pela comoção, o bispo português ajoelhou aos pés de Leão XIII e esperou a primeira palavra daquela audiência... ([2]).

*

Enquanto esperava pelo paquete a largar do porto de Genova, em que se iria, praticou de colina em colina, fazendo a peregrinação de monumentos e lugares a que andava ligada a recordação de martírios e triunfos do cristianismo:' S. Pedro *in-Montorio,* que lembra a crucificação do primeiro papa; o Aventino, onde os soldados de Alarico, no século v, investidas as portas de Roma, violaram, deram morte a Marcela e a suas «irmãs» de cenóbio, e Oto III, envolto no famoso manto em que fizera bordar, sugestão de Milenio, o Apocalipse, viveu os seus delírios de príncipe universal ([3]); a mesquinha basí-

---

([2]) Dela retiraria D. António Barroso enternecido, com a dádiva dum calix de lavores de oiro, que doou depois à sua Sé na Índia. Ao que na audiência privada se passou alude nestes termos o biógrafo do prelado, rev.º Oliveira Braz: «Leão XIII recebeu[-o] com carinho e atenção muito para registar», deu-lhe «instruções que lhe aplanaram o caminho para a honrosa solução dos vários problemas e contendas que impuseram a sua transferência para S. Tomé de Meliapor».

([3]) Émile Mâle, *Etudes sur les églises romines* in *Revue des Deux Mondes,* tomo 41.º

lica de Santo Aleixo, que nos fala da incruenta missionação às terras ainda selvagens do Báltico, de que foi o alfobre magnífico de padres... o santuário monumental de S. Paulo extra-muros, erguido sôbre a óbscura jazida do apóstolo da gentilidade...

Embarcado por fim reservava-lhe o novo trecho de viagem o desfile, pela mente, de mais imagens e fastos da história religiosa. Poderia, tocando Suez, deixar o Egipto de recordar-lhe a Tebaida, os solitários e a formação da primeira comunidade, levada a efeito por Pacómio?... Do outro lado que floração de inesquecíveis acontecimentos não lhe sugeria o Sinai adivinhado, sôbre cujos cimos um pano de núvens desce como a ocultar o diálogo, renovado, entre o Senhor de Abraão e o legislador das Tábuas!... Metido o barco ao Roxo, o prelado via o milagre da fenda aberta nas águas, para que o povo de Moisés as transpusesse a enxuto, e da perda do exército faraónico, que lhe vinha no encalço, sôbre o qual a corrente tornara a unir-se... Navegava em mar tropical, entre relumbrantes orlas de deserto, por onde erra a memória de milenários impérios. Para sul alastrava-se cada vez mais uma poeira coralina de ilhotas e recifes. Aden: e logo uma recordação de diversa ordem: a da concepção do desvio do Nilo, que fôra uma das cousas que Albuquerque tinha «em seu pensamento determinado de fazer, se o a morte não atalhara, ou por melhor dizer, se El-Rei D. Manuel, aconselhado de seus imigos, o não mandara vir da Índia» (⁴).

Depois era a imensidade do largo...

Até que um dia, nos longes, clareou o outro litoral...

Sucedem-se as escalas do Malabar; Ceilão, «a grande ilha que o inestrincável enlaçamento da vegetação protege de todos os lados» (⁵), e, endireitando ao Coromandel, o barco depô-lo por fim sôbre o cais de Madrasta.

(⁴) *Comentários do grande Afonso de Albuquerque.*
(⁵) Pierre Loti, *L'Inde sans les Anglais.*

E o bispo entrava, daí a pouco, solenemente, na sua diocese (⁶).

'Aqui a cidade foi que se chamava
Meliapor, fermosa, grande e rica.

Os *Lusíadas* acudiam-lhe mais uma vez à mente, no lampejo duma reminescência a propósito.

(⁶) Meliapor fica apenas a nove quilómetros de Madrasta. Quanto à diocese, — refere em 1929 um colaborador do *Portugal Missionário,* — «formou originalmente uma parte integrante da de Cochim. da qual foi depois separada, ficando a compreender Bengala, a Costa de Caromandel, Orissa e o antigo Pegu. Em conformidade com a Concordata de 23 de Junho de 1886 e posteriores Notas Reversais, a diocese consiste hoje em duas secções de territórios contínuos, exercendo, além disso, o bispo de Meliapor jurisdição sôbre várias igrejas e cristandades espalhadas pelo sul da índia e ao norte em Bengala. As duas secções de território contínuo são limitadas: a do distrito eclesiástico de S. Tomé, a leste, pela baía de Bengala, ao norte e ao sul, respectivamente, pela rua Elliot e pela rua da Catedral de S. Jorge na cidade de Madrasta, e ao poente pela que vai de Madrasta a Conjeeveram, no distrito civil de Chigleput; a outra secção, — o distrito eclesástico de Tanjore, — tem como limites: a leste também a baía de Bengala, ao norte os rios Vettar e Venner, ao sul o distrito civil de Madura e os Taluks de Alangudi e Tirumayan, ao poente o Toluk de Kollatur, ao Estado de Puduprattah e o distrito de Trichinopoly». Formidáveis tratos de interrupção caracterizam a diocese. Cerveira de Albuquerque, no seu relatório, nota, à guisa de exemplo, o que vai de Madrasta a Calcutá: 2.500 quilómetros.

XV

Ali apareceu, prègou,
　　　　... e já passara
Províncias mil do mundo, que ensinara.

(CAMÕES, *Lusíadas*, canto X)

fêz milagres e sofreu martírio o apóstolo que foi um dos que o Pentecoste dispersou pelas gentilidades a testemunhar Jesus, a difundir Sua mensagem.

Choraram-te, Tomé, o Ganges e o Indo;
Chorou-te tôda a terra que pisaste,

(CAMÕES, *Lusíadas*, canto X)

sôbre a qual depressa, por prodígio, germinou a semente das primeiras comunidades cristãs.

Em Meliapor levantava-se a breve trecho um humilde templo, que no século XIII ainda existia, tendo-o notado o famoso viajante Marco Polo, e a que outro de mais considerável traça veiu a suceder, — catedral desde os começos da diocese.

Embora despojado dos veneráveis restos que guardava e que o temor de um desacato trouxe por largos tempos de esconderijo em esconderijo: Edessa, a ilha de Chios, até irem parar, nos séculos XI ou XII, a Ortona Mare ([1]), cidadezinha adriática ao sul da mística Loreto, que ainda se ufana de possuí-los, não deixou o primitivo túmulo de S. Tomé de inspirar devoção, de atraír de tôdas as partes da Índia peregrinos que ajoelham a preitear e a impetrar.

Diversos bispos, antes do aparecimento dos portugueses tombaram também com o seu báculo, aos golpes imanes do inimigo da Fé, e simples catecúmenos do mesmo modo pereceram, sobretudo no auge da perseguição que o Bramanismo moveu às cristandades, forçadas a acolherem-se por fim às montanhas. Mas já na baixada à influência do derradeiro padre sucedera a do persa vindo àquelas paragens a negociar e cuja igreja, fruto do polen evangélico levado pelas auras ao vale do Eufrates e do Tigre, se hierarquisara como a de Roma ([2]). Depois, aí pelo século V, fôra a heresia nestoriana que na India medrou, erguendo templos e mosteiros.

*

* *

A tomada de Goa ia provocar um renascimento da Fé, abalada ao cabo de tantas vicissitudes.

Seus primeiros obreiros foram no dizer duns, fr. Henrique

([1]) Conta um colaborador do *Portugal missionário*: «Os católicos de Ortona tem pelo apóstolo, a quem chamam o seu Santo, a mesma fervorosa devoção que os fieis de Goa tem por S. Francisco Xavier e os de Pádua por Santo António de Lisboa. O seguinte facto demonstra isso. Quando o sr. bispo de Meliapor, (D. Teotónio Vieira de Castro, actual patriarca das índias), veio à Europa em Junho de 1904, quis ir visitar as relíquias do glorioso apóstolo em Ortona Mare. Chegando lá cêrca das quatro da manhã, notou que repicavam os sinos de tôdas as igrejas pelas ruas onde passava a carruagem que o transportava. Voltando-se para um dos cónegos da catedral, que o tinham ido esperar, preguntou-lhe porque era que se tocavam os sinos, e êle respondeu que «era à passagem do bispo de Meliapor, por êste ser o sucessor do Apóstolo». Por êste motivo foi o sr. D. Teotónio considerado hóspede da cidade e o arcebispo de Lanciano, administrador perpétuo de Ortona, disse-lhe: «V. Rev.ª neste dia é o bispo de Ortona».

([2]) Ch. Huart, *La Perse Antique et la Civilisation iranienne*, 1925.

de Coimbra, confessor de El-rei, que ao efeito se metera em 1501 aos mares, e os franciscanos que o acompanharam; na opinião doutros, fr. Pedro da Covilhã, confessor de Vasco da Gama, companheiro, na capitaina do grande almirante, e que tinha cinco regulares a coadjuvá-lo.

Só, porém, os capelães das naus, com que Albuquerque largou de Belém, à entrada de Abril de 1506, praticariam «em larga escala a acção missionária da Índia», e foi o êxito dessa prègação que «estimulou o zêlo das Ordens religiosas de Portugal», para as quais o Oriente se fazia «um vasto campo onde podiam exercer vantajosamente a sua benéfica acção» (³). Em 1517 aportava a Goa fr. António de Louro, com oito padres da Congregação dos Observantes. Era a primeira comunidade religiosa que ali se estabelecia definitivamente, levantando à glória do Poverelo, cujos filhos eram, convento e igreja. Até que em 1542, apareceu naquelas plagas S. Francisco Xavier, núncio apostólico. Nunca mais a piedade deixou de florir naquelas partes do mundo. A casa professa que dali a curto tempo instituíam os jesuítas, outras fundações seguiram-se e Goa tornava-se dêste modo um vergel cuja floração prodigiosamente se multiplicava em novos mosteiros e santuários. Após a Companhia, passavam à Índia dominicanos, agostinianos, capuchinhos, carmelitas. «Esta expansão do cristianismo determinou as sucessivas concessões e privilégios com que Goa,— o centro donde irradiava a salutar acção dos missionários cristãos, — foi contemplada pelos papas» (⁴). Primeiro sujeita, com tôdas as conquistas portuguesas da Ásia e da África, ao prior-mor da Ordem de Cristo, a Índia, como todo o Ultramar, ficava a partir de 1514 sob a jurisdição da Sé funchalense, acabada de criar pelo papa Leão X (⁵).

---

(3) P.e Castilho de Noronha, *A acção missionária na Índia* (Boletim Geral das Colónias, n.º 49).

(4) P.e Castilho de Noronha, *art. cit.*

(5) Leão X concedeu então «aos reis de Portugal o padroado dessa Sé, outorgando-lhes, dois anos depois, o direito de apresentar pessoas idóneas para

Estava instituído o Padroado Português no Oriente (⁸).

Outras bulas posteriormente o definiram e regularam. Em 1557, Paulo IV publicava três constituïções. Uma, *Et si sancta et immaculata,* desanexando Goa da Sé do Funchal, elevou-a à dignidade de igreja metropolitana e primaz das Índias; pelas duas outras, *Pro excellenti praeminentia,* erigia os bispados de Cochim e de Malaca, fazendo-os sufragâneos da diocese de Goa. Compreendia o primeiro Coulão até ao Cabo Camorim e tôdas as praias de Travancore e Pescaria, e ilhas de Ceilão e Manar, e muitas outras adjacentes; abrangia a diocese de Malaca, o reino de Malaia e os de Sião, Tonquim, Camboja, Ciampa e Cochichina, bem como as ilhas de Achem, Macassar, Solor e Timor com as Molucas e outras, vizinhas. Ao rei de Portugal era ao mesmo tempo concedido o padroado destas três sédes, de todos os benefícios que existiam e dos que viessem a fundar-se. Assim sucedeu em 1575, quando Gregório XIII, pela bula *Super specula militantes Ecclesiæ,* instituiu o bispado de Macau, declarado sufragâneo da metrópole goesa (⁷).

Provinha o pessoal das ordens religiosas estabelecidas na antiga capital da Índia Portuguesa, onde, ombro a ombro, colégios e seminários preparavam padres.

Em 1637, o vicariato apostólico de Decão ou seja do Grão Mogol.

Era a primeira instituïção oficial da Congregação da Propaganda Fide no Oriente.

Na decadência do poder português e pobreza dos nossos

---

tôdas as igrejas que fôssem fundadas ou dotadas nas terras descobertas ou conquistas, reservando à autoridade eclesiástica a confirmação.» P.e Castilho de Noronha, *art. cit.*

(6) Relatório do dr. Couceiro da Costa, governador geral do Estado da Índia, in *Relatório do Ministro das Colónias,* J. B. Cerveira de Albuquerque, 1912-1913.

(7) P.e Castilho de Noronha, *art. cit.*

recursos para acudir às missões, colhera a Côrte Pontifícia o principal argumento com que justificou a iniciativa.

«Desde muito que havia — escreve Pinheiro Chagas, —dissentimentos e conflitos entre a côrte portuguesa e a de Roma, acêrca do exercício do nosso direito de padroado nas igrejas do Oriente. A medida que ia declinando o nosso poderio e grandeza, assim também íamos deixando de prover às necessidades espirituais daquelas igrejas, obrigação inherente ao direito do padroado. As alterações que se deram no reino quando se efectuou a mudança do regime político, agravaram ainda esta situação, deixando de ser confirmadas algumas nomeações de prelados que o govêrno de D. Maria II fizera às dioceses do Oriente» [8].

Novos vicariatos sucedem-se ao do Decão: o do Malabar, em 1657; os de Bombaim e Tibet, em 1720; os do Ava e Pegu, na Birmânia, em 1727; os de Bengala, Madrasta e Ceilão, em 1834.

Nem sempre aos prelados portugueses se tornara fácil defender as prerogativas do padroado, como sucedeu ao bispo de Goa, D. José Maria da Silva Tôrres (1844-1849) [9].

A concordata de 21 de Fevereiro de 1857, ratificada pelo Govêrno português em 6 de Fevereiro de 1860, restringia o antigo direito de padroado real no Oriente à igreja metropolitana e primacial de Goa à igreja arquiepiscopal *ad honorem* de Cranganor, e às igrejas episcopais de Cochim, Meliapor e Malaca, quanto à Índia, e à igreja episcopal de Macau na China, isentando da subordinação as missões da China, Cochinchina e Japão [10].

---

[8] M. Pinheiro Chagas, VI vol. da *História de Portugal* por um grupo de homens de Letras.
[9] F. M. Bordalo, *Ensaios sôbre a estatística das possessões portuguesas no Ultramar*, L.º V.
[10] P.e Castilho de Noronha *art. cit.*

Por estar em discrepância com Loulé quanto aos termos ajustados no acôrdo, largara Vicente Ferrer a pasta da Justiça e dos Negóccios Eclesiásticos, pelo liberalismo estreme ainda alvejado por causa das primeiras irmãs de caridade, andorinhas vindas dos céus da França. Dirigindo-se num opúsculo a Sá da Bandeira, então ministro da Marinha e Ultramar, a quem, como tal, competia aplicar a concordata, o autor da *Voz do Profeta,* apostrofava-o dêste modo: «Acorda, moderno Bayard, que te mataram! Não da morte que tu despresas, e diante da qual nunca se te contraíu um músculo do rôsto sereno; mas da morte de uma grande glória!»

O folheto de Herculano, a saída de Ferrer,— refere Júlio de Vilhena, a corrente dos regalistas constituída pelos velhos jurisconsultos, levaram o govêrno a continuar as negociações para vêr se conseguia atenuar a situação. A crítica de Herculano é rôda duma absoluta pureza de princípios e de doutrinas. Êle não admite que o padroado seja o resultado da concessão pontifíca por bulas ou cánones: para êle, como para todo o regalista, o padroado é um direito do poder temporal, fundado no facto da fundação e da dotação das igrejas. Os direitos do padroado «exercidos em território nosso, a acção do soberano procede do pacto social; fora dos nossos domínios estriba-se nos factos que criam o padroado, a fundação, edificação, dotação e prescrição.» É a pura doutrina da jurisprudência portuguesa, mantida, durante séculos, no ensino universitário ([11]).

Estava reservado a Rodrigo da Fonseca, no dizer de Martins, novo exemplar, beirão e burguês, do Morny,— a ractificação do acôrdo, que assinou com o cardial Di Pietro, legado pontifício.

Mas por motivo do arcebispado de Goa não tardariam a renovar-se sizanias, em que se chegou a fulminar a excomunhão...

([11]) Júlio de Vilhena, *D. Pedro V e o seu reinado*, vol. II.

Era preciso voltar a negociar.

Em 23 de Junho de 1886, depois de aturadas negociações entre Martens Ferrão, nosso embaixador, e a Santa Sé, assentara-se numa nova concordata.

Celebrada em documentos oficiais como um triunfo, (vidé o relatório que precede o decreto de 22 de Junho , que aprovou a concordata, o relatório do nosso embaixador e a resposta do rei D. Luiz I, de 10 de Fevereiro, daquele ano, à carta de Leão XIII), na Índia produziu geral desapontamento, como se mostra duma série de publicações então vindas a lume e na reclamação dos cristãos de Ceilão, que pretendiam continuar na jurisdição do Padroado, tendo, para isso, enviado a Lisboa e a Roma um delegado, que nada conseguiu. A essa concordata seguiu-se, nos termos do que nela se estipulara, a constituição *Humanae Salutis Auctor,* de 1 de Setembro, pela qual a Sé de Goa, primacial há muito no Oriente, o que já se disse, foi elevada a Patriarcal das Índias Orientais e se instituíu a Hierarquia Indiana. Não só em virtude das Constituições de 1534 e 1557, e da concordata como de ulteriores acôrdos, veio a arquidiocese de Goa a compreender Goa e Angediva, na Índia Portuguesa, e na Índia britânica além do território pertencente ao Canará do Norte, o que abrangia o antigo varado de Sawant--Waree, ficando a depender também da jurisdição ordinária de Gôa a igreja da Conceição de Puna, na diocese do mesmo nome, inclusa na província eclesiástica de Bombaim, sendo ainda sufragâneas da mesma sé as dioceses de Damão, Macau, Meliapôr (12).

Quanto à diocese de S. Tomé de Meliapor, instituída em 1606, por Paulo V, a instâncias de Filipe III, de Portugal, formaram-na várias porções de território e igrejas isentas nas dioceses de Triquinópoli, Madrasta, Calcutá e Dacá, desde o Cabo

---

(12) Couceiro da Costa, in *Relatório* de Cerveira de Albuquerque.

Camorim, no extremo sul da Índia, seguindo por rôda a costa oriental até o norte do golfo de Bengala (¹³).

*

* *

O bispo via uma catedral de esbeltas agulhas góticas, nova em fôlha, mas com uma história de contrariedades e dissabores.

No dia em que a haviam dado por pronta, D. Henrique Reed da Silva, que caprichara em suportar até ao fim tôdas as atribulações, que ela lhe valera, nesse mesmo dia porventura pensou em resignar e antes que um ano tivesse passado sôbre a cerimónia da sagração (¹⁴) depunha o pesado fardo do govêrno, retirava para Lisboa.

Um homem, segundo parece, pouco atreito a considerar em qualquer ideia, por que se apaixonava, a sua dosagem de possibilidade realizadora. Quando obrigado a orçamentar, os números que assentava no papel, eram ainda cálculos de ilusão, de sonho... Sucedeu isso com o projecto da catedral. Entretanto no meio dos apuros de dinheiro, tão afligidores, êle lembrava aquele legionário de Pompeia, a quem a lava não fez arredar

---

(¹³) Couceiro da Costa, relatório já citado.
Quanto às dioceses de Damão e de Cochim:
À primeira à qual se deu o título arqui-episcopal de Cranganor, abrange os distritos portugueses de Damão e Diu, e, na presidência de Bombaim, o território limitado ao sul pelo arcebispado de Goa, ao norte pelo rio Nerbuda, a leste pelos Gates e a oeste pelo Índico e ilha de Bombaim, pertencendo igualmente à sua jurisdição as cristandades de Mazagão, Dabul, Cavel, Parel, Salvação e S. Miguel de Mohim, com suas igrejas, capelas e outras instituïções dependentes, situadas na dita ilha de Bombaim.
Compõe-se a de Cochim de dois extensos territórios delimitados em 1893: o primeiro situado parte em Cochim britânica e parte nos Estados nativos de Cochim e Travancore; o segundo cabe no estado nativo de Travancore. A diocese de Macau compreende os vicariatos gerais de Macau e de Malaca e as missões de ilha de Timor (*Notas do referido relatório*).
(¹⁴) Realizada em 10 de Maio de 1896, tendo lançado a benção D. António Sebastião Valente, primeiro patriarca das Índias.

um passo do pôsto que guardava. E assim, de vagar, o corpo da catedral se foi estendendo, iam rompendo os pináculos, em subidas nervuras da abóbada encontravam-se, nave adiante, os arcos. Um dia, porém, o bispo, balzaquiana personagem no transe, sentiu como nunca até ali, sôbre o peito a ponta afiada das circunstâncias... Ficaria por concluir a fábrica? Serviu-lhe na conjuntura o primeiro argentário cuja estância se lhe abria — certo rajá de Bengala. Vieram ambos, por último, a uma transacção; o bispo arrendava perpetuamente todos os bens da diocese; o outro, entrava com uma renda anual, além de um bonus de ocasião. A princípio tudo correu em maré de rosas. Com um vagaroso ritmo de alvenéis e mais mecânicos de construção, voltara-se à obra. Mas a certa altura, começaram a dar-se desmandos na cobrança das terras arrendadas aos cristãos. A opressão do nababo tornou-se mesmo atroz (¹⁵). As comunidades reclamaram. A catedral estava finalmente de pé... Contudo sôbre ela pesavam bulcões de tempestade...

D. António Barroso assumiu o govêrno da diocese.

Foi intentado então um processo, que fez barulho, de anulação do arrendamento, por ausência de formalidades legais no contrato. E o processo seguiu... (¹⁶).

A nova catedral de Meliapor tinha custado cêrca de 200.000 rupias (¹⁷).

*
* *

Pouco mais de um ano demorou D. António Barroso na diocese.

---

(15) Couceiro da Costa no relatório citado.

(16) A questão só foi resolvida, sendo bispo o sr. D. Teotónio Vieira de Castro, por sentença arbitral do Alto Tribunal de Calcutá, que determinou o seguinte: certa area de terreno isolado, onde não havia cristãos, ficaria na posse do rajá, pagando êste a renda anual correspondente; ao prelado diocesano era feita a devolução da restante parte, a mais importante, onde estavam as igrejas e cristandades.

(17) Couceiro da Costa, *ob. cit.*

Apesar disso nomeada ficaria a sua passagem por ela.

Como fizera em Moçambique, curou mazelas de que sofria o arquivo da Curia episcopal e, votando-se a obras sociais de educação e assistência, reinstalou o Orfanotrófio de Madrasta, alargando-lhe a capacidade de internamento; mandou fazer em Nazapatam casas para escolas e arrotear terrenos em maninho, incorporados a algumas igrejas; instituíu no seminário diocesano uma cadeira de introdução à filosofia tomista; orientou, construíu, reformou. E continuou a provar-se infatigável, intrépido viajante, jornadeando através das ardentes planuras gangéticas, de visita a missões e comunidades. Assim, em tôrno do seu báculo reüniu os rebanhos das terras chãs de Maduré, Bandel, Dacá, Nagory e sua benção derramou-se em templos e fóra dêles à braza do sol, sôbre cabanas de bambú, arrozais e outras, plantações, oficinas de vária sorte, onde houvesse almas, cristãos...

Por motivo do litígio jurisdicional com o bispo de Triquinópoli, ao chegar o novo bispo a Meliapor, continuavam as igrejas de Maduré impossibilitadas de realizar em seus adros, procissões e outros actos do culto externo. Da situação tratara, como é sabido, na audiência privada que o Santo Padre Leão XIII lhe concedera. Três vezes trocou o seu paço pelas incomodidades do estirão a Colombo, na ilha de Ceilão „ onde o delegado apostólico fazia residência. Graças a estas prontas idas e voltas lograra chegar a um acôrdo com o bispo gaulês e só faltava passá-lo da minuta a definitivo, já alguns dias haviam decorrido sôbre o ajustado, quando o bispo de Triquinópoli, reconsiderou, repêso, e, conseguindo mais uma vez tocar os humores do delegado apostólico, obtinha dêle a segurança de transmitir à Nunciatura de Lisboa, um acervo de queixas contra o prelado português. De cá o próprio núncio, ao ter nas mãos a papelada, o avisava do que ocorria, aconselhando-o a vir por Roma — estava D. António Barroso nomeado para a Sé portucalense, — a-fim-de ocupar-se do caso na

Cúria (¹⁸), onde o delegado apostólico, que devia ter embarcado, pretendia reforçar com a sua presença os interêsses e a exposição de agravos do antistite francês.

Havendo acabado os trabalhos do Congresso Eucarístico de Madrasta em que tomara parte com os bispos de Crisnagor, Cochim, Haiderabade, Nagpur e o bispo-coadjutor de Madrasta, D. António Barroso fazia pouco depois as suas despedidas.

*

A 24 de Janeiro (¹⁹) tinha descido, entre o alteroso dobrar dos sinos, à cripta da sé catedral do Pôrto, o cadáver do cardial D. Américo.

A 21 de Fevereiro, um decreto apresentava como novo bispo D. António Barroso, nomeação logo, em reünião de 20 de Maio, confirmada pelo Consistório.

---

(18) P.e Sebastião de Oliveira Braz, *Esbôço biográfico*.
(19) De 1899.

XVI

SUEZ já ficava longe, e Porte-Said com os seus paquetes, o seu pitoresco levantino. O barco assomava sôbre ondas de um novo mar...

Ao largo, a bombordo, era Malta com o arreganho dos seus muros, o cenário do lar dos cavaleiros da igreja de S. João, das *albergas* das nove províncias da insigne Ordem. Os últimos lampejos do sol daquele dia, no atoalhado das águas a ocaso, lembravam o grande pano vermelho do estandarte dos freires em que a cruz se entalhou a branco. Sicília, de face antiga e adusta, entoada nas modulações da flauta pastoril de Teócrito, e, para além do estreito, uma profusão de enseadas, cabos, golfos, engastando-se num litoral trabalhado pela fantasia dum mago escopro... Na fina translucidez dos horizontes, qualquer vela enfunada, ao ajeitar-se à volta dum promontório, ou rompente dum estuário, fazia pensar na suave voga dum cisne... As praias da Calábria seguiam-se as da Campânia, de areias que evocam a pègada do piedoso Enêas... Capri, refúgio entre rosais, mármores e ninfêas, de Tibério neurasténico... Era já o esplendor irreal da baía de Nápoles...

Um *treni diretti* levou-o a Roma, onde, havia um mês, o vigário apostólico de Ceilão aguardava audiência do Sumo Pontífice. Leão XIII escusara-se a ouvi-lo, antes de receber o prelado que vinha a caminho e a quem acolheu logo ao terceiro dia de estada na Cidade Eterna. Das explicações produzidas resultou o prevalecimento do ponto de vista português (¹). Foi cordealíssimo o novo encontro de que D. António Barroso retirou feito bispo assistente ao sólio pontifício, dignidade com que o papa procurou, porventura, compensá-lo dos amargores da intriga. A embaixada de Portugal junto da Santa Sé oferecera-lhe um jantar, e à mesa, naquela noite, sentaram-se, entre os convivas, dois purpurados, antigos núncios em Lisboa, os cardeais Vanuteli e Jacobini. Até que na manhã de 9 de Julho saíu no *ferrovie*.

De caminho, apeou-se em Lourdes para visitar a gruta miraculosa.

E a 15 entrava, por Vilar Formoso, em Portugal.

(¹) «A duplicidade de vigário Apostólico deu-lhe em resultado cristalizar no seu posto sem probabilidade de acesso, — escreveu o biógrafo rev.º Oliveira Braz em 1921 — estanceando ainda hoje pela Índia na mesma situação, e D. António Barroso saíu de Roma cumulado de afectos e atenções, que lhe dispensou o imortal Leão XIII; as bases por êle lançadas ao estudo duma questão tão complicada, tendo o *placet* da Santa Sé como do Govêrno português, ainda não foram substituídas, ou derrogadas». Afinal, refere por sua vez o cónego Augusto Ferreira nas suas *Memórias arqueológico-históricas da cidade do Pôrto*, o litígio foi resolvido «a favor da cristandade do nosso Padroado, e reconhecida ao bispo de Meliapor a jurisdição omnimada nas mencionadas igrejas.»

XVII

No dia 2 de Agôsto o sr. D. António Barroso deixava a capital no «correio», acompanhado pelo tenente-coronel de Engenharia, conselheiro Fernando de Sousa, e pelo redactor do *Reporter*, J. Petra Viana, seus particulares amigos ([1]).

A-pesar do combóio passar tarde em Coimbra, à estação velha viera cumprimentá-lo uma deputação de lentes. Na Pampilhosa outras pessoas o fizeram também. Era dia claro quando a locomotiva rompeu nas agulhas de Estarreja. Logo foguetes estalaram no ar e a música da Murtosa soprou as melhores notas dos seus metais. Na estação aguardavam o governador civil de Aveiro, senhoras e homens grados do concelho, tôda a clerezia e já havia gente do Pôrto. O sr. D. António ia ser hóspede, durante algumas horas, da pitorêsca vila, donde retiraria, em combóio especial, oferecido pelos seus novos dio-

---

([1]) Por procuração do sr. D. António Barroso tinha tomado posse do bispado do Pôrto, o vigário capitular dr. Coelho da Silva, tendo-se seguido à cerimónia *Te-Deum* na Catedral.

193

13

cesanos. Dado a beijar o anel, dirigiu-se para o hotelzinho da terra, a descansar. Visitou depois a Câmara Municipal, que, como nas grandes ocasiões, decorara de colgaduras a fachada, e, na volta, almoçava em lusida companhia. À porta da pensão, tocava a filarmónica. Por motivo de um tão considerável acontecimento, ninguém pegara no trabalho por aquelas várzeas fora.

Até ao Pôrto, em tôdas as estações principais, repetiram-se cumprimentos, apareceram outras filarmónicas, estalaram girândolas no ar claro. Foi assim em Avanca, em Ovar, em Esmoriz. Em Espinho convidaram-no a ir à Assembléia e durante o pequeno percurso tombara sôbre a capota do *landau* uma chuva de pétalas. Matinada de repiques. A estação da Granja parecia um salão... Nenhuma senhora ficara nos *chalets* ou na praia. Afluíra rôda a fina flor que ali já veraneava. Para a carruagem subiram o conselheiro Pina Calado, governador civil, os vereadores, outros magnates portuenses. Depois a locomotiva tornou a silvar. O combóio começou de novo a correr. Ainda não eram nascidas a Aguda, Miramar e por isso daí a pouco rodava entre dunas, que a espuma de prata franjava e onde crescia o verde pino... Perdendo, depois, de vista o mar, ia deixando, sucessivamente, na velocidade que tomara, os exíguos cais de Valadares, da Madalena, de Coimbrões até surgir ruidoso sôbre as placas da estação de Gaia. Ali perfilavam-se os bombeiros da vila, com a sua banda. Vieram as crianças das escolas com seus estandartes. O prelado, descendo, abandonou, risonho e feliz, o anel ao ósculo de rôda a gente. Soltavam-se vivas. A primeira mensagem de boas vindas foi então lida. Voltando o pequeno combóio a por-se em movimento, a bataria da Serra do Pilar não tardava a troar, salvando. De súbito, suspensa alto, sôbre o rio e o seu pequeno enxame de embarcações, aparecia a ponte e então aos olhos do bispo desdobrou-se o amplo panorama da cidade, afogueada ao sol, a subir dos cais, dos arcos, das congostas e dos degráus ribeirinhos até aos pináculos do Bonfim, da Lapa, dos

Clérigos com suas tôrres dominantes. Em baixo, à direita, espraiava-se o esteiro de Campanhã para o qual se debruçavam frondosos arvoredos de ·velhas. quintas. No seu morro,. para além das outras pontes, lá estavam a ·Sé ameiada, o imponente vulto do paço episcopal, ·golpeado de grandes janelas de frontão. Uns minutos ainda.e terminava a viagem e·o sr. D. 'António saía da estação para um trem tirado a cavalos brancos. Era dia de semana mas nas fábricas cessara cedo o trabalho, bancos e outros ·estabelecimentos tinham fechado. A soalheira apertava-se a multidão e o · prelado sorria, deitava a benção... A fina barba, que se lhe talhava em bico sôbre o peito, foi uma simpática .novidade, provocava a curiosidade. Dir-se-ia que ela o aproximava mais do comum dos homens (²). O esquadrão do 9 metera logo a trote e um oficial,. a espada desembainhada, foi colocar-se à estribeira; após, uma longa fila de carros. Pelas ruas adiante as janelas ostentavam as colgaduras dos dias em que, por debaixo delas, passavam procissões. Um alegre. repique, de sinos desatou aos quatro pontos cardeais. Ao sonoro tanger das tôrres de Santo Ildefonso, o bispo apeou-se, subiu entre mesuras e genuflexões o escadório, ao cimo do qual ·o. aguardava o Cabido. Ia ser paramentado. Ao deixar o altar mor já lhe tinham colocado sôbre os ombros uma deslumbrante.capa de asperges, na cabeça, que começava encanecer, assentava a mitra bordada a oiro e de pedraria, recebera a investidura do báculo empunhado na destra enluvada a carmezim. Dêste modo viram-no depois voltar de dentro, majestoso, afável, e descer a escadaria da igreja. Então até à Sé vizinha formou-se um cortejo processional, em que o antístite teve como caudatário. o governador civil.

· Na ocasião em que o pálio ia a transpôr o pórtico da rosácea,

---

(²) «Ainda hoje, lá na minha terra, — conta no ·In Memoriam; ·de homenagem, publicado em 1931, o sr. Francisco Neves Teixeira, natural de Estarreja, ao recordar «a manhã longínqua» da solene entrada, — falando-se do prelado, se lhe chama com simpatia o «sr. bispo das barbas».

a figura alta do sr. Lima Júnior, de características suiças, rigorosamente encasacado, adiantou-se, à frente da vereação a que presidia, para saüdar em nome da Cidade o bispo, que chegava. E com solene entono leu a mensagem de boas vindas. «Entraïs, Ex.ᵐₒ e Rev.ᵐₒ Sr. — disse, — na cidade da Virgem e na cidade da Liberdade!» Dava satisfação com estas palavrar à piedade e ao sentir patuleia, pé fresco do burgo. Após referiu-se, exaltando-o, ao génio missionário do grande prelado que exemplarmente difundira em terras do Ultramar a religião de Cristo e o amor da nossa Pátria.

Terminado êste acto protocolar o pálio adiantou-se na nave... Soou o bronze nas duas tôrres da catedral, sobranceiras, minazes como cubelos; a capela de Badoni rompeu, no côro, o *Ecce Sacerdos magnus* e a breve trecho entoavam-se os laudes magníficos do *Te Deum*.

Por fim, lançada a benção, o sr. D. António Barroso encaminhou-se para os seus paços.

Subindo, lentamente, no meio das dignidades eclesiásticas do cabido, a aparatosa escadaria de três lanços sôbre a qual, ao alto, no lindo lanternim se delia o último vislumbre daquela tarde, atravessava depois a grande sala nobre dos retratos. O bispo ia dar a sua primeira recepção.

Assim que por completo anoiteceu, a cidade relumbrou. Na feira de S. Bento, na rua do Loureiro, na rua Chá, de sociável vizinhança de santeiros, de comerciantes de ouro e de algibebes, brilhavam festões de luminárias; tôrres altaneiras na païsagem urbana, — as da Sé, de Santo Ildefonso, dos Clérigos, da Lapa, do Carmo, — estampavam-se vestidas de muitos lumes; e nas cimalhas do Govêrno Civil, da Escola Médica, na correntesa das sacadas municipais, à Praça Nova, como em noites de gala, ardiam, burocráticos, sonolentos, uns pobres bicos de gás...

XVIII

E RA um homem de amplo peito e vastos ombros de atlante, face larga, grandes olhos embebidos de bondade. Não nos impressionava, pois, por uma expressão de misticidade a sua figura. D. António Barroso foi invariàvelmente um homem do torrão, a sua batina debruada de rôxo não pudera sumir o camponês, apegado a ela. Passando uma vez por Manica, a sua pena, como já noutras ocasiões fizera, não resistia ao gôsto de registar os seus pasmos de rural: «Que beleza de produção!» (¹) Doutra vez, discursando em Barcelos, na inauguração do Sindicato Agrícola, afirmava que a terra era para as suas energias uma fonte de renovação como o fôra para Anteu que, sempre que queria elevar-se mais no espaço, baixava até tocá-la com os pés... Assim definia o seu carácter. Os seus olhos, os seus anelos, erguendo-se ao Céu, partiam do solo. Viveu constantemente na comunidade dos homens.

(¹) Aludindo à sua acção pastoral na diocese do Pôrto, aponta na biografia de D. António Barroso, de que é autor, o sr. dr. A. Ferreira Pinto: «As escolas agrícolas devem-lhe um grande impulso pela provisão de 22 de Outubro de 1905».

Como em África, não cessou de provar, na nova diocese, um incansável zêlo. Começou pelos povos e freguesias mais afastadas, de mais incómodo acesso, como os das serras do Marão e da Gralheira, as visitas pastorais. «Procuraremos, — escrevia anunciando-se, — saber como prégam a palavra divina, como acodem pressurosos à administração dos Santos Sacramentos e promovem diligentemente as obras de devoção e se empenham na decência do culto católico, que é eficaz para afervorar e radicar os sentimentos de piedade». No burgo, que em resultado de contendas, noutros tempos, com a Mitra, guardava em geral uma atitude de reserva à entrada de cada novo prelado, a circunstância de D. António Barroso vir do Ultramar, o renome dos seus serviços em África, de padre e de pioneiro, abriam-lhe entre os moradores o mais largo crédito de simpatia. Com a sua álgida distinção, o seu antecessor nunca fôra amado. Uma linha principesca distanciava-o, tornava-o inacessível. E contudo o cardial D. Américo era um homem íntegro. Provou por isso não poucos dissabores. Uma vez vaiaram-lhe o nome à porta da Catedral. A lira romântica e anticlerical de Guilherme Braga soltou dos seus bordões exaltadas estrofes. Dois anos não teriam ainda passado, quando D. António viu o temor, devidamente explorado, do Ultramontanismo, insurgir-se contra a sua atitude na chamada «questão religiosa», que o caso Calmon provocara. Foi em Abril de 1901. Sendo de todos os membros de Episcopado português o mais novo, designaram-no para entregar ao rei uma representação a favor das Congregações. O burgo carregou o sobrecenho. Não gostou. Indo a Coimbra, a-fim-de assistir a um acto de doutoramento, na qualidade de padrinho do doutorando, ao assomar na severa sala dos Capelos para cá da teia rompera uma pateada. O bispo sorriu benevolamente, continuou a caminhar sôbre a alcatifa e foi sentar-se sereno no lugar que lhe estava reservado nas Doutorais. O desmando não resistira ao porte austero e digno do prelado, — e cessou logo. Quanto ao amuo do Pôrto pé-fresco depressa passou também e o *coupé* vermelho e preto dos bispos voltou a rodar nas ruas da cidade entre o tirar-de-chapéu dos transeuntes.

Era o Paço porta-aberta a tôda a gente.

Cedo a caridade do antístite começara a dar as suas «florinhas». O que já se contava! Tudo o que tinha, repartia-o o venerando pastor pela pobreza. Não vendo limites à caridade, respeitosamente, algumas vezes os familiares, constrangidos, chamaram-lhe a atenção para uma liberalidade, que colocava em apuros os encargos dum frugal passadio.

Tendo-o visitado no verão de 1910, o sr. dr. Júlio Dantas descreveu essa visita numa página em que, através dos cuidados da forma que a realça, se adivinha a emoção com que retirou do encontro: «Assomamos, — conta o ilustre homem de letras (²) a uma janela para ver lá em baixo, no Douro, faíscante de sol, a linha fenícia dos barcos rabelos, subindo o rio. Quando depois de atravessar as salas nobres da residência episcopal, — quadras de opulenta fábrica seiscentista, com os seus tectos doirados em caixotões, as suas velhas pinturas, os seus silhares altos de azulejo, — chegamos à pobríssima alcova onde dormia o bispo do Pôrto, à sua humilde cama de ferro coberta de chita, à sua tôsca mesa onde havia apenas uma cruz e a *Imitação* de Cristo, os olhos, sem querer, turvaram-se-me de lágrimas, a figura angélica de Frei Bartolomeu dos Mártires resplandeceu diante de mim, e, talvez pela primeira vez na minha vida, eu apreendi em rôda a sua pura e tocante beleza a sublimidade do pensamento cristão».

*   *

Em 13 de Dezembro de 1907, nos Jerónimos, do alto de um púlpito do cruzeiro, a voz do prelado soou, a exaltar

---

(²) Júlio Dantas, *Espadas e rosas.*

Deus e as novas glórias, acabadas de colher em África, por soldados portugueses (³).

Foi na solenidade do *Te Deum* congratulatório da vitória alcançada sôbre os cuamatos, que vingara o massacre de 1904.

«Uma nação, — exclamou em certo passo da oração que pronunciava — não deve ser avaliada só pelo âmbito, mais ou menos largo, dos seus limites, pelo número dos seus habitantes e pelos valores monetários encerrados nas arcas do seu tesouro; mas deve sê-lo principalmente pelas energias do seu caracter, pela nobreza dos seus sentimentos, pelo valor do seu exército, pelo seu concurso eficaz no desenvolvimento da civilização dos povos, a quem levou a sua fé ardente, as suas instituïções venerandas e a sua língua. O povo que, em síntese admirável, reúne todos estes predicados, é o heróico povo português, cujo primeiro bracejar *fora do ninho seu paterno* foi dirigido para as terras de África». «A sombra de louros ganhos no campo de tantíssimas batalhas, feridas em tão distantes pontos do globo, lançámos as bases do nosso império africano, alicerçando-as no valor, nunca desmentido, do nosso soldado, e na fé ardente do nosso missionário. Soldados de duas nobres milícias distintas, mas caminhando paralelamente para um mesmo fim, um brandindo a espada, outro empunhando a cruz, investiram com o sertão ignoto, e foram os primeiros que ao mundo lhe patentearam os segredos, os mistérios e as riquezas». Já êle havia axiomado: «O destino e o futuro de Portugal estão em África». «O último quartel do século XIX [foi] decisivo» para os destinos nacionais no contingente negro. Um movimento de simpatia humanitária e de interêsse mercantil se dirigiu [para ali], compreendendo e interessando na sua intensidade a religião com os seus missionários, a ciência com as suas explorações, os governos com as suas chancelarias, as bôlsas com os seus capitais. É preciso conhecer-se a literatura africanista do nosso

(³) Pelas fôrças expedicionárias ao Cuamato, comandadas pelo capitão Alves Roçadas, mandadas a ocupar e a vingar o massacre de 1904.

MONUMENTO AO BISPO D. ANTÓNIO BARROSO EM BARCELOS

tempo para se avaliar com justeza a sôma de esforços, em todos os ramos da actividade humana, que os povos cultos estão empregando para realizar essa obra portentosa, que se resume na conquista da África para a civilização. Os nomes de Launay, Darcy, monsenhor Le Roy, Aguard, Casati, e tantos outros, valem por muitos campeões em prol da obra de mais largo alcance social, que o mundo hoje tem de realizar. E se algum povo se pode considerar em condições propícias para desempenhar essa função civilizadora em África, êsse é certamente o povo português, pois que nenhum o pôde exceder em dores favoráveis e apropriados a essa função brilhante». «Os heróis portugueses dos séculos xv e xvi serão substituídos pelos grandes portugueses, que, no século xx, afirmarão perante o universo a supremacia da sua raça e a nobreza da sua ascendência».

Relembrando os fastos de Coolela, Marracuene, Magul, Manjacaze,— resumia nestes termos o valor de todos:

«São os marcos gloriosos do itinerário da hoste portuguesa, ao qual põe um remate épico o feito extraordinário de Chaimite, em que o maior potentado africano é aprisionado por um punhado de portugueses comandados e sugestionados por êsse inolvidável e grande Albuquerque moderno. Assim finaliza, com imensa glória para Portugal, uma expedição que ficará memorável nos anaes da valentia humana e que faria honra a Duguesclin, a Cid e a Nuno Álvares».

E dirigindo-se aos vencedores do Cuamato e doutros gentios, terminou dêste modo, a oração congratulatória:

«Como vós conhecedor das agruras dêsse sertão que visitastes, como vós lutador em dias difíceis pela causa da nossa Religião que se une tão bem com a causa da nossa Pátria, abençôo dêste lugar a vossa obra patriótica, que Deus bendiz e que a Pátria enaltece. Por tudo, sois dignos da nossa benção, da nossa gratidão.»

A mitra do Pôrto não fizera esquecer o padre africanista. A sua experiência, com efeito, às suas luzes se recorreu quando em 1908, era ministro da Marinha o conselheiro Augusto de Castilho, se pensou na remodelação do Instituto das Missões Ultramarinas. À comissão presidiu o notável pedagogo, coronel Marques Leitão. Essa comissão chegou a elaborar um projecto mas «a desvairada marcha da coisa pública» (⁴) inutilizou-o. E ficou por isso no papel.

«Pelo Paço Episcopal passavam coloniais distintos e missionários que vinham visitar um antigo companheiro da África e da Índia, trocar impressões, recordar viagens, acontecimentos alegres e tristes, enfim, relembrar um passado de trabalhos e também de glórias religiosas e patrióticas. Com essas e outras visitas que muitas vezes apareciam, à noite, mantinha o sr. D. António a mais interessante das cavaqueiras» (⁵).

*

* *

Sendo um dos sinatários da Pastoral colectiva de 24 de Dezembro de 1910, — publicada a pouco mais de dois meses da proclamação do novo regime, — o decreto de 7 de Março de 1911 destituíu-o das funções de bispo e de governador da diocese do Pôrto, com proïbição de voltar a ela, e arbitrava-lhe, em atenção aos serviços que havia prestado no Ultramar, a pensão de 1.200$oo, que o venerando antístite não aceitou. Pretendeu o governador civil ao tempo, dr. Paulo Falcão, que o Cabido ordenasse «a demonstração de *sé vacante,* isto é que os sinos dobrassem...» «Respondi-lhe, — conta o Deão (⁶) muito mansamente, que sòmente se fazia isso quando o Prelado falecia, e que eu não daria essa ordem». Uma comissão de párocos a que

_____

(⁴) D. António Barroso já no Pôrto, recebeu a medalha de ouro de serviços relevantes, prestados no Ultramar.

(⁵) Cónego A. Ferreira Pinto, *D. António Barroso,* 1931.

(⁶) Cónego J. Augusto Ferreira, *Memórias arqueológico-históricas da cidade do Pôrto.* Era deão o sr. dr. Manuel Luiz Coelho da Silva, falecido, sendo bispo resignatário de Coimbra.

presidia o sr. dr. Correia Pinto, abade de Miragaia, logo que teve notícia da destituïção, procurou aquela autoridade, a fim de pedir a sua intercessão pelo prelado. O dr. Falcão referindo-se ao govêrno da diocese, por ventura sugerindo a necessidade de prover nêle alguém, estabeleceu confronto entre o que se passava e o que se dera com o bispo de Coimbra, D. Miguel da Anunciação, mandado prender pelo marquês de Pombal. Os sinos haviam tocado a *sé vaga* e fizera-se depois a eleição do Vigário Capitular. Ao que o dr. Correia Pinto atalhou :

— E V. Ex.ª sabe qual foi o fim dessa história?... O bispo, decorridos nove anos de prisão, voltou a governar a diocese, e, quando passava em Pombal, o marquês, com a esposa, foi beijar-lhe o anel.

Quanto ao prelado teria comentado nestes termos a provação :

— Recebendo o castigo que me foi imposto, dou graças a Deus, por mais uma vez me julgar digno de sofrer alguma coisa! ... (⁷)

Impuseram-lhe então residência forçada em Sernache. Pouco tempo, porém, ali demorou, por motivo do levante de uma parte dos discípulos, agitados pelo sopro revolucionário que entrava pelas janelas do colégio. Foi isto em 19 de Abril de 1912. O antigo lar viu-o transpor o seu humbral humilde. Dois anos durou aquela paz de Remelhe «Na tebaida o tempo escoava-se-lhe na simplicidade dum viver de quási anacoreta, sem se

---

(7) Intimado a comparecer em Lisboa, entre os preparativos a que procedeu para o destêrro, que já esperava, ordenou a destruïção de todos os documentos respeitantes à vida do clero diocesano e que formavam o que correntemente êste designava por *Livro negro*. Uma vez na capital, às entidades oficiais a que foi presente, pediu que não castigassem os seus padres e que apenas sôbre êle, único culpado, pesassem as sanções da lei. «Estas palavras, – refere o cónego J. A. Ferreira, — comoveram o velho dr. Manuel de Arriaga, que assistia ao interrogatório como procurador geral da República. Acêrca do chamado *livro negro* informa o mesmo autor, que êle continha boas e más notas, pelo que imprópria era a designação por que o conheciam.

despreocupar do govêrno da diocese, em que superiormente intervinha, a-pesar de destituído das suas funções» (8). Foi assim
«catedral», onde procedeu a ordenações, a pequenina capela de
Sant'Iago de Moldes. Mas o prelado havia de passar ainda pelo
pretório. Tinha desacatado o decreto que lhe impusera o destêrro. D. António Barroso fôra a uma povoação cêrca do Pôrto,
Sant'Iago de Custóias, a fim de representar S. S. Pio X, — o
papa que em 1909 recebera, das mãos do cardial camerlengo,
o anel do Pescador. O tribunal absolveu-o. D. António Barroso
teve, porém, de deixar o país, como outro prelado, D. António
Barbosa Leão (9) bispo do Algarve, também expulso da sua diocese, e empreendeu uma larga viagem à França, à Bélgica, à
Holanda, à região do Reno.

*

* *

No mundo uma grande coisa não tardaria a produzir-se,
quando, em 1914, lhe foi consentido voltar à sua sé episcopal.
A guerra...
O incêndio depressa alastrou. Portugal reüniu a sua às ban-
deiras dos Aliados. Foi em 1916. Trabalhou então para que
junto das tropas em campanha se instituísse a assistência religiosa. O decreto de Janeiro de 1917 compensou-o largamente
de tôdas as tristezas até ali padecidas. E foi, a-pesar de alquebra-
do, um dos primeiros padres a alistar-se como capelão militar.
Um novo destêrro, porém, deveria impedi-lo de seguir para a
frente da batalha. Acusaram-no de haver autorizado a profissão
duma religiosa em Vila Boa de Quires, no concelho do Marco.
Fixaram-lhe desta vez residência em Coimbra. Sidónio Pais, vitorioso na revolução de 5 de Dezembro daquele ano, fêz anular

---

(8) P.e S. Oliveira Braz, *ob. cit.*
(9) Antigo abade de Lustosa, bispo, depois, de Angola e Congo, e por
último sucessor de D. António Barroso, na mitra do Pôrto.

todos os castigos impostos aos prelados e o sr. D. António Barroso pôde tornar à diocese, às suas obras, indo viver no palácio de Sacais.

Que efeitos tiveram na sua forte compleição tantos trabalhos e desgostos sem trégua, mostra-o o retrato que dêle fêz o sr. dr. Júlio Dantas, em narrativa da derradeira visita ao prelado: «Já não era o mesmo homem. A velhice trabalhara profundamente aquêle organismo robusto, minado pela artéria-esclerose e pelos abalos morais; a sua rude barba negra de *mujick* embranquecera; tremiam-lhe mais as mãos; e uma palidez de ascese metalizada pelas pastadas de oiro da luz, parecia espiritualizar a dureza plebeia da sua expressão, dando-nos a impressão de que Júlio II da grandiosa pintura de Rafael, descera da galeria Pitti de Florença» [10]. Poucos meses viveria com efeito o grande e bondoso padre.

Recordando o último dos seus discursos, «repassado da mais funda e comunicativa emoção religiosa e patriótica», oração que estava reservado ao Ateneu Comercial do Pôrto escutar, o cónego sr. dr. Corrêa Pinto refere [11]. «Foi numa sessão solene, a que presidiu. Quando se levantou para falar estava nervoso, trémulo e pálido como um grande orador que era. Ia dizer palavras de ensino e talvez de despedida... Estou ainda a vê-lo. Trajava sobrecasaca e cabeção preto. Dos seus distintivos prelatícios tinha apenas a cruz sôbre o peito e o solideu na cabeça. Era assim naquele tempo. Falou da grandeza que tivemos no passado e do que éramos hoje, divididos por tantas paixões, retalhadas por tantos ódios. Somos tão poucos, e, todavia, há momentos em que damos ao mundo o triste espectáculo de não vivermos em paz na nossa terra, de não cabermos bem na nossa casa! Entendamo-nos como irmãos, se queremos amar mais e

(10) Júlio Dantas, *ob. cit.*
(11) *Oração fúnebre* nas exéquias de Remelhe, por ocasião da trasladação dos restos mortais de D. António Barroso para o jazigo-monumento naquela localidade, em 5 de Novembro de 1927.

melhor a nossa Pátria, se queremos realmente servi-la e engrandecê-la. — Como êle disse isto! Como êle fez sentir isto!»

Passava a 2 de Agôsto de 1918 mais um aniversário da sua solene entrada na diocese. Uma data melancólica. Mas o palácio animara-se como, antes da tormenta, os salões de recepção da antiga e faustosa moradia de que fôra expulso, levantada no morro da Pena Ventosa, no século XVIII, pelo bispo D. João Rafael, dos condes de Val-de-Rios, tão dado à ostentação da própria prosápia. O sr. D. António Barroso no fim dos cumprimentos, sentiu-se indisposto. Daí a pouco declarava-se-lhe uma paratifoide. Todos os dias ia o médico (¹²) limpar-lhe, com um pincel, a bôca saborrosa. Os vómitos sobrevindos durante esta operação, extenuavam-no. O mal agravou-se. A-pesar de tudo nunca a placidez e a serenidade do espírito o abandonaram. Até que na madrugada de 31, rendeu a alma ao Criador.

Deixou singelas disposições. Que podia, na verdade, legar o bispo largamente caritativo, que vira pouco a pouco minguar o cordão de oiro que fôra da mãe, repartido em pequeninas dádivas pela pobreza envergonhada, que tantas vezes se sentava na grande sala dos retratos, entre as visitas, aguardando dos fâmulos indicação para entrar?...

«De todo o coração, — com a mão a destalecer-lhe havia escrito — e diante de Deus, perdôo a todos os que voluntàriamente me ofenderam».

Como o prior de Benfica, na cena final do *Frei Luiz de Sousa,* ao lançar os escapulários, reboando a voz do órgão, o bispo de Leiria, que lhe assistiu aos derradeiros momentos, poderia dizer perante a compunção dos familiares do paço:

— Meus irmãos, Deus aflige neste mundo aqueles que ama. A coroa de glória não se dá senão no Céu!

(¹²) O dr. Gomes da Costa.

ANEXOS

UMA PORTARIA DE PINHEIRO CHAGAS, MINISTRO DA MARINHA

Direcção Geral do Ultramar — 1.ª Repartição. — Sua Magestade El-Rei, a quem foi presente o ofício em que o governador geral da província de Angola dá conta de novos e relevantes serviços prestados aos interêsses nacionais na África ocidental pelo honrado e patriótico missionário cónego António José de Sousa Barroso, chefe da missão de S. Salvador do Congo, que com o maior zêlo, dedicação e infatigável solicitude tem continuado a promover, com a sua influência e prestígio, o desenvolvimento das relações comerciais da região do Congo, que ùltimamente tem tomado grande incremento e atraído caravanas importantes ao mercado de S. Salvador, o que representa um altíssimo serviço prestado ao comércio africano, manda que, em seu real nome, seja transmitido àquele prestante e benemérito missionário o maior aplauso e louvor por actos que tanto ilustram e nobilitam o seu caracter de português e que tanto o recomendam ao reconhecimento nacional. O que se comunica ao governador geral da província de Angola para seu conhecimento e devidos efeitos. — *Paço, 23 de Setembro de 1885.* — *Manuel Pinheiro Chagas.*

DO BERÇO AO COLÉGIO DE SERNACHE

Nasceu o sr. D. António Barroso no dia 5 de Novembro de 1854, ano da definição do dogma da Imaculada Conceição.

«Foram seus pais, — refere o padre Oliveira Braz, seu bió-grafo, — José de Sousa e Eufrásia Barroso, vivendo, mais que modestamente, do trabalho duma pequena lavoura, mas pri-mando sempre em trilhar o caminho de honradez, e orientando nêle os passos do seu primogénito».

BERNARDO LIMPO

É uma figura episódica nesta crónica, interessánte pela acção reveladora que teve no destino do futuro prelado.

Dos elementos que serviram para compor-lhe a silhueta, déve o autor uma parte à amabilidade do sr. coronel José Simões da Silva Trigueiros, casado com uma neta do fidalgo mestre de Latim do sr. D. António Barroso, e actual morador do solar de Remelhe.

Bernardo Limpo teve do matrimónio vários filhos e filhas, e foi um daqueles, Francisco António de Brito Limpo, formado em matemática pela Universidade de Coimbra, notável geoló-go, falecido em Lisboa no posto de coronel de Engenharia.

CARIDADE

«Dai aos pobres, que Deus vos pagará cento por um».

D. António Barroso

na *Pastoral de saüdação à diocese do Pôrto*

«Florinha» referida pelo rev. Marcelino Francisco da Conceição, reitor da igreja da Trindade, do Pôrto:

Se êle fôsse o tesoureiro da pobreza, ninguém teria frio, ninguém teria fome à sua porta...

Quando foi sagrado Bispo, sua mãi, num lindo gesto de mãi, deu-lhe o cordão que trazia, como tôda a lavradeira minhota, em dias de festa. O cordão não estranhou os afectos do coração do novo possuïdor, porque o coração do filho era igual, em ternura, ao coração da mãi.

No dia da partida para o exílio, ia naquele Paço Episcopal grande azáfama, entre os familiares, que mal escondiam as lágrimas.

Como tudo que era da Mitra fôra arrolado, — excepto a virtude e a dignidade, — o secretário do sr. Bispo procurava aflito o cordão. O sr. Bispo, todo serenidade, notando o embaraço do familiar, preguntou-lhe o motivo.

— Ando a procurar o cordão do sr. D. António, e êle não aparece!...

— Deixai lá, — respondeu o prelado, — deixai lá... Êle não aparecerá...

— Mas estava aqui, e não há outro.

— Não faz mal! Não faz mal!... Foi-se aos poucos...

O que sucedera?

O mistério desvendou-se: o bondoso prelado, não tendo muitas vezes dinheiro para dar aos pobres, que iam chorar ao

Paço, partira com um alicate o cordão aos bocadinhos, e dera-o todo aos pobres...»

É que êle usava também aquele «grande alforge pera si & pera suas ovelhas» que, no dizer de fr. Henrique de Tavira, nunca deixou de trazer na mão o santo bispo D. fr. Bartolomeu dos Mártires.

*
* *

Conta o rev. Conceição Couceiro, director espiritual do seminário do Pôrto:

«Um dadivoso capitalista desta cidade fez-lhe o donativo avultado dum conto de réis; decorridos alguns dias, já o último real se tinha escoado pelas mãos dos indigentes e infortunados, a ponto de o benfeitor proferir esta frase incisiva:

— O sr. D. António precisa dum tutor... Também é demais!»

*
* *

Refere o sr. dr. Correia Pinto que tendo sido posta em almoeda por 400$000 rs., uma courela que entestava com a velha casa familiar, e que por isso fôra até apetecida pelos avós, o irmão escreveu para o Pôrto, a recomendar ao prelado a compra. O sr. D. António não respondendo, as cartas sucederam-se, baldadamente, porém. Volvidos alguns meses, indo de visita a Remelhe, o irmão, bom lavrador minhoto com o culto quási supersticioso da terra, recebeu-o mal ensombrado.

— Se os nossos pais o soubessem! E deixaste-a fugir por uma insignificância para ti. Quatrocentos mil réis! Sem ser nossa, continua a ver-nos, a ouvir-nos, a bater-nos à porta, a afrontar-nos...

— Não devia comprar e não comprei! — volveu D. António. A insignificância dos quatrocentos mil réis fazia muita falta aos pobres que eu socorro.

O irmão não insistiu. Convenceu-se. Era irmão dêle...»

LONGANIMIDADE

Recordou o sr. Ludgero Malheiro, em 2 de Setembro de 1936, no *Jornal de Notícias*, do Pôrto, que estando preparada naquela cidade uma manifestação de simpatia ao sr. D. António Barroso, por ocasião da sua volta ao Paço de Sacais, e sendo de temer que ela desse lugar a contra-manifestações, apressara-se a escrever ao prelado, a informá-lo do que se passava.

O bispo na resposta observou: «Nada de manifestações. Concordo com o que me diz, e era já de minha tenção não dar a saber o meu regresso. Como bispo do Pôrto, tanto o sou de monárquicos como de republicanos. A todos abençôo, e por todos peço a Deus, nas minhas orações».

Contudo a revolução de Sidónio Pais estava vencedora.

OS «PAPÉIS» DO PRELADO

O bispo foi um grande viajante em África, na India e não pouco na Europa.

Contudo são em reduzidíssimo número os «escritos» que constituíram o seu «diário», tantas páginas do qual as lançou, «oprimido pela fome e pelo cançasso», como de si e do que deixava escrito contou o major A. C. P. Gamito ([1]). Redigidas ao correr da pena, pois simples apontamentos foram, nunca as reviu, ou porque não lhe sobejasse tempo para a tarefa ou não

---

([1]) Em *Muata Cazembe* (1854), de que o Arquivo Geral das Colónias fêz recentemente uma nova edição.

lhes atribuíssse interêsse capaz de as fazer passar à letra de fôrma. Por sua morte, êsses autógrafos sofreram o dispersar das «relíquias», e muitas deles vieram assim a perder-se. Em carta, referia ao cronista um eclesiástico que privou com D. António Barroso: «Não houve o cuidado devido em conservar as notas lançadas no seu diário pelo virtuoso prelado. Tive em meu poder dois manuscritos que faziam parte dêle, mas os contínuos empréstimos, fizeram-me perdê-los de vista».

.Em todo o caso a parte africana do presente trabalho pôde muitas vezes ser composta não só com o que consta dalguns relatórios e ofícios, mas ainda socorrendo-se o autor de fragmentos do «diário», postos à sua disposição, em particular pelo antigo missionário rev. S. de Oliveira Braz.

TITULARES DO CONGO

«Os senhores do Congo adoptaram os títulos portugueses: lá os *dembos* intitulam-se *duques;* os *sovas* são *marqueses; e condes* os *quilambos...* Diz Cavazzi que estes títulos foram conferidos por os reis de Portugal desde que em 1571 o rei do Congo se fez feudatório da coroa portuguesa». — (J. J. Lopes de Lima) — *Ensaios sôbre a estatística das possessões portuguesas,* L.º III).

ALGUMAS PALAVRAS DO TEXTO

Aviados. «Chamão-se Aviados os q̃. assim trilhão os Certoões com alhêas fazendas; e á proporção do conceito em q̃. o Aviante os reputa lhe acomula novos riscos á importancia das fasendas com q̃, o avia; como se este acrescimo indiscreto, lhes garantisse os vicios do Aviado, o risco dos sucessos, e contingencias destructivas do accazo.» (ELIAS ALEXANDRE DA SILVA CORRÊA, *Historia de Angola, vol. I)* (¹) «... nem sempre dão boa conta; e ás vezes por lá morrem, e lá fica tudo; e outras vezes vivem, mas não voltam.» (J. J. LOPES DE LIMA, *Ensaios sobre as estatisticas das possessões portuguesas,* L.º III).

Banza. Cidade.

Empacasseiros. «Frecheiros bem cursados nas guerras e na perigosa caça dos *empacasos* (búfalos bravos), os quais engrossavam os nossos exércitos conquistadores com muitos milhares de fiéis combatentes ao que então chamavam *guerra preta*» (J. J. LOPES DE LIMA, ob. cit.). Foi Paulo Dias de Novais, (1574-1588), o primeiro governador da conquista de Angola, que os empregou.

Muzungos. «Daí resultou que muitos dos Senhores dos prazos tiveram uma descendência cada vez mais cruzada de sangue negro, sendo vulgar, principalmente na alta Zambézia, encontrarem-se muzungos com nomes portugueses, perfeitamente pretos. Êstes muzungos, restos dos antigos enfiteutas...» — (MOUSINHO DE ALBUQUERQUE, *Moçambique*).

Pumbeiros. «São pretos descalços, especie de bufarinheiros, agentes de aviados para a venda a retalho, no qual se mostram mui hábeis, e quasi sempre dão boas contas do pacotinho, que se lhes incumbe.» (J. J. LOPES DE LIMA, *ob. cit.*).

Quitanda. Feira.

Senzala. Povoação de palhotas.

(¹) Publicada no ano findo em edição da Agência Geral das Colónias, colecção dos «Clássicos da Expansão Portuguesa no Mundo», com prefácio do dr. Manuel Murias, director do Arquivo Histórico Colonial.

1898 — Maio. Embarque para a Índia.
1899 — 1 de Fevereiro. Apresentação como bispo do Pôrto.
    20 de Maio. Confirmação pela Santa Sé.
    2 de Agôsto. Entrada solene na cidade do Pôrto.
1911 — 7 de Março. Destituïção pelo Govêrno Provisório e primeiro
    destêrro.
1913 — 12 de Junho. Julgamento no Tribunal de S. João Novo, no
    Pôrto. Absolvido, o bispo é mandado sair do país.
1913 — 12 de Junho. Julgamento no tribunal de S. João Novo, no
    Pôrto. Absolvido, o bispo é mandado sair do país.
1914 — 22 de Fevereiro. Amnistia e volta à diocese.
1917 — 7 de Agôsto. Segundo destêrro.
    20 de Dezembro. Anulação do castigo por decreto revolucio-
    nário de Sidónio Pais.
1918 — 31 de Agôsto. Falecimento.

Este livro realizado pela Edito-
rial Ática, Limitada, Rua das
Chagas, 23 a 27, Lisboa, foi
composto e impresso durante
o mês de Maio de 1938